VERFLUCHTE FAE – KREATUREN DER ANDERSWELT

Brogan Thomas

ÜBERSETZT VON
TANJA KLEMENT FÜR LITERARY QUEENS

Ebook ASIN: B0CWRXKC2C
Taschenbuch ISBN: 978-1-915946-17-1
Gebundene Ausgabe ISBN: 978-1-915946-18-8

Umschlaggestaltung von Melony Paradise

Übersetzt von Tanja Klement

WWW.BROGANTHOMAS.COM

VERFLUCHTE FAE

KREATUREN DER ANDERSWELT

BROGAN THOMAS

Für meinen Ehemann

Kapitel Eins

Ich stolpere durch das Portal, als die Ley-Linie mich gewaltsam aus ihren Tiefen in das Unbekannte schleudert. Ein Wimmern entweicht meinen Lippen und ich warte darauf, dass mich die aggressive Magie eines Schutzwalls trifft.

Um mich in Stücke zu reißen.

Ich schließe die Augen und verkrampfe meine Schultern bei dem unheilvollen Rauschen hinter mir. *O nein!* Ein magischer Wind peitscht los, die losen Strähnen meiner grünen Haare klatschen gegen meine Wangen, und ... das Portal springt zu.

Ich schlucke.

Nach ein paar weiteren Sekunden, in denen nichts Schreckliches passiert, öffne ich meine Augen und richte mich auf. Meine Sicht ist verschwommen, und alles um mich herum ist ein wirbelnder Farbschleier. Ich kann mich nicht konzentrieren und in meiner Panik verstehe ich überhaupt nichts mehr. Neben meinen rasselnden Atemzügen und dem rasenden Herzschlag nehme ich das schwere Brummen und die stechenden Abgase eines Busmotors wahr und spüre die Wucht des Fahrzeugs, während seine Bewegung auf dem Boden unter meinen Füßen widerhallt.

Verkehr. Menschen. *Erde.*

Ich lasse mich gegen den roten Ziegelstein einer mir inzwischen vertrauten Gassenwand plumpsen, als mich die Erleichterung überkommt, und atme tief und zitternd durch den schmerzhaften Kloß in meinem Hals. Es ist, als würde ich versuchen, durch einen verstopften Strohhalm zu atmen.

Jeder Atemzug wird leichter, während der schlimmste Teil meiner Panik nachlässt und meine Sicht langsam klarer wird. *Ich habe es geschafft. Ich bin ohne einen Flammentod davongekommen. Glückwunsch.* Der Ziegelstein bohrt sich in meine Stirn, und ohne meine Erlaubnis breitet sich die innere Magie in mir aus. Sie zerrt und nährt sich gierig von der Kraft der Mauer.

Die alten Ziegelsteine geben bereitwillig nach. Die Mauer ist stark, da sie so nah an der Magie der Ley-Linie liegt, aber bei Weitem nicht stark genug, um den Schaden zu reparieren, der mir zugefügt wurde. Es ist nur ein Tropfen auf den heißen Stein, im Vergleich zu der Magie, die ich brauche, um den Schaden auszugleichen, und wenn ich zu viel davon nehme, werde ich das Sedimentgestein im Ton beschädigen. Mauern zerstören. Dafür sind Trolle berüchtigt.

»Das kann ich nicht tun. Das werde ich niemals tun.«

Ich reiße meine abtrünnige Magie zurück und schiebe sie in mich hinein, bis sie nur noch ein kleiner, schwacher Energieball in meiner Brust ist.

Unwillkürlich wandert mein Blick zurück zum inzwischen verstummten Portal. Ich werde gejagt. Ich erschaudere und ziehe meine Unterlippe zwischen die Zähne. Das überschüssige Salz in meinem Speichel lässt die fiese Wunde in meinem Mundwinkel brennen. Mein Wissen über Portale ist rudimentär. Ich habe keine Ahnung, ob sie eine Art Wahlwiederholungsfunktion haben. Ich habe das Portal in der Nähe meines alten Clans benutzt und kenne nur die beiden Zugangscodes. Einer führt hierher, einer *dahin* zurück.

Was für ein Schlamassel, in dem ich mich befinde. Ich kann nie wieder zurück. *Das Leben, so wie ich es kenne, ist zu Ende. Kann etwas Neues mit einem Ende beginnen ... wenn alles kaputt ist und man den Tiefpunkt erreicht hat?* Mein zitternder Seufzer schmerzt in der Brust. »Ich habe es schon einmal getan. Ich werde es noch einmal tun.«

Sieh mich mal einer an, ich hänge am seidenen Faden meines wertlosen Lebens. Ich habe gerade noch genug Energie, um zu lachen.

Ich sammle meine letzte Tapferkeit und stoße mich

von der Wand ab. Nach einem *freundlichen Gespräch* mit ein paar Elfen bin ich aus Faerie geflohen. Als ich ihre Fragen nicht beantworten konnte – man kann nichts beantworten, was man nicht weiß –, wurden sie aufdringlich. Auf *schmerzhafte* Art und Weise.

Ich bin geflüchtet, habe mich mit meiner Kraft versteckt und dann das Risiko eines willkürlichen Portals auf mich genommen. Ich hatte die ach so geniale Idee, einen Code zu wählen. Natürlich habe ich in meiner Panik verzweifelt die Runen eingehämmert, die ich kannte, den Code schlampig eingegeben und nur durch die Gnade des Schicksals den richtigen Weg gefunden.

Die Elfen werden nicht lange brauchen, um mich zu finden. Sie verfügen über Magie, die einem vor Angst die Haare weiß werden lässt, und sie *werden* mich aufspüren. Ich habe so viel von meinem Blut in Faerie gelassen, dass es unausweichlich ist. Und wenn der Zauber zeigt, dass ich ihr kostbares Portal benutzt habe ... Ich stoße ein schmerzerfülltes Schnauben aus. *Überraschung.* Ich will hier nicht wie ein Dummkopf stehen, wenn sie durch dieses Portal stürmen.

Diesmal werden es nicht Fäuste und Stiefel sein, sondern die spitzen Enden ihrer Eisenschwerter.

Du schaffst das, Pepper. Alles wird gut. Halte durch, verliere jetzt nicht den Mut. Du wirst nicht zulassen, dass sie dich töten oder an den Lord of Spring verkaufen.

Es ist Zeit, sich aufzurappeln und von hier zu verschwinden. Ich nehme mir einen kostbaren Moment, um mich um mein verletztes Handgelenk zu kümmern.

Der Knochen ist schief und der Arm schwillt alarmierend schnell an.

»Das ist nicht gut.«

Weiß glühende Schmerzen zerren an meinen Nerven. Vorsichtig verstaue ich das gebrochene Handgelenk unter meiner Tunika und benutze den engen braunen Stoff, um den verletzten Teil vor meiner Brust zu fixieren. *Das muss erst mal reichen.* Mit zusammengebissenen Zähnen setze ich mich in Bewegung.

Ich mache einen schweren Schritt und mein schwacher rechter Knöchel knickt um. Ich lache und weine halb, als er vor Schmerz brennt. »Heilige Mutter Natur.« Ich schüttle ungläubig den Kopf und meine Unterlippe zittert. Ich starre in den wolkenverhangenen Himmel, um meine Tränen zu unterdrücken. *Warum habe ich immer so viel Pech?* Warum kann ich nicht … Ich verdränge den Gedanken. Es hat keinen Sinn, dem nachzutrauern, was hätte sein können. Die jämmerliche Ausrede, *wenn ich in einen anderen Clan hineingeboren worden wäre, hätten die Elfen mich nie angerührt* … bla, bla, bla. Genau das führt einen direkt in den Wahnsinn.

Ich nehme mir eine weitere kostbare Sekunde, um mir die tränenden Augen und die immer noch blutende Nase am Ärmel abzuwischen – blaue Blutflecken gesellen sich zum Rest der fleckigen Misere. Ohne Reinigungszauber wird der raue Stoff nicht vor dem Mülleimer gerettet werden können, und das ist auch gut so. Ich will dieses Outfit nie wiedersehen.

Geh weiter, du dumme Nuss! Du wirst dich noch

umbringen lassen. Diesmal hat meine innere Stimme einen üblen Beigeschmack. Aber sie wirkt. Ich humple in die Sicherheit der belebten Straße und meine Fingerspitzen streifen als Dank für das Geschenk die alte Mauer.

Die Proviranttasche, die ich mir auf meiner Flucht von den Elfen *geliehen* habe, ist fast so groß wie ich selbst. Bei jedem taumelnden Schritt bohrt sie sich in meine Schultern und schlägt gegen die Rückseite meiner Oberschenkel. Bei jedem Aufprall vibrieren mein armes Handgelenk und mein Knöchel. Ich tue mein Bestes, um nicht zu hinken. Wenn ich humple, verrenke ich mir die Hüfte. Ich bin ein echtes Prachtexemplar.

Es ist früh am Morgen und auf der Straße tummeln sich alle möglichen Kreaturen: Menschen, Wandler, Dämonen, Hexen, Vampire und eine Vielzahl von Fae. Die Erde hat eine vielfältige Bevölkerung.

Ich drifte zum Straßenrand, nahe an der Bordsteinkante, damit ich notfalls vom Bürgersteig auf die Straße wechseln kann. Ich will nicht riskieren, dass mir jemand zu nahe kommt und mich anrempelt.

Als ich etwa acht Jahre alt war, bin ich meinem zweitältesten Bruder und seinem Onkel gefolgt – nicht *meinem* Onkel; lange Geschichte. Sie hatten diese geheimnisvolle Tür im Wald in der Nähe unseres Clans benutzt. Bevor sie hineingegangen sind, waren sie aufgeregt und sprachen laut über ihr bevorstehendes Abenteuer. Ich erinnere mich, dass ich Hunger hatte. *Also, ich meine, ich war so richtig am Verhungern.* Ich hatte nichts zu verlieren und gehofft, dass ich mich hineinschleichen und etwas zu essen bekommen könnte.

Also bin ich ihnen gefolgt.

Als sie die Türschwelle überquerten, sagte irgendetwas in mir, dass ich mir das Muster dieser dreizehn Runen, die sie benutzten, um hineinzukommen, einprägen sollte. Das tat ich gewissenhaft und bin ihnen dann gefolgt.

Es war ein Schock, als ich aus einem Portal in ein neues Reich gespuckt wurde. Mein Bruder und sein Onkel waren nirgends zu finden. Ich saß fest – mir wurde schnell klar, dass ein anderes Runenmuster erforderlich ist, um das magische Portal zurück nach Faerie zu öffnen.

Ich habe zwei Tage lang gewartet.

Während dieser Tage hielt ich mich auf den Straßen der seltsamen, faszinierenden neuen Welt auf und lauschte den ebenso faszinierenden und seltsamen Kreaturen. Zum ersten Mal in meinem jungen Leben fühlte ich mich sicher. Das ist verrückt, denn nirgendwo ist es sicher, nicht in Faerie und schon gar nicht auf der Erde. Aber die Küstenstadt im Nordwesten Englands hatte eine seltsame Anziehungskraft auf mich, und obendrein kümmerte sich niemand um das seltsame kleine, grüne Mädchen.

Als mein Bruder zwei Tage später zurückgekommen ist, bin ich zurück zum Clan gestolpert. Sie haben nicht einmal bemerkt, dass ich abgehauen bin.

Alle haben immer nur gewollt, dass ich verschwinde.

Magie besitzt eine seltsame Eigenschaft, solche Dinge geschehen zu lassen. Durch jahrelanges Wünschen kultiviert, machte irgendetwas in mir klick und ich *löste* mich auf.

Es war eine neue Kraft.

Ich war verschwunden.

Kein Geruch. Kein Geräusch. Keine Spur von meiner Magie. Ich bin immer noch dagewesen, nur getarnt. Tja, der einzige Nachteil: Ich war immer noch da. Ich konnte mit der Welt interagieren, und die Welt konnte mit mir interagieren, meistens dann, wenn ich nicht aufgepasst habe und eine Kreatur über mich gestolpert ist.

Von da an kam ich mit meiner neuen Kraft regelmäßig für Tage und Wochen auf die Erde. Wenn die einheimischen Kinder für ein paar Stunden weggegangen sind, bin ich ihnen fasziniert in die Schule gefolgt und habe mich unbemerkt auf einen leeren Stuhl oder in eine Ecke des Klassenzimmers gesetzt – versteckt, unsichtbar, beobachtend und lernend. Ich ging sogar mit ein paar meiner *Freunde* nach Hause.

Ich hätte lernen sollen, eine Fae zu sein. Aber ich konnte nicht riskieren, beim Herumschleichen in einer Schule in Faerie erwischt zu werden – wo die Magie weiter entwickelt ist als auf der Erde. Ich habe wie ein Menschenkind gelernt, und nachdem ich die Grundlagen beherrschte, bin ich zwischen verschiedenen Klassen und Schulen hin und her geschwebt und habe alle anderen Fähigkeiten gelernt, die mir gefielen.

Ich wanke die Birley Street, eine Fußgängerzone, hinunter und schlurfe an dem Hexenladen vorbei. Auf dem Schild über der Tür steht in fetten Buchstaben geschrieben: Tinkturen und Tonika – Spezialisten für tragbare Zaubertränke. Die Magie im Inneren summt und brennt auf meiner Haut. Heftig. Der Drang, den Laden zu betreten und um Hilfe zu bitten, vielleicht etwas aus der geliehenen Tasche gegen einen Heiltrank einzutauschen, nagt an mir, aber ich bleibe in Bewegung.

Ich schlurfe in meinem unbeholfenen Tempo weiter in Richtung Meer. Niemand soll mich in diesem Zustand sehen, und ich will keine Spur von Leichen hinterlassen, wenn die Elfen kommen.

Hexen. Ein kleines Lächeln zerrt an meiner wunden Lippe. Als ich mir meiner Kräfte sicher war, habe ich sogar ein Jahr an der Hexen-Akademie verbracht. Da war dieses eine Mädchen, eine Hexe mit violetten Haaren, eine, die niemand mochte. Tuesday Larson. *Ich* mochte sie und saß immer bei ihr. Nicht, dass sie es je erfahren würde.

Ich quietsche und weiche einem schwingenden Arm mit einem Kaffee in der Hand aus. *Aua.* Die heiße Flüssigkeit spritzt fast auf mein Bein, und die plötzliche Bewegung lässt meinen ganzen Körper vor Schmerz aufschreien. Mein schwacher Knöchel, der sich durch mein langsames, gleichmäßiges Schlurfen schon besser anfühlt, zuckt erneut verärgert zusammen. Außer Atem und im Kampf gegen das Schwindelgefühl bleibe ich stehen, stütze mich mit dem Gewicht der Tasche an einem Laternenpfahl ab und atme tief durch.

Ein ungesunder Schweiß perlt auf meiner Stirn, durchnässt meinen Haaransatz und rinnt mir in einer stechenden Spur den Rücken hinunter. Ich sollte die Tasche loswerden. Vielleicht sind ja Steine drin, was weiß ich. Doch ich kann sie nicht einfach ablegen. Meine Schläfen pochen im Rhythmus meines Herzens – ich muss dehydriert sein – und meine Kraft flattert wie Schmetterlingsflügel auf meiner Haut. Ich lasse meinen Kopf nach hinten gegen den Metallpfosten kippen und bemerke den Blick eines Menschen auf der anderen Straßenseite.

Er sieht mich direkt an.

O nein! Mein Herz setzt einen Schlag aus. Meine Energie ist auf den letzten Tropfen gesunken, und meine Unsichtbarkeit muss geflackert haben.

Der Mann stößt seinen Vampirfreund mit dem Ellbogen an. »Hast du das gesehen ...?« Er zeigt direkt auf mich.

Ich ziehe an dem Stein unter meinen Füßen und wickle die Kraft des Betons um mich. Es knackt, und von meinen Füßen ausgehend erscheint ein Feuerwerk aus Haarrissen in der Gehwegplatte. Nervös huschen meine Augen hin und her. *Ich glaube, es war nur der Mensch.*

Der Mann reibt sich die Augen, gluckst und schüttelt energisch den Kopf. »Nein, weißt du was? Der Drink von gestern Abend macht mir zu schaffen. Hab ich dir nicht gesagt, dass der komisch schmeckt? Ich sehe

Gespenster, Mann. Gespenster.« Er stößt seinen Freund erneut mit dem Ellbogen an.

Der Vampir grinst und schubst ihn scherzhaft. »Du kannst einfach nur nichts ab, Kumpel. Meine Cousine kann Gespenster sehen. Sie sagt, sie hat ein bisschen Geisterbeschwörerblut in sich.« Ihre Stimmen driften ab, während sie weiter die Straße hinuntergehen und sich spielerisch schubsen und stoßen.

Zum Glück wurde ich vergessen. *Das war viel zu knapp.* Ich schaue auf meine Füße und ärgere mich über den Schaden, den ich angerichtet habe. Ich fühle mich schlecht und entschuldige mich im Stillen bei der Betonplatte. Dann atme ich tief durch und schiebe mich vorwärts. Ein *Schritt nach dem anderen, Pepper. Genau so musst du es machen – ein Schritt nach dem anderen.*

Ich muss meine Unsichtbarkeitskraft im Griff behalten, bis ich von der Straße runterkomme.

An der Kreuzung, wo die Straße auf die Promenade trifft, warte ich auf eine Lücke im Verkehr. Ich überquere die Straße, biege nach links ab und navigiere vorsichtig über die Straßenbahnschienen. Dann humple ich weiter die verlassene Promenade entlang und folge dem gewölbten Geländer der Uferpromenade, weg vom geschäftigen Stadtzentrum und in Richtung des berühmten Piers.

Vor mir liegt der Central Pier, dessen Lichter in der Ferne flackern. Bei jedem Schritt schießt ein Schmerz durch meinen Knöchel und wandert meinen Oberkörper entlang bis zu meinem gebrochenen Handgelenk. Die

Wintersonne kämpft sich durch die dicke Wolkendecke und wirft ein gedämpftes Licht auf die salzverwitterten Gebäude. Die meisten sind für die Nebensaison geschlossen.

Das rhythmische Rauschen der Wellen vermischt sich mit den Schreien der Möwen und der salzhaltigen Brise. Sie wirbelt kleine Staubteufel aus Sand auf. Sie schwirren umher und tanzen vor meinen unsicheren Füßen, als ob sie spielerisch versuchen würden, mir ein Bein zu stellen. Ich gehe weiter – einen Schritt nach dem anderen.

Ich stapfe weitere fünf Minuten voller Schmerzen und erreiche mein Ziel. Central Pier. Die blinkenden Lichter und die kitschige Musik aus der Spielhalle des Piers sind Hintergrundgeräusche, während meine strauchelnden Füße in einem altmodischen Fußgängertunnel landen. Eine Unterführung, allerdings keine mit Zügen, sondern ein unterirdischer Gang, verbirgt sich unter meinen Füßen.

Damals hat sie den Strand und den Eingang zum Central Pier mit den Attraktionen auf der anderen Straßenseite verbunden und in ihrer Blütezeit hat sie die Menschen davor bewahrt, die vielbefahrenen Straßenbahnschienen und die Straße überqueren zu müssen. Ich sehe ihn als das, was er war: ein gruseliger Tunnel mit Toiletten.

Vor etwa zehn Jahren hat der Rat der Kreaturen beschlossen, dass die Instandhaltung der Unterführung zu aufwendig ist. Die *Unfälle* wurden zu häufig und sie haben sie geschlossen. Ich bin mir sicher, dass sie vorhatten, das ganze Ding zuzuschütten, aber praktischerweise hat der faule Bauunternehmer, den sie angeheuert hatten, nur die Treppe blockiert, die beiden Eingänge verschwinden lassen und das war's. Die meisten Menschen wissen nicht, dass der Tunnel existiert, es sei denn, sie sind wie ich und haben eine Vorliebe für Stein.

Ich humple zu meinem üblichen Platz und mit einem kräftigen Stoß der Magie aus dem Beton öffnet sich der Boden und verschluckt mich.

Kapitel Zwei

Im Laufe der Jahre habe ich so viel von meiner Kraft in die Tunnel geleitet, dass sie sich lebendig anfühlen – geprägt von meiner Magie. Das ist der einzige Grund, warum ich überhaupt eindringen kann, obwohl ich erschöpft bin. Die Steinmagie erkennt mich und lässt mich eintreten.

Ich werde sanft heruntergelassen, und als meine Füße den Boden berühren, steigt mir ein vertrauter, muffiger, salziger Geruch in die Nase und den Rachen. Es ist unheimlich still, und das ferne Echo des Lachens und der Musik vom Pier über mir schafft eine einzigartige Atmosphäre.

Zuhause.

Der Tunnel ist stockdunkel. Es ist so dunkel hier,

dass ich meine eigene Hand vor Augen nicht sehen kann. Ich mache mir keine Sorgen. Stöhnend lasse ich die Unsichtbarkeitsmagie fallen und fühle mich durch das plötzliche Fehlen ihrer metaphysischen Last sofort leichter. Als ob ich schweben würde.

Oh, Mist, das ist kein gutes Zeichen.

Ich habe meine Kräfte noch nie so stark beansprucht. Mit einem Zischen und einem Zupfen kommt mein gebrochenes Handgelenk unter meiner Tunika hervor. Ich passe auf, dass ich es nicht erschüttere – die Bewegung schlägt mir trotzdem auf den Magen – und nehme die schwere Tasche von meinen Schultern. Sie rutscht an meinem guten Arm herunter und plumpst auf meine Füße.

»Okay. Zuerst muss ich die Lichtsituation regeln.«

In diesem gesamten Abschnitt des Tunnels sind sorgfältig versteckte Fae-Laternen verteilt, aber die Lichter brauchen einen Funken Kraft, um sich zu entzünden, und die ist mir ausgegangen. Ich bin komplett ausgepumpt. Wenn ich jetzt noch mehr Magie benutze, werde ich schon beim bloßen Versuch umfallen.

Zielstrebig humple ich in die Dunkelheit, und nach zwei wackeligen Schritten stoßen meine Schuhspitzen an die Wand und meine suchenden Finger finden die große batteriebetriebene Taschenlampe, die ich für Notfälle hinter dem Betonpfeiler versteckt habe. Ich hieve sie herunter. Das Metall ist kalt und kiesig in meiner Handfläche.

Ich fahre mit dem Daumen über den Griff, drücke

den Schalter und die massive Maglite schaltet sich ein. Der warme Lichtstrahl tanzt durch den Tunnel und beleuchtet die schulterhohen blauen Kacheln, die grobkörnigen weißen Wände mit ihrem schimmligen Putz und die rissige und abblätternde Farbe, die sich in fauligen, pulverigen Streifen von der Decke kringelt.

Ich atme erleichtert auf; der Tunnel ist noch genau so, wie ich ihn verlassen habe.

Ich stütze mein gebrochenes Handgelenk auf meiner Brust ab und lasse die mysteriöse Tasche dort, wo sie gelandet ist, und schlurfe zu den Toiletten. Dort ist ein von einer Hexe hergestellter Heilzauber versteckt, und außerdem muss ich mich dringend waschen – ich stinke.

Der Eingang zu den Damentoiletten hat keine Tür, sondern ein Schiebegitter. Die rostige Metallklappe ist verkeilt und der Spalt reicht gerade aus, damit mein schmächtiger Körper hindurchschlüpfen kann. Ich mache einen Schlenker, um dem willkürlich aufgestellten orangefarbenen Verkehrskegel auszuweichen. Warum hier unten ein Verkehrskegel aufgestellt wurde, weiß niemand.

Ich bin ein bisschen abergläubisch – ich lasse alles so, wie es ist, um meine Anwesenheit nicht publik zu machen, nicht, dass irgendjemand es eilig hat, hierherzukommen.

Aber ich habe bisher nichts verändert, und die Vertrautheit beruhigt mich irgendwie. Es ist sicher. Es schreit förmlich nach Sicherheit. Das Gitter rattert, als ich mich hineinzwänge. Ich gehe an dem mit Glas und verrottetem Holz verkleideten Büro der Klofrau vorbei, an dem alten, beschädigten Drehkreuz – früher kostete die Benutzung der Toiletten fünf Pennies – und an einer rostigen Waage mit einem abblätternden, handgeschriebenen Schild, auf dessen gelbem, bröckelndem Klebeband geschrieben steht: *NICHT AUF DER WAAGE SPRINGEN.*

Das Klo hat grässliche, vom Boden bis zur Decke reichende Kacheln in Kaugummirosa und ein Dutzend Kabinen, die durch den Gebrauch und die Zeit abgenutzt sind. Interessanterweise sind die Fliesen in der Männertoilette nebenan pissgelb. Die zweite Toilette von hinten ist meine. Die Tür ist aus massivem Holz, und ich habe die Außenseite absichtlich schmutzig gelassen. Der Boden davor hat einen scheußlichen braunen Fleck, aber innen ist die gesamte Toilettenkabine blitzsauber.

Mit den Waschbecken ist es genauso. Das einzige saubere Waschbecken, das ich benutze, liegt versteckt neben einem kaputten Papierhandtuchspender. Der Tresen ist auch breiter. Vielleicht wurde er früher als Wickelbereich genutzt.

Ich schlurfe hinüber und stelle die Taschenlampe ab, wobei ich sie nach oben richte, damit sie mich nicht blendet. Das Licht fällt auf meine Gesichtshälfte, und der Blick in den alten Spiegel ist nicht schön.

Das Licht lässt meine zerschrammte, blutende Haut grell wirken, und ich sehe viel schlimmer aus, als ich es mir vorgestellt habe. Es ist ein Schock. Ich senke den Blick, um meinem Spiegelbild auszuweichen.

Ich bin noch nie geschlagen worden. Niemand hat mich jemals wütend angefasst, und ich hatte noch nie mit solchen körperlichen Schmerzen zu kämpfen. In Faerie wurde ich gelegentlich von einer bösartigen Pflanze oder einem Tier gebissen, bin gestürzt und habe mir die Knie aufgeschürft, aber nichts in dieser Art.

Die Elfen haben mir das Gefühl gegeben ...

Ich atme tief durch, verdränge die Gedanken und krame die versteckte Tasche unter dem Waschbecken hervor. Darin befinden sich ein Reserve-Set an Kleidung, ein sauberer Lappen, ein Handtuch, ein Kulturbeutel und der fast leere Erste-Hilfe-Kasten. Ich lege alles auf den Tresen und mache mich an die Arbeit.

Als ich den einzigen Knopf der Tunika öffne, entdecke ich ein Knäuel langer, blassblonder Haare. Ein Schrei sprudelt in meiner Kehle hoch, als ob ich eine giftige Spinne gesehen und eine Phobie hätte. Ich schlucke das Geräusch hinunter, sodass es nur ein Wimmern wird.

Die Haare des Elfen müssen sich verheddert haben, als er mir wehgetan hat. Die Haut an meinen Fingern juckt und ich ignoriere den Drang, die Haare wegzuschleudern. Mir wird schlecht, aber ich wickle die Haare vorsichtig vom Faden des Knopfes ab.

In meiner Kulturtasche habe ich ein paar wiederverwendbare kleine Plastiktüten. Mit einer Grimasse, die meine Lippen pochen lässt, schnappe ich mir eine, schiebe die Haare hinein, verschließe sie und stecke sie dann außer Sichtweite in meine Kulturtasche. So ist es besser. Ich öffne den Knopf und versuche, den unteren Teil der Tunika anzuheben. Dabei merke ich schnell, dass ich nicht nur durch den einen fehlenden Arm behindert werde, sondern auch durch meine verschwitzte, blutverschmierte Haut, die nichts anderes will, als sich an dem Stoff festzukrallen. Die Tunika klebt regelrecht an mir. Es kostet mich Kraft, die ich nicht habe, und eine Menge Grunzen und Stöhnen, um mir das blutige Ding über den Kopf zu ziehen. Ich schmeiße das ekelhafte Oberteil auf den Boden und stoße es mit dem Fuß zur Seite – ich werde es später wegwerfen. Dann ziehe ich mir die Hose und die Stiefel aus.

Das Gefühl von klebrigem, warmem Blut lässt mich an mir hinunterschauen. Beim Ausziehen der Tunika hat sich eine hässliche Wunde an meinen Rippen wieder geöffnet. Ich wimmere, als mehr als ein Rinnsal über meine Hüfte läuft. Ich ignoriere es vorerst, wasche mir die Hände und feuchte dann den Lappen an – zum hundertsten Mal, bin ich dankbar, dass das Wasser hier noch fließt.

Sie hatten das Wasser in der Hauptleitung abgestellt, aber das Absperrventil an der Promenade war leicht zu finden. Ich danke dem faulen Bauunternehmer immer noch mehrmals pro Woche.

Stöhnend und mit zusammengebissenen Zähnen säubere ich langsam und methodisch alle Schnitte und Schrammen an meinem Körper. Ich spüle den Lappen aus, wobei hellblaues Blut in den Abfluss rinnt. Ich wiederhole es und spüle, bis ich sauber bin oder so sauber, wie ich es mit einer Katzenwäsche erreichen kann.

Mit zitternden Händen hole ich den Heiltrank aus dem Erste-Hilfe-Kasten. Ich habe nur den einen. Der Zauber sollte ein leuchtendes Silber sein, aber im Licht der Taschenlampe ist er ein bisschen matt. Die Flüssigkeit tröpfelt am Glas, als ich den Deckel abnehme und den Trank sparsam auf die verschiedenen Wunden tupfe und tropfe. Es brennt und kribbelt, dann juckt es, während mehrere Schichten meiner Haut darauf reagieren und sich wieder zusammenflicken – beschleunigte Heilung in ihrer schönsten Art.

Wenigstens sollte ich jetzt keine Infektion bekommen.

Ich werfe einen Blick auf mein wundes Handgelenk. Ah, das ist eine andere Geschichte. Trotz der Schwellung kann ich sehen, dass sich der Knochen nach rechts verschoben hat. Selbst mit einem hochwertigen Trank wäre ich ein Narr, wenn ich glauben würde, dass ich das reparieren könnte.

Die einzige Möglichkeit, ihn zu heilen, besteht darin, eine erstklassige Rune zu haben oder die Knochen neu auszurichten und in die richtige Position zu bringen, und das müsste ich tun, bevor ich einen Trank benutzen kann. Mir wird schlecht bei dem Gedanken – das kann ich unmöglich selbst machen.

Nein, ich brauche eine medizinische Rune oder professionelle Hilfe, und wenn ich keine Hilfe bekomme, wie groß ist dann die Wahrscheinlichkeit, dass ich den Arm nicht mehr benutzen kann oder das verdammte

Ding abfällt? Ich seufze und reibe mir mit der anderen Hand übers Gesicht, wobei mir der abscheuliche Fleck an der Unterseite meines Unterarms ins Auge fällt. Ich blicke darauf hinunter.

Es ist eine Rune.

Die Elfen haben mich wie einen Hund markiert.

Die Magie in der Rune ist so eingestellt, dass sie mich verfolgt und meinen Status an die Reiche weitergibt. Es ist eine Sklavenrune. Die Bestätigung dieser Tatsache bringt mein Herz zum Rasen und ein Stöhnen der Angst verlässt meine schmerzende Kehle. Das einzig Gute ist, dass sie noch nicht aktiviert wurde. Sie ist mit niemandem verbunden, worüber ich sehr froh bin. Wenn sie gewusst hätten, dass ich starke Magie besitze, würde ich jetzt in viel größeren Schwierigkeiten stecken. So wie es momentan aussieht, ist diese Rune einfach nur hässlich. Ich muss sie von meiner Haut entfernen.

Ich stehe nackt da und suche in meinem Kopf nach einer Lösung für all meine Probleme, aber meine Gedanken sind so abgestumpft, als stünde mein Gehirn unter Wasser. »Was mache ich denn nur? Das sind Dinge, um die ich mich kümmern muss, wenn ich mich ausgeruht habe und nicht wie ein Zombie auf den Füßen schwanke.« Eine Gänsehaut überzieht meine Haut. Ich bin eiskalt und zittere. Ja, kein Wunder, dass ich nicht denken kann. Ich starre auf die sauberen Klamotten. Jetzt kommt die mühsame Aufgabe, mich anzuziehen.

Es geht nur langsam voran.

Als ich angezogen bin, räume ich aus Gewohnheit

alles weg und schiebe das Handtuch und den Lappen in einen Kulturbeutel, damit ich sie später waschen kann. Ich schiebe meine Füße zurück in meine Stiefel, die, weil sie nicht zugebunden sind, beim Schlurfen auf dem Fliesenboden platschen.

Ich muss aufpassen, dass ich nicht stolpere. Meinem kaputten Knöchel geht es schon besser, und die Stiefel nicht zu schnüren, ist eine Herausforderung an das Schicksal. Aber ich bin dem Untergang geweiht, wenn ich etwas anderes tue. Die schwarzen Flecken, die durch mein Sichtfeld tanzen, deuten darauf hin, dass ich kurz vor der Ohnmacht stehe.

Ich zwänge mich durch die Gittertür und latsche halb stampfend, halb schlurfend dorthin, wo ich die Tasche abgestellt habe. Ich schalte die Taschenlampe aus und lege sie zurück. Dann umgibt mich wieder pechschwarze Dunkelheit. Blind schnappe ich mir die Tasche, mache einen großen Schritt nach rechts und gehe durch die Wand.

Auf der anderen Seite befindet sich ein lichtdurchfluteter, gebogener Ziegeltunnel. Er ist wunderschön gestaltet, gebaut in der Zeit, als die Menschen noch stolz auf ihre Arbeit waren: alles aus Ziegeln, keine Eisen- oder Stahlstangen. Die Luft hier ist anders. Sie ist sauber, trocken und warm.

Der Tunnel geht weiter, bis er in einem 45-Grad-Winkel auf eine Kreuzung stößt, die ihn durchtrennt und in einer scharfen Abzweigung nach rechts weiterführt. Der Winkel schafft ein atemberaubendes Mauerwerk, denn jeder Ziegelstein, der die beiden Tunnel nahtlos verbindet, wurde speziell für seinen Platz angefertigt. Die Nische auf der linken Seite ist der Ort, von dem das Licht kommt.

Ich schleife und schleppe die schwere Tasche wie eine Weltmeisterin hinter mir her. Wenn ich darüber nachdenken würde, würde ich die verdammte Tasche zurücklassen. Es ist ja nicht so, als würde sie irgendwohin gehen. Aber ich bin jetzt im Zombiemodus und tue nur noch das Nötigste. Die Erschöpfung pocht in meinem Kopf und ich werde sicher über meine Dummheit jammern, wenn ich geschlafen habe.

Ich erreiche die Abzweigung im Tunnel, biege links ab und trete in die lichtdurchflutete Sackgasse. *Home sweet home.*

Die Nische des Tunnels ist ungefähr dreieinhalb Meter lang und zweieinhalb Meter breit. In der gewölbten Ziegeldecke sind sechs milchig-weiße Glasblöcke mit dem Bürgersteig draußen verbunden, die tagsüber natürliches Licht hereinlassen, und nachts sorgt ein praktischer Laternenpfahl, der direkt darüber steht, für Rundumlicht. Das milchige Licht verleiht dem Tunnel Gemütlichkeit.

Auf dieser Seite der Straße gibt es viele Geschäfte, und ich kann das WLAN kostenlos nutzen, denn es ist Jahre her, dass sie ihre Passwörter geändert haben – nicht, dass ich dank der verdammten Elfen ein Datapad oder ein Telefon zur Hand hätte.

Zuhause. Das ist seit Jahren mein Geheimversteck,

und ja, es ist ein Klischee, dass ein Troll in einem Tunnel unter einer Straße lebt. Tunnel, Brücke. Egal. Ich habe alle Witze gehört.

Dieser Ort ist genau das Richtige für mich, und eine neue Wohnung zu finden, wäre ein Albtraum, denn ich habe keine Erlaubnis, dieses Reich zu besuchen, geschweige denn dortzubleiben.

Ich stelle die Tasche neben die Regalwand, ziehe meine Stiefel aus und lasse mich auf mein Feldbett mit Oxford-Gewebe und Edelstahlrahmen fallen. Mein Energielevel hat eine unsichtbare Barriere erreicht und die Müdigkeit bringt mich zum Frösteln. Ich habe genug Energie, um meinen gebrochenen Arm mit einem Kissen abzustützen, mich mit einer schäbigen Decke zuzudecken, und dann schlafe ich wie ein Stein.

Kapitel Drei

Die Magie, die mich aus dem Schlaf reißt, geht los wie eine Sirene mit schrillen Warnsignalen, die in meinem Gehirn wie ein Pingpong-Ball herumhüpfen. Als der Schleier des Schlafs fällt, stöhne ich auf und versuche, all die verschiedenen Informationen zu filtern.

Die Steinmagie kann manchmal etwas heikel sein, vor allem weil ich mit ausgelaugter Kraft und einem ramponierten Körper nach Hause zurückgekehrt bin. Aber das geht weit darüber hinaus, dass die Macht bockig ist. Soweit ich weiß, ist niemand in die Unterführung oder diesen Tunnel eingedrungen, aber draußen ist etwas Gravierendes im Gange.

Eine Handvoll wahlloser Kreaturen wäre nicht genug, um einen solchen Alarm auszulösen, wenn sie nur vorbeilaufen würden. *Könnten sie es sein?* Ich reiße die Augen auf und wische mit den Fingern über die verkrusteten Ränder. Dann nehme ich die Bewegung wahr. *Wer auch immer sie sind, sie sind direkt über meinem Kopf.* Ich halte den Atem an, und mein Herz schlägt schwerfällig in meiner Brust.

Ich schlucke und zwinge mich zu atmen. Ich neige mein Kinn und starre durch das undurchsichtige Glas an der Decke auf die kreaturenförmigen Kleckse, die die Laterne blockieren und ihre Schatten an die gegenüberliegende Wand des Tunnels malen.

Es herrscht reges Treiben auf der Promenade. Ich lecke mir über die Lippen, setze mich auf und rutsche zum Ende des Bettes. Das Oxford-Gewebe knarrt, und der Stahlrahmen wackelt. *Alles ist normal.* Aber was nicht normal ist, sind die schreienden Warnsignale der Magie, die immer noch in meinem Kopf stattfinden.

Das ist nicht normal, ganz und gar nicht.

Ich bekomme das schon hin und alles wird gut. »Ich bin wach. Ich bin wach«, murmle ich. »Okay, hör bitte mit dem Krach auf!« Ich reibe mir energisch die Stirn, um den Schmerz hinter meinen Augen loszuwerden, und ziehe meinen wunden Körper aus dem Bett. Ich werde mich nicht ausruhen können, wenn ich die Magie nicht besänftige und nachsehe, was da oben passiert. Und wenn es die Elfen sind ... Tja, ich darf hier unten nicht festsitzen. Ich muss auf jeden Fall nach oben gehen, damit ich fliehen kann.

Einen Moment lang vergesse ich meinen Arm. Das

Kissen verrutscht und ich schlage mit dem gebrochenen Handgelenk auf den Bettrahmen. *Autsch.* Der Schmerz verursacht Übelkeit und vertreibt den letzten Rest Schlaf aus mir. Als ob sie Gewissensbisse hätte, hört die Magie auf zu heulen, und die Stille ist überwältigend.

Ich drücke das verrenkte, immer noch geschwollene Körperteil an meine Brust und zwinge mich dazu, mich anzuziehen. Ich trage den Hoodie und die Jogginghose, in denen ich geschlafen habe, und schlüpfe mit einer Hand in meine Stiefel, die ich diesmal fest zuschnüre.

Ich wünschte, ich hätte einen Mantel. Sobald ich meinen Arm wieder in Ordnung gebracht habe, werde ich sehen, ob ich einen neuen Job mit Barbezahlung finden kann. Ich kann nicht zurück nach Faerie gehen, also ist mein alter Job weg. Es wird schwierig werden, etwas zu finden, denn in den letzten Monaten wurde hart gegen alle Arten von Schwarzarbeit vorgegangen. Die Gegend hatte ein Dämonenproblem und alle sind immer noch etwas nervös, und die Jäger – die Polizei der Kreaturen – kontrollieren regelmäßig die Papiere. Ich kann es mir nicht leisten, dass sie mich zurück nach Faerie schicken. Also muss ich mich bedeckt halten und vorsichtig sein, zumindest für eine Weile.

Ich schiebe meine losen Haare in den hinteren Teil des Hoodies und ziehe die Kapuze hoch. Als ich mich auf den Haupttunnel zubewege, knurrt mein Magen aus Protest. Ich bleibe stehen. Ich habe keine Ahnung, wie lange ich bereits geschlafen habe. *Ich könnte stundenlang geschlafen haben, vielleicht sogar tagelang. Ich weiß nur,* dass es jetzt spät in der Nacht ist, denn auf der Straße ist kein Verkehr mehr. Ohne ein funktionierendes Telefon, um das Datum und die Uhrzeit zu bestimmen, könnte es schon nächste Woche sein.

Ich zucke mit den Schultern und nehme mir eine Flasche Wasser aus dem Regal, trinke sie aus und mampfe ein paar Handvoll verpackter Nüsse. Währenddessen beobachte ich nervös die Schatten über meinem Kopf. Plötzlich verschwinden sie aus meinem Blickfeld; der Asphalt informiert mich aufgeregt, dass sie die Straße überqueren. Als ich gehe, schnappe ich mir eine Dose Ananas, öffne den Deckel und schlürfe den Saft. Ich fische einen Ananasring heraus, falte ihn in der Mitte und stopfe ihn mir in den Mund. Ich könnte von diesem Tunnel aus nach draußen gehen, aber ich habe mir die Magie selbst beigebracht, und genau deshalb bin ich paranoid und habe Angst, dass ich einen Fehler machen könnte. Ich möchte niemanden hierherführen. Ich will diesen sicheren Ort nicht aufgrund von Ungeduld verlieren. Das Risiko ist es nicht wert.

Ich gehe durch die Wand in die pechschwarze Fußgängerunterführung und schaufle mir das Obst in den Mund. Meine Finger kratzen am Boden der mittlerweile leeren Dose, und mit einem enttäuschten Schnauben lasse ich sie los. Sie knallt auf die Erde. Meine Kraft gibt dem Boden einen kleinen Schubs, und die Magie saugt die leere Dose durch den Beton – sie wird in der Mülltüte neben meinem Bett wieder auftauchen.

Ich lecke mir die klebrigen Finger sauber, schlinge

meine unsichtbare Kraft um mich, und der Beton hebt mich lautlos in die Nacht.

Warum tue ich das noch gleich?

Der Mond ist hinter Wolken versteckt, sodass das einzige Licht von den dunkelgrauen, vereinzelten Laternenmasten entlang der Straße kommt. Die umliegenden Geschäfte sind dunkel, ihre schweren Fensterläden sind heruntergelassen und geschlossen, und der Pier ist still.

Geduckt beobachte ich die Gruppe von Männern um mich herum. Es scheint, als wäre ich mitten im Kampfgetümmel gelandet. Wie ein geisterhafter, verborgener Beobachter schaue ich zu. Die Männer schleichen umher. Ihre Atemzüge vernebeln die Nachtluft. Es ist eiskalt. Im Vergleich zum Tunnel ist die Temperatur draußen um etwa zehn Grad gefallen. Selbst im Hochsommer kann der Wind von der Irischen See ziemlich schneidend sein. Der Winter ist ein Schock für unser System.

Wandler. Keine Elfen. Meine verspannten Schultern lockern sich. *Ich danke Mutter Natur.* Seufzend reibe ich mir das Gesicht, wobei sich durch die Bewegung der Ärmel nach unten rollt und ich einen Blick auf die Rune erhasche. Mit einer Grimasse ziehe ich den Ärmel des Hoodies über meine Hand und mache eine Faust, um den überschüssigen Stoff festzuhalten.

Wandler sind seltsame Kreaturen, auf dem Papier eine unsterbliche Rasse, aber regelmäßige Konflikte und Geburtenschwierigkeiten halten ihre Zahl in Grenzen. Ich weiß nicht, warum sie so spät hier draußen sind oder was für ein seltsames *Rudel-Ding* die hier auf der Promenade abziehen. Was ich weiß, ist, dass sie verschwinden müssen. Sie müssen sich verpissen und nach Hause gehen, damit ich noch etwas schlafen kann.

Meine Aufmerksamkeit wird weiter von der posierenden Hauptgruppe abgelenkt; ah, ich verstehe. Es scheint, als würden sie einen anderen Wandler jagen.

Einen Tiger. Wow!

Meine Augenbrauen steigen bis zum Haaransatz. Ich habe noch nie einen Tigerwandler gesehen. *Ist er verwildert?* Ich neige meinen Kopf. *Ist das der Grund, warum sie hier draußen sind? Um einen verwilderten Wandler zu jagen?*

Seine räuberische Anmut ist unverkennbar. Der leichte Wind vom Meer zerzaust sein dichtes braunoranges Fell. Seine braunen Streifen sind dicker, sodass das Orange nur ein Highlight ist, das sich durch sein Fell zieht. Wunderschön. Auch wenn sich unter all dem Fell ein Mann verbirgt.

Der riesige Tiger legt seine runden Ohren an, senkt seinen Kopf, lässt seine Zähne aufblitzen – Zähne so lang wie meine Hand – und zischt warnend. Als Nächstes ertönt ein katzenartiges Knurren aus dem hinteren Teil seiner Kehle und dröhnt in seiner Brust.

Es ist eine Ur-Symphonie. Der Klang lässt mir einen Schauer der Angst über den Rücken laufen. Ich schüttle den Kopf, als die anderen Wandler ausschwärmen und sich ihm bedrohlich nähern.

Da der Tiger keinen Ausweg hat, drückt er sich mit

dem Rücken gegen die Ufermauer. Gefangen knurrt er weiter. Spucke und Blut schäumen um sein Maul, tropfen sein Kinn hinunter und benetzen das gestreifte Fell auf seiner Brust. Der Tiger dreht sich zur Seite, um die ankommenden Wandler zu beobachten, und ich bemerke, dass er ein paar üble Wunden am Oberkörper hat und seine linke Pfote ein einziges Blutbad ist.

Ich verziehe das Gesicht und mein kaputtes Handgelenk kribbelt vor Mitleid.

Der Tiger ist in Schwierigkeiten. Hier draußen sind mehr als ein Dutzend Wandler. Vier von ihnen haben sich in Wölfe gewandelt, die anderen bleiben in ihrer menschlichen Gestalt. Ein paar von ihnen tragen Waffen. Das Metall glänzt im Licht des Laternenpfahls. *Silber.*

Ach du grüne Neune. Silber ist für Wandler wie Eisen für die Fae. Es ist giftig, und nach allem, was ich gehört habe, können genügend Silberpartikel in der Blutbahn selbst einen ausgewachsenen Wandler töten. Es hindert sie daran, sich zu wandeln. Wandler können alles heilen, wenn sie sich wandeln können, wobei sich ihre Zellen jedes Mal regenerieren, aber wenn sie Silber in sich tragen, ist das fast ein garantiertes Todesurteil, besonders während eines Kampfes.

Es sieht nicht gut aus für den Tiger.

»Bill, schnapp ihn dir und mach ihn fertig!«, ruft ein Wandler mit breiten Schultern und einer markanten Höckernase. Nach seinem Kommentar lachen und höhnen ein paar Männer, als er einen grauen Wolf mit seinem Stiefel anstupst. »Bring das zu Ende!«

Auf den groben Stoß hin pirscht der graue Wolf, Bill, mit einem animalischen Knurren auf ihn zu. Er wird von den anderen drei Wölfen flankiert. Massive Tiere, deren Fell eine Mischung aus Silber und Schwarz ist, umkreisen den verletzten einsamen Wandler.

Ich bin froh, dass der Tiger größer ist, viel größer, aber er ist so was von in der Unterzahl. Ich schleiche vorwärts. *Pepper, was zum Teufel machst du da? Wage es bloß nicht! Es gibt nichts, was du tun kannst.* Ich schlucke mein schlechtes Gewissen hinunter, halte mich an meinem gesunden Menschenverstand fest und mache einen kleinen, unentschlossenen Schritt zurück.

Meine gute Hand ballt sich zu einer Faust. Ich bin nutzlos. Wenn ich nicht helfe und hier stehe und zusehe, komme ich mir wie ein Arsch vor. Als wäre ich eine furchtbare Person. *Das Böse passiert, wenn gute Leute nichts tun.*

Aber ich bin nur ein Troll, und ein lausiger noch dazu. Was kann ich schon ausrichten? Ich bin nur einen Meter achtundsechzig – durchschnittlich für einen Menschen, mickrig für einen Troll – und habe ein gebrochenes Handgelenk. Ich stoße ein selbstironisches Lachen aus. Ich kann nicht einmal mich selbst in Sicherheit wissen. Ich kann mir selbst nicht helfen, also wie soll ich ihm helfen?

Eine dumme, einsame Träne der Frustration rinnt mir über die Wange und ich wische sie mit dem Handrücken weg. Hierherzukommen war ein Fehler. Ich hätte zurück ins Bett gehen sollen, als ich gemerkt habe, dass es nicht die Elfen waren.

Und der Tiger könnte der Bösewicht sein. Es ist nicht immer alles schwarz-weiß; es ist nicht immer das, was es zu sein scheint. Ich sollte mich um meine Angelegenheiten kümmern. Ich nicke. Ja, ich kümmere mich um meine Angelegenheiten.

Feigling!, schreit meine innere Stimme. Ich reibe mir die Brust. *Komm schon, Pepper, das geht dich nichts an. Eine Tracht Prügel sollte für jeden reichen. Geh wieder rein!* Ich muss das hier auf sich beruhen lassen.

Die Nacht wird zu einem chaotischen Tanz aus Gelächter, Fell und wildem Zähnefletschen, während die vier Wölfe immer näher schleichen. Zwei Wölfe brechen nach links und zwei nach rechts aus.

Ich trete vor und dann zurück, vor und zurück. Als würde ich einen Tanz aufführen. Ich will helfen, aber ich kann nicht. Ich möchte sie so gern anschreien, dass sie den Tiger in Ruhe lassen sollen. *Aber ich kann nicht.* Ich schlucke. Es ist eine unausgesprochene Regel, dass Wandler sich um Wandler kümmern. Außerdem sind Wandler in Tierform giftig für Frauen.

Ein Biss, und ich bin tot. Ich bin nicht stark genug, um mich davor zu schützen. Vor ihnen.

Ich gehe einen weiteren kleinen Schritt zurück und bleibe an der Stelle stehen, wo ich normalerweise den Tunnel betrete. Wenn ich weiter zusehe, werde ich wochenlang Albträume haben. Wahrscheinlich sogar Jahre.

Es tut mir leid. Viel Glück, flüstere ich im Geiste.

Dann, als hätte das Schicksal meine Gedanken erhört, macht der Tiger seinen Zug. Mir stockt der Atem, als sich die Fangzähne entblößen, die Krallen ausfahren und der furchterregende graue Wolf Bill dem Tiger an die Kehle springt. Der Tiger lässt sich auf den Rücken fallen und seine massiven Krallen graben sich in den Unterleib des Wolfes.

Ich halte mir den Mund zu, als Bill vor Schmerz aufheult und seine Eingeweide in einem Strudel auf den Boden spritzen. Der Tiger springt auf und schlägt einem anderen Wolf quer über den Kopf, sodass dieser mit zertrümmerten Knochen gegen die Ufermauer knallt. Mit Fäden blutiger Spucke, die aus seinem Maul tropfen, stürzt sich der Tiger auf die beiden anderen Wölfe und schleudert sie wie Bowlingkegel auseinander.

Ich beobachte erstaunt, wie das Blut aus seiner verletzten Pfote bei jedem Schritt spritzt, während er auf die anderen Wandler hinter mir zusteuert. Hinter mir? *Was zum Teu...*

Der Tiger trifft mich und wir gehen beide wie ein Sack Kartoffeln in einem Wirrwarr aus Gliedmaßen zu Boden.

»Geh runter von mir!«, schreie ich. Die pelzige Bestie ist unvorstellbar schwer. Ich kann nicht atmen! In Panik tue ich das Einzige, woran ich denken kann, der Beton teilt sich, und wir beide verschwinden in der Dunkelheit.

Kapitel Vier

Durch das Gewicht von uns beiden ist mein magischer Halt nur noch sporadisch vorhanden und ich kann unseren Absturz nicht kontrollieren. Wir landen wieder auf dem Boden, wobei mein Gesicht gegen seine mit Spucke bedeckte Brust klatscht und mein Körper sich zwischen seinen pelzigen Vorderbeinen ausbreitet. Meine angsterfüllten Atemzüge hallen wider, und die Schwärze der Unterführung ist erdrückend.

Großartig, jetzt habe ich einen verwilderten Tiger zu Gast – einen Gast, dessen Pfote halb über meinen Beinen liegt. Ich erinnere mich an seine massiven Zähne, wackle, drehe mich und benutze meine Beine, um unter ihm hervor zu klettern.

Er knurrt.

O nein! O nein. Aaah. Ich kann überhaupt nichts sehen. Ich wette, der riesige knurrende und zischende *Tiger* kann in der Dunkelheit sehen. Ich zittere und rutsche weiter auf meinem Hintern, bis ich mit dem Rücken an der Wand ankomme. Ich stütze mich an den Fliesen ab und halte meinen schmerzenden Arm an meine Brust gepresst – ein Wunder, dass ich nicht noch mehr Schaden angerichtet habe –, taumle auf die Beine und schieße dann einen Funken Energie auf die Fae-Laternen. Sie erwachen zum Leben, und meine Augen brauchen ein paar Sekunden, um sich an das grelle Licht zu gewöhnen.

Ich blinzle. Wir starren einander an.

O nein! Meine Augen weiten sich, und ich verkneife es mir, mich hektisch abzutasten. In meiner Panik habe ich meine Unsichtbarkeit verloren. Wie durch ein Wunder ist meine Kapuze noch über meinem Kopf. Ich neige das Kinn, um den größten Teil meines Gesichts zu verbergen. Ich hoffe, der Tiger hat nicht genug gesehen, um mich zu identifizieren. Obwohl ich mir sicher bin, dass er gerade meinen Geruch aufnimmt.

Sein Schwanz zuckt hinter ihm hin und her, und seine Ohren legen sich flach an den Kopf. Ich schlucke, als er aufsteht und mit einem katzenhaften Fauchen auf mich zustürmt.

»Friss mich nicht!«, schreie ich. »Das war nicht meine Schuld.« Die Steine nutzen die Gelegenheit, um in meinem Kopf zu summen und mir schnell Informationen zu geben, die ich mit einem würdelosen, hohen

Quietschen an den Tiger weitergebe, wobei meine Worte unbeholfen schnell und abgehackt herauskommen. »Die Wandler da draußen suchen nach dir. Für sie hast du dich in Luft aufgelöst. Dein Sprung, als du in mich hineingelaufen bist, könnte«, hoffe ich, »als Aktivierung eines Zaubers gedeutet werden.«

Mein ganzer Körper zittert. Ich bin das hier nicht gewohnt. Ich bin es nicht gewohnt, mit manischen Wandlern herumzuhängen. Ich bin keine Leute gewohnt und ich weiß nicht, was zum Teufel ich hier überhaupt tue.

Die bernsteinfarbenen Augen des Tigers verengen sich.

Oh. Im Nachhinein betrachtet, hätte ich das vielleicht nicht sagen sollen. Der Gedanke, dass die anderen Wandler sein Verschwinden als Flucht vor dem Kampf interpretieren würden, könnte den Tiger noch mehr verärgern. Wandler haben monumentale Egos. Ich habe lieber mein winziges Ego, als dass ich tot bin.

»Zu unserem Glück haben sie mich nicht gesehen. Ich bin erst sichtbar geworden, als wir hier unten in einem Haufen gelandet sind.« Warte mal, was habe ich gesagt? *Zu unserem Glück?* Ich schüttle den Kopf. »Zu deinem Glück.« Es gibt kein *uns.* Nur einen furchterregenden Tiger-Wandler mit großen Giftzähnen, der mit einer Fremden in einen geschlossenen Raum gezwungen wurde, mit *mir* und ... er knurrt immer noch!

Okay, jetzt reicht's, ich habe genug. »He, Mr. Tiger, sprich doch mal mit dir selbst. Warum knurrst du? Was zum ...?« Mein guter Arm flattert gegen meine Seite, als ob das helfen würde, die Worte zu finden. »... warum zum Pixiefurz musstest du ausgerechnet in mich laufen?«, beende ich meine Tirade lahm.

Als Antwort fletscht der Wandler seine scharfen Zähne, die Luft flackert um ihn herum und der Geruch von Ozon steigt mir in die Nase, als sich der Tiger in einen riesigen Mann wandelt.

Oh, Mist. Ich hätte meinen Mund halten sollen.

Ich schnaufe, als ich seinen kantigen Kiefer, die breiten, vollen Lippen, die gerade Nase und die Tatsache, dass er sexy Männerkleidung trägt – ein schwarzes, langärmliges Top und Jeans – wahrnehme.

Wenigstens ist er nicht splitterfasernackt. Der Bekleidungserhaltungszauber eines Wandlers ist teuer, also ist er kein gewöhnlicher Schläger. Ich sollte auch froh sein, dass er keine Silbervergiftung hat und nicht auf meinem Fußboden einen grausamen, schmerzhaften Tod stirbt und dann im Müllsack am Ende meines Bettes landet. Nicht, dass er da reinpassen würde. Er. Ist. Riesig.

Aber er ist am Leben, und das ist gut so. Juhu.

»Ich wusste nicht, dass du da bist«, faucht er. Seine Stimme in menschlicher Gestalt ähnelt seinem Knurren in der Wandlung, ein rasselndes Grollen, das tief aus seiner Kehle und seiner Brust kommt. »Wer treibt sich mitten in der Nacht auf der Promenade rum?« Seine grausamen, dunkelblauen Augen sind voller Bosheit.

Meine Güte, der ist wirklich riesig und ... *wütend.*

Meine Augenbrauen zucken hoch. Ich bin Leute

nicht gewohnt, und wenn es um diesen Wandler geht, scheine ich meinen Mund nicht halten zu können.

»Ähm, ja, die Hexen würden sagen, dass der Topf über den Tiegel redet. Ihr«, ich zeige mit zitternder Hand auf ihn, »wart diejenigen, die *mich* geweckt habt.« Ich klopfe mir auf die Brust. »Während ihr da oben in aller Öffentlichkeit wie die Tiere gekämpft habt.« Ich beende meinen Vorwurf mit einem tadelnden Geräusch.

Als ich seinen Gesichtsausdruck sehe, trocknet mein Mund sofort aus. Ich habe gerade einen Wandler ein Tier genannt. Ach, Scheiße. Warum zum Teufel habe ich das gesagt? Ich muss wirklich lernen, wann ich die Klappe halten muss.

Der Wandler bewegt sich.

In der einen Sekunde steht er bedrohlich auf der anderen Seite der Unterführung und nimmt viel zu viel Platz ein, und in der nächsten erhebt er sich über mir und erdrückt mich mit seiner Masse. Ich zucke zusammen und hangle mich an der Wand entlang, um zu entkommen, während er mir hinterher pirscht.

Mit einem Zähnefletschen holt er mit seiner Hulk-großen Hand aus und packt mich.

Er umklammert meinen gebrochenen Arm.

Ich schreie.

»Was zum Teufel?« Er lässt mich los. Aber der Schaden ist angerichtet. Der Schmerz ist unerträglich. Mit einem Wimmern drehe ich mich von ihm weg und kauere mich zusammen, um meinen gebrochenen Arm zu schützen, während schwarze, schlängelnde Linien meine Sicht erfüllen. Ich taumle. Es kostet mich alles, nicht ohnmächtig zu werden. Ich muss gehen. Ich muss sofort von hier weg.

Der Wandler fängt mich an der Taille auf. »Was ist mit deinem Arm passiert?«, brummt er, während er mich an seine brummende Brust zieht. Dann tut er etwas Seltsames. Er lässt sich auf den schmutzigen Boden plumpsen und fegt meine wackeligen Beine unter mir weg. Er setzt mich auf seinen Schoß, als wäre ich fünf Jahre alt, und wiegt mein gebrochenes Handgelenk zwischen seinen massiven Händen so vorsichtig, als wäre ich ein kleiner Vogel. Mit verengten, wütenden blauen Augen krempelt er meinen Ärmel hoch und begutachtet das Handgelenk.

»Ist schon okay.«

»Es ist nicht okay. Habe ich das getan?«

Ich schüttle den Kopf.

Er brummt.

Ich schniefe.

Seine Hand lässt meinen Arm los, um mir die Kapuze vom Kopf zu reißen. Ich begegne seinem aufmerksamen Blick. Seine dunkelblauen Augen haben ihr manisches Glitzern verloren, als der Tiger mein Gesicht mustert und die Tränen beobachtet, die von meinem Kinn tropfen.

»Es geht mir gut«, flüstere ich und reibe mein nasses Gesicht unbeholfen an meiner Schulter.

Wieder brummt er leise und holt einen Trank hervor. »Gegen die Schmerzen.« Ohne zu fragen oder mir die

Chance zu geben, etwas dagegen zu sagen, schüttet er den Zaubertrank großzügig auf meinen Arm. »Der Knochen muss wieder eingerenkt werden.«

»Nein, es ist …«

»Schau weg!«, knurrt er.

»Was? Was hast du vor?« Ich versuche mein Bestes, mich aus seinem Schoß zu winden, aber er manövriert mich und ich merke, dass ich wie eine Schraubenmutter gegen seine massive Brust und seinen riesigen Arm gepresst bin.

Eine massive Hand umklammert meinen Unterarm und meinen Ellbogen. Die andere Hand zieht und dreht mich, ohne dass er einen Countdown runterzählt. Dank des Schmerztranks spüre ich nichts, aber ich schnappe nach Luft und starre ihn entsetzt an. Mein Mund klappt ungläubig auf, als die Knochen einfach so auseinandergezogen und wieder zusammengedrückt werden. Ich starre auf mein nun nicht mehr verbogenes Handgelenk hinunter und blinzle.

Ein weiterer Zaubertrank, ein silberner *Heile-mich-*Zauber, erscheint in seiner Hand und ersetzt die *Schmerzfrei*-Flasche, und mit einem weiteren großzügigen Spritzer überkommt mich das kühle Prickeln des aktivierten Heilzaubers. Ich kann die Wirkung des Mittels unter meiner Zunge schmecken, und innerhalb weniger Augenblicke ist die Verletzung verschwunden.

Sie ist weg.

Meine Sicht verschwimmt, mein Kopf rollt gegen seinen Arm, und meine verräterischen Augen fallen zu. *O nein. Das ist nicht richtig.* Der Schmerzzauber, auf den schnell der Heilzauber gefolgt ist, setzt mich außer Gefecht. Träge dreht sich mein Magen um und mein Herz setzt einen Schlag aus, aber die Angst, die ich verspüren sollte, wird von seiner Körperwärme und dem Duft frisch gewaschener Kleidung überwältigt.

Auf keinen Fall darf ich in den Armen dieses Fremden das Bewusstsein verlieren. Meine Magie greift nach dem Beton und nimmt kleine Bissen von der Kraft und Stärke der Unterführung. Die Kraft durchflutet meinen Körper wie ein Adrenalinstoß. Ich keuche und meine Augen fliegen auf.

»Ananas.«

»Wie bitte?« Ich blinzle ihn an.

»Du riechst nach Ananas.«

Oh. *Oh!* »Ja.« Ich schlage mir die Hand vor den Mund, um meinen Ananasgeruch zu unterdrücken. Ist dieser Wandler echt? »Ich mag Ananas«, murmle ich durch meine Finger.

Wie lange ist es her, dass ich mir die Zähne geputzt habe?

Zahnbelag und Ananas sind keine gute Kombination. Meine Zunge fährt die unterste Reihe entlang und bleibt an einem Haken hängen. Die Stoßzähne wachsen nach. Wenn sie voll ausgebildet sind, sind die verdrehten, scharfen Eckzähne peinlich und sehen unschön aus. Deshalb feile ich sie ab.

Ich lasse die Hand sinken und bedecke die hässlichen Zähne mit meinen Lippen. Ich bin nicht gut darin. Ich bin nicht gut darin, mit der Welt zu interagieren, und die Zaubersprüche haben es noch schlimmer gemacht. Sie haben mich noch dümmer gemacht – die einzige Erklärung dafür, dass ich mich in seine Arme kuscheln möchte.

Der Wandler runzelt die Stirn. Wahrscheinlich wundert er sich, dass ich nicht ohnmächtig geworden bin.

Ich betrachte ihn. Sein dunkles Haar ist an den Seiten kurz geschnitten, aber oben auf dem Kopf länger, was seinen knochenharten Körperbau noch besser zur Geltung bringt. Er hat ein markantes Gesicht, eine raue und furchterregende Art von Attraktivität, mit hohen, weiten Wangenknochen, vollen Lippen und einem starken Kiefer, der in eine Zeitschrift gehört.

Warum habe ich erst jetzt gemerkt, dass der Tiger lächerlich gut aussieht? Ich weiß es nicht. Aus Angst vielleicht? Ich brauche noch ein paar Sekunden, in denen ich in die verwirrten dunkelblauen Augen des Tigers starre – sie haben einen marineblauen Rand –, bis es mir dämmert.

Ich sitze immer noch auf seinem Schoß.

Ich bin an die Brust dieses Fremden geschmiegt. »Aaah.« Ein Hauch von Ananas-Atem entweicht zwischen meinen zusammengepressten Lippen und ich ramme ihm ungeschickt einen Ellbogen in den Bauch, während ich auf die Beine klettere.

»Tut mir leid. Tut mir leid.« Ich hebe beide Hände in einer beschwichtigenden Geste und schlurfe unbeholfen davon. »Vielen Dank, dass du mein Handgelenk repariert hast. Ich werde wieder ins Bett gehen. Ich werde die Augen offen halten, falls diese Wandler hier herumschnüffeln. Ich bin mir ziemlich sicher, dass du jetzt in Sicherheit bist, aber vielleicht ist es das Beste, wenn du bis zum Morgengrauen hierbleibst.«

Sein aufmerksamer Blick schweift von mir ab und wandert durch die feuchte Unterführung, wobei er die abblätternde Farbe an der Decke fixiert. Seine Oberlippe kräuselt sich mit schlecht verhüllter Abscheu. »Du wohnst hier?«

Ich versuche, seinen Ekel zu ignorieren und ... ist das Besorgnis? Ich schlurfe mit den Füßen. »Brauchst du etwas?« Ich kann ruhig höflich sein.

»Etwas Wasser?«

Ich ziehe an der Magie, und eine Wasserflasche kommt aus der Wand zum Vorschein. Ich reiche sie ihm.

Er stößt ein Brummen aus – ich nehme an, das ist sein Markenzeichen. »So etwas habe ich noch nie gesehen.« Er nickt zur Wand. »Deine Magie ist mächtig.« Er dreht den Verschluss auf und nimmt einen Schluck, während er mich mustert. Als die Hälfte der Flasche leer ist, fragt er wieder: »Du wohnst also hier?«

Ich zucke mit den Schultern. Ich muss seine Fragen nicht beantworten, und er wird nicht lange bleiben. Ich habe ihn versehentlich davor bewahrt, dass ihm der Kopf eingeschlagen wird, und er hat im Gegenzug meinen Arm repariert. Ein Gewinn für uns beide. Wir schulden einander nichts.

Dunkelblaue Augen beobachten mich, während er sich mit dem Rücken an die Wand lehnt. Die Flasche baumelt locker in einer Hand – seine Finger sind elegant und lang. Er schaut mich mit einem Polizistengesicht an. Er denkt, sein Schweigen würde mich zum Reden bringen, aber er weiß nicht, dass ich das unsichtbare Mädchen bin. Strenge Blicke und Schweigen sind nicht mein Kryptonit.

Reden ist eher ein Problem für mich. Ich kann mich nicht erinnern, wann ich das letzte Mal so viel mit einer anderen Person gesprochen habe. »Ich glaube, es ist das Beste, wenn du den Rest der Nacht hierbleibst, und allein kommst du hier eh nicht mehr raus. Der Tunnel ist versiegelt, und du wirst meine Hilfe brauchen, um durch den Beton zu kommen. Wenn es sicher ist, will ich, dass du gehst.«

»Ich muss nicht gerettet werden.« Seine Lippe kräuselt sich.

Ich werfe einen Blick auf seine Zähne und verenge meine Augen. *Hm.* Liegt es an mir, oder sehen diese Beißerchen markanter und schärfer aus als normal? Ich bin keine Expertin für die Zähne von Wandlern, aber diese bösen Buben sind mehr als nur ein Mund voll. Sie haben zwar keine Goblin- oder Nixenzähne, aber trotzdem ... Sollten sie nicht die Größe eines Menschen haben? Oh, und nach Wandler-Maßstäben ist das Fletschen der Zähne aggressiv und unhöflich.

Meine Nasenlöcher weiten sich, und natürlich mache ich meinen Mund auf. »Tja, na ja, du bist Gast in meinem Haus, also wirst du es wohl noch ein paar Stunden aushalten, bis es hell wird.«

Der Tiger starrt mich an.

Ich könnte ihn einfach gehen lassen … Nein. Mein Bauchgefühl sagt mir, dass er noch ein paar Stunden bleiben muss, und das Warten wird ihn nicht umbringen.

»Bist du aus Faerie?«

Dieser Tiger weiß nicht, wann man die Sache auf sich beruhen lassen sollte. Ich habe diese Art von Spiel schon ein oder zwei Mal gesehen. Wenn du dein Leben damit verbringst, Leute in solchen Situationen zu beobachten, solltest du nur die Fragen stellen, auf die du die Antwort kennst.

Ich pruste und rolle mit den Augen. »Höre ich mich an, als käme ich aus Faerie?« Ich weiß, dass ich einheimisch klinge. »Die Toiletten sind hinter den Toren. Die Damenklos sind die besten, und die zweite Kabine von hinten ist sauber.« Der Wandler hat so viele Muskeln, dass ich mir sicher bin, dass er das festsitzende Metallgitter aufstemmen kann, um hineinzukommen.

Er öffnet seinen Mund …

Ich mache mich unsichtbar.

Ich stehe eine Sekunde lang da, unzugänglich für seine Sinne. Das hätte ich nicht tun sollen, nicht direkt vor seinem Gesicht. Ich fahre mir mit den Fingern durch meine grünen Haare. Ich hoffe, ich habe keinen kolossalen Fehler gemacht.

»Was zum Teufel ist sie?«, knurrt er vor sich hin.

Die Gewalt in seinen Worten lässt meine Hände

zittern; ich klettere durch die Wand zu meinem Tunnel. Ich habe es nicht nötig, ihn wie eine Spannerin zu beobachten.

Vielleicht schiebe ich ihn zurück auf die Straße, ohne mit ihm zu reden. Oh, das ist eine gute Idee. Das erspart uns ein weiteres kleines Gespräch – dieser neugierige Tiger. Ihm steht Polizist förmlich ins Gesicht geschrieben. Ja, bei all den teuren Tränken würde es mich nicht wundern. Bei meinem Glück ist er ein Jäger.

Als ich zurückkomme, sehe ich mir das schäbige Bettzeug an. Nervös überlege ich. Das Kissen oder die Decke? Ich will nicht, dass das Kissen auf dem Boden der Unterführung liegt; die Decke kann etwas Schmutz vertragen und wird dann einfach gewaschen. Ich drücke die Decke an die Wand und schicke sie zu ihm, zusammen mit einer weiteren Flasche Wasser, einer kostbaren Dose Ananas und einigen Päckchen Nüssen.

Dann schnüre ich meine Stiefel auf, ziehe sie aus und falle ins Bett. Meine Klamotten sind nicht mehr sauber, aber darum kümmere ich mich morgen früh. Das Feldbett lässt sich abwischen, also ist es nicht so, dass ich eine permanente Sauerei anrichte. Ich bitte auch die Steinmagie, mich zu wecken, sobald es hell ist. Sie weiß, dass sie mich wecken muss, wenn etwas Unerwartetes passiert – oder wenn unser *Gast* etwas Ungewöhnliches tut.

Ich liege auf dem Rücken, das weiche Kissen unter dem Kopf, und halte meinen geheilten Arm gegen das Licht. Ich drehe mein Handgelenk nach links und rechts. Kein Schmerz. Es ist so gut wie neu. Ich bin so erleichtert, dass es Wandler waren und nicht die Elfen. Ich stoße ein humorloses Lachen aus.

Mein Leben ist ein einziges Chaos.

Aber ich lebe.

»Ich lebe immer noch«, flüstere ich und wackle mit den Fingern.

Der Tiger hätte mich problemlos beißen können. Ich bin dankbar, dass er mein Handgelenk gerichtet hat, und ich bin froh, dass er nicht tot ist oder im Sterben liegt. Ich weiß nicht, wie er heißt – und das ist auch gut so, denn wir brauchen nichts übereinander zu wissen.

Bindungen sind nichts für mich. Ich bin mein eigener bester Freund. Immer wieder lassen einen Leute im Stich. Durch die Steine hindurch schaue ich nach ihm. Er sitzt in einer Ecke. Es sieht so aus, als hätte er sich eingerichtet. Mit einem Ruck dimme ich die Fae-Laternen.

Ich kuschle mich in das Kissen, denn die doppelte Ladung an Tränken macht es mir besonders schwer, wach zu bleiben. Kurz bevor mir die schweren Augen zufallen, erinnere ich mich an die geliehene Tasche.

Kapitel Fünf

Oh. Jetzt bin ich hellwach und mir ist kalt. Meine Decke ist zwar dünn, aber ich vermisse ihr Gewicht. Ich schnaufe. Mein Blick wandert zu der Tasche, die ich gestohlen habe und die unschuldig an der Wand lehnt. »Ich werde sie morgen durchschauen«, grummle ich und drehe mich auf die Seite.

Da könnte was Gefährliches drin sein.

Es könnte aber auch ein schöner, warmer Schlafsack sein – ein von Elfen gefertigter, schicker Schlafsack, der die Körpertemperatur reguliert. Ich stelle mir vor, wie schön es wäre, in diesem kalten Winter so eine Decke zu haben.

Stöhnend stehe ich auf, lasse mich neben der Tasche

auf den Boden fallen und lehne mich mit dem Rücken an das Regal, während ich sie zu mir ziehe. »Okay, was haben wir denn hier?« Die schwere Tasche schrammt über den Stein, bevor sie sich zwischen meinen Beinen platziert. Ich mache sie schnell auf.

Als starke Magie herausquillt und mich im Gesicht trifft, zucke ich zusammen. Ich blinzle. Die Magie sorgt dafür, dass die kleinen Härchen in meiner Nase brennen. Ich schniefe und reibe meine Nase mit der Handfläche, während ich in die Tasche schaue. Ortungszauber haben einen besonderen Biss. Wenn sie stark genug sind, können sie sogar meine Ohren zum Platzen bringen. Dieses Gefühl habe ich bei der Tasche oder ihrem Inhalt nicht. Hier drin gibt es keine Ortungszauber. Ich seufze. Na, das wäre ja ein Albtraum gewesen.

Keine Ortungszauber, aber die Magie darin ist mächtig.

Ein Schauer der Angst läuft mir über den Rücken. *Was habe ich nur getan?* Ich habe normalerweise nicht die Angewohnheit, irgendwelche Sachen zu klauen. Ich habe die Tasche nur mitgenommen, weil sie alle meine Sachen gestohlen haben. Mein Handy, mein Datapad, meinen Mantel. Ich puste meine Wangen auf, schiebe meine Angst beiseite und greife nach dem ersten Gegenstand.

Es ist eine Elementarmagie-Wasserflasche. Cool! Ich tippe sie an. Sie ist ein echtes Exemplar, denn sie klingt wie Glas. Ich drehe sie in meiner Hand. Sie besteht aus einem Fae-Material, das viel zu extravagant ist, als dass ich wüsste, wie es heißt, da ich keine Fae-Ausbildung habe. Es wurde so verzaubert, dass es Flüche und Zauber entfernt, Wasser reinigt und filtert, bis es kristallklar ist. Ich summe leise vor mich hin, während ich es in das Regal hinter mir schiebe. Es ist versiegelt, also ist es brandneu – ein ausgezeichneter Fund.

Als Nächstes kommt ein weicher, seidiger Stoff zum Vorschein. Klamotten. Oh, so einen Stoff habe ich schon mal gesehen. Ich wackle, mein Hintern schrammt über die Ziegel und ein breites Grinsen zerrt an meinen Wangen. Teuer und von Elfen gefertigt – magische Runen in den Nähten passen die Passform automatisch an. Die schwarze Hose, das Oberteil und die Socken können jeder Figur angeglichen werden. Außerdem passen sich die teureren Kleidungsstücke der Umgebung an und schützen den Träger vor Zaubern, Flüchen, extremer Hitze, Kälte und Wasser.

Ich falte sie ordentlich zusammen und verstaue sie in einer leeren Plastikbox. Ich habe gehört, dass einige von ihnen Schuppen haben und dass Vampirkrieger sie für ihre Blutrüstungen verwendet haben. Ich rolle mit den Augen. *Vampire.* Bei denen dreht sich immer alles nur um Blut. Ich würde mir doch auch nie eine Ananas-Rüstung machen. *Verflixte Spinner.*

Essen. Essen und noch mehr Essen. Ich ziehe dicke Päckchen mit Proviant heraus und verstaue das Festmahl – kein Wunder, dass die Tasche so verdammt schwer war. Wenigstens werde ich für eine Weile nicht mehr hungern müssen.

Ich grinse, als ich ein weiteres Kleidungsstück und eine seidige, weiche Decke finde, die perfekt für mein Bett ist. Ich halte den Stoff an mein Gesicht. Alles hier drin ist mit Magie vollgestopft und brandneu.

Als Nächstes hole ich eine Fae-Medizinschachtel heraus und öffne den Deckel ein wenig zaghaft. Ich stöhne auf und stoße mit dem Hinterkopf gegen das Regal, als ich ein dickes, quadratisches Buch sehe, das mit mächtiger Magie gefüllt ist – das Medizinkastenbuch ist voll mit alten Fae-Runen.

Ich klappe den Einband auf. Von Hand auf handgeschöpftem Papier gezeichnet und mit einem natürlichen Faden genäht. Es muss Hunderte von ihnen geben. Wenn man die Wahl zwischen Tränken und Runenmagie hätte, entscheidet man sich für die mächtigeren Runen. Na ja, das würde man, wenn man etwas Verstand hätte. Ich habe keine Ausbildung in Runen oder eine Ahnung, was die meisten von ihnen bewirken, aber die Rune auf der ersten Seite habe ich schon einmal gesehen, und sie ist zum Heilen – es ist eine medizinische.

Ich schüttle den Kopf und stöhne wieder. Wenn ich die Tasche sofort geöffnet hätte, nachdem ich mich aus dem Portal geschleppt habe und bevor ich zusammengebrochen und eingeschlafen bin, hätte mich die Rune sofort wieder gesund gemacht.

Dann hätte mich der furchterregende Tiger-Wandler nicht heilen müssen.

Ich glaube ... Ich beiße mir auf die Lippe, und meine Fingerspitzen streichen sanft über das Buch. Ich glaube, mein gebrochener Arm hat den Tiger davon abgehalten, mich zu verletzen, denn mein Schmerz schien ihn aus seiner Wut gerissen zu haben. Mit diesem beängstigenden Gedanken klappe ich das Buch wieder zu und schiebe den Verbandskasten in ein Regal.

Am Boden der Tasche befindet sich eine dunkle Holzkiste. Mit einem kaum hörbaren Knarren öffne ich den Deckel. *Amulette.* Mir dreht sich der Magen um. Der dunkelgraue Schaumstoff am Boden der Kiste ist perfekt ausgeschnitten, um die verschiedenen Amulette darin zu verstauen.

Vier Reihen. Zwölf Amulette. Nein, dreizehn. Da ist ein metallisches Amulett in Form eines Wolfs. Es sieht aus, als hätte ihn jemand wahllos hineingeworfen. Ich nehme es und lege den kleinen Wolf auf den Boden. Das Metall fühlt sich an meinen Fingern seltsam warm an. Mit einem kleinen Stirnrunzeln richte ich den Wolf so aus, dass er in der Mitte eines roten Ziegelsteins sitzt und nicht umfallen kann. Dann wende ich meine Aufmerksamkeit wieder den anderen Amuletten zu.

Jeder neue Anhänger, den ich herausziehe, beunruhigt mich mehr und mehr. Jeder fühlt sich mächtiger an als der vorherige. Alle dreizehn sind etwa zweieinhalb bis dreieinhalb Zentimeter hoch. Sie sind ein kleines Vermögen wert. Ich könnte damit ein Haus kaufen. Himmel, damit könnte ich sogar ein Anwesen kaufen.

Nicht, dass ich etwas damit anfangen könnte, denn es wäre Selbstmord, sie zu Geld zu machen. Nein, ich kann die Sachen nicht verhökern. So macht man sich zur Zielscheibe.

Ich stelle sie in einer Reihe neben meinem Oberschenkel auf. Die aus Stein gefertigten Figuren haben eine tiefere Verbindung zu mir, und sie singen den Namen des Hexenmeisters. Gary Chappell. Er muss ein sehr talentierter Hexer sein.

Ein Steinamulett in Form einer schwarzen Katze zieht meine Aufmerksamkeit auf sich. Sie hat Spiegel als Augen. Der Anhänger ist winzig, aber seine Magie hat es in sich. Jedes Mal, wenn ich versuche, mit der Katze zu kommunizieren, stößt sie meine Magie aggressiv zurück. Ein *Reflektiere-mich*-Zauber. Praktisch. Das Katzenamulett reflektiert die Magie zu seinem Benutzer zurück.

Was soll man mit diesen Gegenständen machen? Ich habe eine Idee!

Ich lasse die Amulette liegen, wo sie sind, stehe auf und durchstöbere die Regale. Irgendwo hier ist ein altes Armband. Es war billig und wird mit der Zeit durch das Tragen sicher schwarz oder grün werden, aber die Kettenglieder sind stabil und werden nicht so leicht brechen. *Aha.* Ich finde es, lasse mich wieder auf den Boden plumpsen und schnappe mir die aggressive schwarze Katze.

Was habe ich denn heute bloß mit Katzen?

»Also, wie mache ich das jetzt?«, murmle ich, während ich das Armband herumdrehe. Mit verengten Augen bringe ich die Katze und das Armband zusammen. Als sie sich näher kommen, zuckt und wackelt der kleine Katzenanhänger. »Hm? Was hast du vor?« Ich neige meine Hand. Plötzlich springt der Steinanhänger aus meiner Handfläche und heftet sich mit einem Klicken an das Armband wie ein Magnet.

Ich starre ihn an. »Na, das ist doch mal praktisch.«

Ich schüttle das Armband kräftig, und der Katzenstein verharrt fest daran. Ich spitze die Lippen, zucke mit den Schultern und schwenke das Armband über den restlichen Anhängern. Jeder einzelne wackelt. Einer nach dem anderen, in der Reihenfolge ihrer Wahl – was mich überhaupt nicht beunruhigt – schießen sie in die Luft, dann *klick, klick, klicken sie* sich am Armband fest.

Na ja, alle außer dem kleinen Metallwolf. Der bewegt sich überhaupt nicht.

Ich zucke mit den Schultern und lege das Armband um mein Handgelenk. Es schmiegt sich warm an meine Haut. Meine Magie wird die Amulette vor neugierigen Blicken schützen und es ist sicherer, als sie in einem Regal zu lassen.

Meine Aufmerksamkeit richtet sich wieder auf den Wolf, der keine Anstalten macht, sich zu bewegen oder sich an das Armband zu heften. Er stammt wohl nicht von demselben Hexer. Ich hebe ihn auf und drücke ihn gegen ein freies Kettenglied. »Willst du da nicht rangehen?« Als nichts passiert, bringe ich den Anhänger näher an mein Gesicht. »Was soll ich denn jetzt mit dir machen?«

Hm, da ist ein Fleck, ein Streifen auf dem Metall. Ich weiß nicht, warum ich das tue. Ich benutze den Ärmel des Hoodies, um den Metallanhänger zu polieren. Als ich über den Fleck reibe, erhitzt sich das Metall in meiner Handfläche und ... es entsteht eine Rauchwolke.

Ich quieke und werfe den Anhänger weg.

Er fliegt mir aus der Hand und prallt ein-, zweimal auf den roten Backsteinboden, bevor noch mehr Rauch und ein magisches Summen zu hören ist. Ich huste, als der Qualm dichter wird, dann wirbelt er auf und ballt sich zur Form eines Wolfes. »Was bei Aladins Wunderlampe ist hier los?«, krächze ich.

Ein Anhänger an meinem Handgelenk erwärmt sich auf meiner Haut. Ich schaue nach unten; es ist ein Amulett in Form einer Schnecke, aber bevor ich das Armband abreißen kann, spricht der schwarze Wolf.

Mein Name ist Eurus. Ich bin ein Beithíoch.

Oha. Er spricht in meinem Kopf. Der Wolf ist echt. Ich kann ihn verstehen. Das Schneckenamulett – das jetzt eine angenehme Wärme auf mein Handgelenk ausstrahlt – muss der Kommunikation dienen.

»Hi, ich bin Pepper.« Ich lächle und winke dem Wolf auf schräge Weise zu. Wenn ich doch nur wüsste, was ich da tue, verflixt. Ich lecke mir über die Lippen und spiele mit. »Ein Beithíoch. Sollen das nicht riesige Katzen sein?« Fae-Monsterkatzen ... Gerüchten zufolge waren sie früher Götter. Ich erschaudere.

Nicht nur Katzen, der Wolf – nein, der Beithíoch – schaut mich mit wölfischer Abscheu an. Cool, jetzt habe ich ihn auch noch beleidigt.

Mein Lächeln wackelt. »Was hast du da drin

gemacht?« Ich zeige auf den Boden, auf den nun leblosen Metallanhänger.

Gefesselt. Ich habe für längere Zeit in ihrer Falle gesessen.

»Es tut mir leid, dass sie dich gefangen haben.« Vielleicht war es nicht die beste Idee, mit den Anhängern aus einer gestohlenen Tasche zu spielen. Ich zapple; mein knochiger Hintern wird taub. *Ist er gefährlich?*

Ich habe kein Verbrechen begangen, sagt er. Er hebt sein Kinn und sieht mich mit großen, traurigen Augen an. Es scheint, als könne er meine Gedanken lesen oder, was wahrscheinlicher ist, meinen verkniffenen und besorgten Gesichtsausdruck. *Du hast mich befreit.*

»Das war nicht meine Absicht, aber ich bin froh, dass du nicht mehr gefangen bist. Wenn du willst, kann ich dir den Weg zum nächsten Portal zeigen, damit du nach Hause gehen kannst.« Ich beuge mich vor und nehme das Wolfsamulett in die Hand. Kaum haben meine Finger es berührt, entsteht ein Riss auf der Oberseite.

»Ups, sorry«, murmle ich, als der Kopf des Wolfsamuletts abfällt und der Rest in meiner Hand zu Staub zerfällt. Ich verziehe das Gesicht, während ich meine schmutzige Handfläche an meinem Bein reibe.

Du hast mich befreit, und ich stehe in deiner Schuld.

»Eine Schuld?« Das heißt aber, dass er trotzdem gehen wird, oder? Er kann nicht hierbleiben. Ich will und brauche keinen haarigen, magischen Mitbewohner. »Ähm ...« *Okay, keine Panik, Pepper. Kein Grund zur*

Panik. Was soll ich dazu sagen? Ich öffne und schließe meinen Mund ein paar Mal, aber nichts. Es kommt nichts heraus. Die Fae können sehr pingelig sein, wenn es um Schulden geht.

Wenigstens kann ich keine Hinterlist in seinen Worten erkennen. Ich bin nicht gut in solchen Dingen. Fragen stellen, Small Talk ... bis ich mir überlege, was ich sagen will, ist die Zeit längst überschritten. Ich bin unbeholfen. Ich nehme die Signale der Leute nicht wahr und vermassle es. Ich habe das Gefühl, dass jeder die nicht ausgesprochenen Gedanken versteht. Jeder, außer mir. Für sie ist das eine Selbstverständlichkeit, die Kunst der Kommunikation. Wenn man dann noch die ganze Körpersprache mit einbezieht, verstehe ich gar nichts mehr. Aber andererseits ist das bei Menschen so. Das hier ist ein Wolf.

»Ähm ...« Ich konzentriere mich auf den Beithíoch. Während ich in meinen Gedanken versunken war, muss Eurus beschlossen haben, dass ich seinen Bedingungen zugestimmt habe. Was auch immer die sein mögen. Oder, was wahrscheinlicher ist, es ist ihm egal, was ich denke. Für ihn ist unser Gespräch eindeutig beendet.

Ich sehe hilflos zu, wie der Wolf sich ein paar Mal im Kreis dreht, sich fallen lässt und am Fußende des Bettes auf dem Boden zusammenrollt. Mit einem wölfischen Seufzer schließt Eurus seine Augen.

Na gut. Ich kratze mich am Hinterkopf. Was zum Teufel soll ich jetzt tun?

Ich starre den schlafenden Beithíoch an – ein

weiterer Gast. Zusammen mit dem Tiger habe ich in meinem ganzen Leben noch nie mit so vielen Wesen an einem Tag gesprochen. Was ist denn hier los? Wenigstens ist er kein weiterer Wandler. Er wird ein Wolf bleiben und sich nicht in einen knackigen Mann verwandeln.

Okay, was soll ich tun? Die Hände in die Hüften gestemmt, drehe ich mich um und schaue mir die Regale an, besonders das Regal mit der Ananas. Ich habe nur noch zweiundvierzig Dosen und ein paar Päckchen mit Nüssen. Womit zum Geier füttert man einen Wolf? Vielleicht kann er ja erst einmal das Elfenfutter essen.

Ich fahre mir mit den Fingern durch die Haare – sie verheddern sich in den vielen Knoten. Ich muss sie bürsten. Ich muss duschen und mir einen neuen Job suchen, um das Essen für den riesigen Wolf zu bezahlen.

Ich nehme die leere Elfentasche und falte sie zusammen. Im Inneren knackt etwas. *Oh-oh. Ich hoffe, das war kein Zaubertrank.* Mit weit aufgerissenen Augen und ausgestrecktem Arm, bereit, dass etwas Schreckliches passiert, hetze ich in den Tunnel und bereite meine Magie vor, um die Gefahr zu bannen. Die Sekunden vergehen, und als die Tasche nicht sofort in Flammen aufgeht, drehe ich sie auf den Kopf und schüttle sie aus.

Es klirrt musikalisch, als Glasscherben auf dem Tunnelboden aufschlagen, dann blitzt ein lila Licht auf, und ein Wurm landet auf dem Boden und schlängelt sich davon.

Ein Wurm mit einem lila Haarbüschel. *Was zum Henker?* Bevor ich ihn greifen kann, schlängelt sich der

Wurm in ein Loch in der Wand und dann ist er weg. Er ist verschwunden. So einen Wurm habe ich noch nie gesehen.

Ich lache und reibe mir das Gesicht, als die Steinmagie ihn nicht finden kann. »Das passiert nie.« Die kleine Kreatur muss eine magische Null sein. Solange der Wurm nicht in mein Ohr krabbelt, während ich schlafe, und mein Gehirn frisst, werde ich ihn in Ruhe lassen.

Es ist ja schließlich nur ein kleiner Wurm.

Der Wurm, der Wolf und der Tiger-Wandler – ein epischer Beginn eines schlechten Witzes. Noch mehr Kreaturen und ich werde ein ständiges Augenzucken entwickeln.

Ich prüfe die Tasche auf weitere versteckte Überraschungen, während der Boden das Glas aufsaugt – es wird im Müll landen. Es ist nichts weiter drin. Ich packe die Tasche weg, schnappe mir ein paar saubere Klamotten und verstecke mich um die Ecke hinter dem Wolf, um mich umzuziehen. Ich wische das Oxford-Gewebe meines Bettes ab, lächle über meinen schicken neuen Bezug, lehne mich mit einer Haarbürste im Schneidersitz zurück und fahre damit durch all die Verfilzungen, Knoten und getrockneten Blutklumpen. Würg.

Das Morgenlicht fällt von der Decke herein. Jetzt ist keine Zeit mehr zum Schlafen, und ich wäre auch auf keinen Fall in der Lage, zu schlafen, wenn der leise schnarchende Beithíoch so nah ist. Und dann ist da noch der Tiger-Wandler in der Unterführung. Ich muss sie loswerden.

Ein kurzer Blick in die Unterführung zeigt, dass der Wandler nicht mehr in der Ecke sitzt. Nein, er geht auf und ab. Ich kneife meine Augen zusammen – vor meinem geistigen Auge sehe ich seine wütenden, frustrierten Schritte. Der Tiger ist im Laufe der Zeit immer unruhiger geworden. Gefährlich. Ich will ihn nicht mehr sehen. Es gibt keine Garantie dafür, was er tun wird. Ich will nicht mit ihm sprechen – er macht mir Angst. Es ist wahrscheinlich sicher, ihn gehen zu lassen.

Ja, er muss gehen.

Er umrundet den Raum und kommt mit seinen schleichenden Schritten immer näher an meinen üblichen Fluchtpunkt heran. Ich löse den Zauber aus und warte. Ein seltsames Lächeln zerrt an meinen Lippen, und wie eine perfekt kontrollierte Falle bin ich bereit, wenn seine Stiefel aufschlagen.

Der Stein schlingt sich um ihn herum und der Tiger versucht vergeblich, aus dem Weg zu springen. Ich schiebe meine Handfläche nach vorn, und der Beton reagiert auf die Geste, indem er dem Tiger einen kleinen Schlag ins Gesicht verpasst. Der Schlag reicht gerade aus, um ihn zu schwächen, während die Magie ihn anhebt und ihn kurzerhand nach draußen wirft.

Puh, er ist raus. So ist es einfacher.

Der Tiger verweilt viel zu lange da draußen und studiert den Boden. Nach etwa zehn Minuten verschwindet er. Ich stelle mir vor, wie er kopfschüttelnd, die Hände in den Taschen, die Promenade entlang schlendert. Wenigstens ist er in Sicherheit. Irgendetwas sagt mir, dass dies nicht das letzte Mal sein wird, dass wir uns sehen, aber ich ignoriere die Vorahnung. Es wird wahrscheinlich *nicht* das letzte Mal sein, dass ich ihn sehe, aber wenn das Schicksal es zulässt, wird es das letzte Mal sein, dass er mich sieht.

Kapitel Sechs

Eurus schlägt ein Auge auf. *Ich habe gesehen, dass du dich erfolgreich um den Wandler gekümmert hast.*

»Wie …?« Woher weiß er das? Ich verenge meine Augen und nicke zur Bestätigung. Ich wette, der Beithíoch kann ihn riechen. »Ja, er ist weg.«

Vorübergehend. Seine Neugierde dir gegenüber wird dafür sorgen, dass er irgendwann zurückkehrt.

Ich zucke mit den Schultern. »Ich hoffe nicht, aber ich kann nicht kontrollieren, was der Tiger tut.« Die einzige Person, die ich kontrollieren kann, bin ich selbst, und deshalb muss ich aufhören, gefährlichen Kreaturen Beton ins Gesicht zu schlagen.

Oh-oh. Das habe ich wirklich getan. Ich reibe mir das Gesicht und stöhne in meine Handfläche. Der Tiger war unhöflich, aber ich hätte nicht unhöflich darauf reagieren sollen. Ich fühle mich irgendwie schlecht, weil ich ihm eine verpasst habe. Warum zum Henker habe ich das getan?

»Ich werde für ein paar Stunden weggehen, um mich frisch zu machen. Willst du mit mir kommen?« Ich deute mit den Daumen auf den Tunnel hinter mir. Ich werde nicht zulassen, dass mich die Angst dazu zwingt, mich hier unten zu verstecken, wenn wichtige Dinge erledigt werden müssen.

Ich werde hier verweilen und die Ruhe des Schlummerns genießen. Es scheint, als wäre mir die Ruhe seit unzähligen Jahren verwehrt geblieben.

Wenn man in einen winzigen Anhänger gestopft wird, kann das schon mal vorkommen. Unbeholfen stehe ich auf, und meine Zehen verkrampfen in den Stiefeln. Es gefällt mir nicht, einen magischen Fremden allein in meinem Reich zu lassen, umgeben von meinen Sachen.

Aber wenn er schlafen will ... und ich muss mich waschen. Ich muss mir das Blut und den Schweiß aus den Haaren waschen, und ein bisschen frische Luft hilft vielleicht auch, meinen Kopf freizubekommen.

»Okay.« Meine Hände zittern, als ich leise meine Sachen zusammensuche und mich bereitmache, zu gehen. Diese ganze Sache, mit dem um mein Leben rennen, hat mich ganz schön durcheinandergebracht. Als Troll bin ich naturgemäß keine Beute. So verängstigt zu sein und nicht zu wissen, was ich tun soll, ist furchtbar, und ich habe es satt.

Ich habe auch Angst, dass ich nie leben werde, wenn ich mich nicht zwinge, mich zu bewegen. *Nicht, dass mein Leben wirklich gelebt wird.* Aber ich tue Dinge und habe Leuten geholfen. Ich bin nicht komplett nutzlos.

Ich bin schon halb aus dem Zimmer, als mich die guten Manieren einholen. Ich wippe von einem Fuß auf den anderen und drehe mich zu Eurus um. »Brauchst du etwas? Hast du Hunger? Durst?« Bei meinem nächsten Gedanken weiten sich meine Augen. *Was, wenn er pinkeln muss?*

Ein erstklassiges Stück Rindfleisch. Er leckt sich über die Lippen und seine lange rosa Zunge streift seine Nasenspitze.

Ich runzle die Stirn. »Ja, ähm, ich habe kein Geld für ein erstklassiges Stück Rindfleisch. Vielleicht kann ich ja ein paar Knochen auftreiben?« Meine Augenbrauen heben sich, und ich lächle zaghaft.

Der Beithíoch schnuppert. *Für den Moment wird das dann wohl genügen.*

»Okay. Sonst noch was?«

Eurus schließt die Augen und weist mich damit unmissverständlich ab.

Also gut. »Ich sehe dich dann in ein paar Stunden wieder.« Ich schnappe mir meine Taschen und gehe.

Ich schlurfe in die Unterführung, wo die Laternen der Fae noch immer gedimmt sind. Der Tiger hat meinen Kegel verschoben, und die Gittertür zu den Damentoiletten wurde aufgerissen.

Ich knirsche mit den Zähnen. In ein paar kurzen

Stunden hat der Tiger so viele Dinge verändert, die sich jahrelang bewährt haben. Das ist der Grund, warum ich keine Gäste habe. Nicht, dass ich irgendwelche Freunde hätte.

Ich lege meine Hand auf das gewaltsam geöffnete Gitter zum Bad, schnappe mir den Kegel und knalle ihn wieder an der richtigen Stelle auf den Boden, wobei ich ihn leicht nach links drehe. So, das ist schon besser. Ich nicke.

Mit einem Zauberimpuls bringt mir der Stein meine Waschsachen und ... Ich runzle die Stirn und kontrolliere die Mülltüte, die ich in der Hand halte. *Hm, sie ist nicht da.* Die Tunika, die ich in Faerie getragen habe, fehlt, und laut meiner Magie liegt sie auch nicht auf dem Boden im Badezimmer.

Mein Herz setzt einen Schlag aus. Der Tiger hat sie doch nicht etwa mitgenommen, oder? Warum sollte der neugierige Tiger mein schmutziges Oberteil klauen? Will er damit beweisen, dass ich illegal das Portal benutzt habe? Ich halte mir den Mund zu. *O nein*, das muss er getan haben. Blut kann in den falschen Händen gefährlich sein. Es kann in einem Zauber gegen dich verwendet werden. Und mit seiner sensiblen Wandlernase hat er das Blut und die Elfen sicher auch gerochen.

O nein. Ich fahre mir mit den Fingern durch die Haare und ziehe daran. »Ich glaube das nicht. Was soll ich nur machen?« Wird er die Beweise zu den Jägern bringen, oder ist *er* ein Jäger? Am liebsten würde ich auf den Boden sinken und mir die Augen aus dem Kopf heulen, weil ich so dumm war.

Ihm zu helfen, hat alles ruiniert. Ich ziehe am Kragen meines Pullovers. Mir ist ganz heiß und plötzlich fühlt es sich an, als würde die Unterführung immer näher kommen.

Ich kann hier nicht bleiben.

Vielleicht kann ich in ein paar Jahren zurückkommen, aber der Wandler war wütend und ... ich habe ihm Beton ins Gesicht geklatscht.

Oh, heilige Mutter Natur, was habe ich nur getan?

Ein ängstliches Wimmern entweicht meinen Lippen, und die Plastiktüten bohren sich in meine Finger, als ich meine Hände zu Fäusten balle. Es ist nur ein feuchter Tunnel, aber es ist mein Zuhause. Ein Zuhause, das jetzt gefährdet ist. Ich möchte mich selbst dafür bestrafen, dass ich kein zweites Versteck vorbereitet habe. Nicht, dass ich jemals eines gebraucht hätte. Warum sollte ich auch? Ich bin langweilig. Es gibt überall in der Stadt solche Tunnel, aber sie werden der erste Ort sein, an dem die Jäger suchen werden.

Sie werden mich finden.

Die Jäger sind genauso schlimm wie die Elfen. Sie haben Magie, die einem die Kräfte rauben kann – ein Band der Magie, das Nullband genannt wird. Ich schließe meine Augen und atme ein paar Mal tief durch. *Alles wird gut werden.* Niemand hat sich je um mich geschert, also warum sollten sie jetzt damit anfangen? Ich bin nur eine Person in einem Meer von viel gefährlicheren und aufregenderen Kreaturen.

Es wird schon gut gehen. *Es wird alles gut werden.*

Ich eile zu der Ecke, in der er gesessen hat. Vielleicht ist die fehlende Tunika hier drüben? Nein, das ist sie nicht. Die Tunika ist verschwunden. Alles, was ich sehe, ist meine Decke, die fein säuberlich gefaltet auf dem Boden liegt, mit der ungeöffneten Ananasdose darauf. Ich kann mich nicht einmal darüber aufregen, dass er meine Ananas nicht gegessen hat. Ich schicke beides zurück in mein Zimmer und stopfe die leeren Sachen – Nüsse und Wasserflaschen – in die Mülltüte in meiner Hand.

Ich muss Eurus sagen, was hier los ist. Wir sind nicht sicher. Ich drehe mich um, lasse die Tüten auf den Boden fallen und renne zurück in den anderen Tunnel.

Meine Füße klatschen auf den Backsteinboden. »Eurus, wir müssen weg! Der Tiger ...« Ich schlittere um die Ecke und kann gerade noch verhindern, dass ich an der gegenüberliegenden Wand zerschelle. Keuchend erkläre ich dem verschlafenen Beithíoch, was passiert ist. Da ich ihm nicht vertraue, spreche ich grob über die Elfen und was mit ihnen passiert ist. Als ich fertig bin, hüpfe ich auf meinen Zehen auf und ab.

Warum bewegt er sich nicht?

Wenn nötig, werde ich dich lokalisieren, sagt er mit einem abfälligen Gähnen und schließt dann die Augen.

Was? Legt er sich etwa wieder hin? »Aber ... aber es ist hier nicht sicher, Eurus. Wir müssen gehen.«

Mache dich frisch. Der Geruch von Blut und Angst haftet an dir. Kümmere dich darum, und während du das tust, genehmige ich mir eine längst überfällige Ruhepause. Eurus' Lefzen zucken und er streckt sich in eine andere Position, wobei er seinen Kopf auf seine Pfoten legt. Der Wolf ist unglücklich über meine Unterbrechung. *Nach deiner Rückkehr solltest du in Erwägung ziehen, deine Steinmagie mit einem Schutzwall zu verstärken.*

Ich höre auf zu hüpfen. »Einen Schutzwall? Aber ich kann keine Schutzwälle machen«, flüstere ich.

Auch wenn dir diese Fähigkeit nicht zu eigen ist, kann das Regenschirmamulett, das dein Handgelenk ziert, diese Aufgabe übernehmen. Darüber hinaus wird ein anderes Amulett in deinem Besitz jeden Versuch, dich zu finden, vereiteln. Nach einem wohlverdienten Nickerchen werde ich mithelfen.

Ein Regenschirm? Ah. Ich halte mein Handgelenk hoch und fummle an den Amuletten herum, bis ich das eine finde, das er meint.

Beherrsche deine Panik, Kind! Deine Angst könnte gefährlich werden. Diese Tunnel sind widerstandsfähig, ähnlich wie eine Festung. Ein Schutzwall schirmt die Schwachstellen ab – der Beithíoch nickt zu dem dicken Glas über unseren Köpfen *– und nur um einen einzelnen Troll zu überwinden, wäre es eine große Anstrengung, den Schutzzauber zu durchbrechen. Sei versichert, dass in diesen Räumen Sicherheit herrscht. Wir werden absolut sicher sein.*

Ich nicke, und dann schaltet sich mein Verstand ein. *Woher weiß Eurus, wo wir sind?* Er hat gerade den Bann verlassen und befindet sich jetzt in einem nichtssagenden Tunnel. Er ist nirgendwohin gegangen. Wir könnten überall sein.

Wieder antwortet er auf meine Gedanken, als ob ich sie laut ausgesprochen hatte. *Selbst in der Enge des Tunnels blieb mein Bewusstsein erhalten, angetrieben von meinen geschärften Sinnen. Die Gespräche der Kreaturen in der Ferne und die Stimmen des Wandlers während seiner Anwesenheit erreichten meine scharfen Ohren. Ich habe unseren Standort ermittelt. Der Wandler könnte annehmen, dass du fliehen würdest, eine natürliche Reaktion für Beute. Aber du bist keine Beute, oder? Du hast die Wahl, dich entweder zurückzuziehen oder klug zu handeln. Nutze die Amulette, die dir zur Verfügung stehen, um deinen Aufenthaltsort zu schützen.*

Eurus hat recht. Die Elfen und der Tiger werden erwarten, dass ich fliehe. Das ist es, was mein Reptilienhirn von mir verlangt.

Kämpfen oder fliehen.

Aber es gibt noch eine dritte Möglichkeit: *Verstärken* und dann nichts tun. Ich bleibe, verstärke alles und gehe nur, wenn ich es will. Ich kann verschwinden. Sie haben nicht die Macht, mich zu finden, wenn ich zu meinen Bedingungen gehe und meine Magie einsetze. Ich schnaufe. Mit meiner Kraft können sie mich nur finden, wenn sie über mich stolpern. Ich kenne keine Kreatur, die das kann, was ich kann. Und das will was heißen.

»Können wir jetzt den Schutzwall und den anderen Zauber machen? Bitte!« Ich bin kurz davor, auf Hände und Knie zu fallen und zu betteln. Wenn ich eine Möglichkeit habe, mich in Sicherheit zu bringen, werde ich sie nutzen. Vielleicht kann ich Eurus durch Bestechung dazu bringen, mir zu helfen.

»Ich besorge dir etwas Rinderhackfleisch.« Ich verberge mein Lächeln, als er sich über die Lippen leckt. Dann setze ich mich unbeholfen auf das Bett.

Der Beithíoch seufzt. *Du starrst.*

»Ja.« Ich klopfe einen Rhythmus auf meinen Oberschenkel und summe dann ein kleines Liedchen vor mich hin, um besonders nervig zu sein.

Du machst Geräusche.

»Ja. Ich warte darauf, diese Zauber zu machen.« Ich wackle mit meinem Handgelenk, und die Amulette klimpern, als sie aneinanderschlagen.

Eurus setzt sich auf. *In der Tat, ein lästiges Kind. Moderne Kreaturen scheinen keinen Respekt vor ihren Ältesten zu haben. Ich zum Beispiel bin zweitausend Jahre alt.* Er wackelt mit den Pfoten und schüttelt seinen pelzigen Kopf. *Es sieht so aus, als würde mir keine Gnadenfrist gewährt werden, bis ich dir meine Hilfe zuspreche.*

»Richtig.« Ich grinse.

Also gut, Troll. Lass uns beginnen! Nimm das Regenschirmamulett in die Hand, schließe die Augen und zeichne im Geiste die Tunnel auf, die du mit einem

Schutzwall versehen willst. Die dem Amulett innewoh-
nende Magie wird den Rest erledigen.

»Okay.« *Ähm, hilfreich.*

Eine Karte der Tunnel? Es gibt kilometerlange Tunnel, und in einigen leben andere Kreaturen. Es ergibt Sinn, dass ich nur den Schutzwall vor der Unterführung, diesem Tunnel und vielleicht den Tunneln, die ihn direkt verbinden, schützen muss. Ja, das klingt logisch. Ich halte den kleinen Regenschirm, schließe meine Augen, atme langsam ein und leere meinen Geist.

Langsam wird mein zweites Gesicht scharf. Magie hebt die helleren Strähnen meiner Haare an und ein grünes Glühen, das mit meinem Herzschlag pulsiert, verdichtet sofort die Luft. Ich bin mir sicher, dass andere Leute, die dieses Amulett benutzen, ihr zweites Gesicht nicht einsetzen müssen, aber die meisten Benutzer brauchen nur einen einzigen Raum und nicht ein ganzes Tunnelsystem.

Ich zwinge mich, konzentriert zu sein, und lasse meine magische Sicht die nächstgelegenen Tunnel kartieren.

Du hast die genauen Orte kartiert, an denen der Schutzwall errichtet werden soll?, flüstert er.

Ich nicke.

Beschwöre! Veranlasse das Regenschirmamulett, sich anmutig zu entfalten und die bezeichneten Regionen vor jeglichem Schaden zu bewahren. Eurus' Stimme schwebt am Rande meines Bewusstseins, während er mir immer wieder sagt, was ich tun soll. Er flüstert mir zu, leitet mich an und weist mich an, wie ich die Magie bewegen soll. Ich ziehe sanft an der blauen Kraft im Inneren des Amuletts und bitte sie um Hilfe. Wie Frühlingsregen ist die Magie des Amuletts ein leichtes, erfrischendes Blau, das kühl gegen mein hartes, lebhaftes Grün wirkt.

Ich konzentriere mich auf die Tunnel und lasse die blaue Magie über das Grün sickern. Meine Haut kribbelt, als sich die Magie des Schutzwalls mit meiner verbindet und ihren Platz einnimmt. Ich ignoriere das gruselige Gefühl, ziehe meine grüne Magie zurück und bitte die Kraft des Amuletts, die Tunnel vor Schaden zu schützen. Die Magie aus dem Anhänger öffnet sich, verbindet sich und in meinem Kopf gibt es einen Knall. Die unglaubliche blaue Magie bricht hervor und füllt den Raum, den ich kartiert habe, mit einem Schild aus Licht, wie ein Regenschirm.

Meine Lippen kribbeln und meine Haare knistern statisch. Mit geschlossenen Augen und meinem zweiten Gesicht kann ich das blaue Licht, den Schutzwall, sehen.

Gut. Der Beithíoch lobt mich. *Nun führe den Zauber des Vergessens aus, indem du das Amulett in Form eines Fisches verwendest.*

Widerwillig entziehe ich mich dem blauen Zauber, lasse den Regenschirm fallen und greife nach dem Fisch. Aha, weil man immer behauptet, dass ein Goldfisch ein schlechtes Gedächtnis hat. Ich verstehe. Gary, der Hexer, der die Amulette gemacht hat, hat wirklich Sinn für Humor.

Führe einen ähnlichen Prozess durch, aber kanalisiere

*den Zauber dieses Mal so, dass er sich genau dort nieder-
lässt, wo du dem Wandler begegnet bist. Der Ausgangs-
punkt, den er benutzt hat, wäre günstig. Gehe subtil vor –
mit Fingerspitzengefühl. Lege fest, dass sich der Einfluss
des Amulettes nur dann entfaltet, wenn jemand aktiv
nach dir oder diesem Ort sucht.*

*Wir wollen die Magie des Zaubers diskret einsetzen,
um zu verhindern, dass eine Kaskade von Vergesslichkeit
und Verwirrung unter den ahnungslosen Kreaturen
entsteht.*

»Okay.« Ich glaube, ich habe alles verstanden. Bei
dem Tempo, das er vorlegt, kann ich nur jedes dritte
Wort von Eurus verstehen. Ich frage mich, ob er so
spricht, weil er ein Wolf ist. Aber warum sollte er das
tun? Es ist doch nichts Negatives, pelzig zu sein.

Diesmal fühle ich mich etwas sicherer, als ich die
kleine Betonfläche auf der Promenade kartiere, genau
dort, wo der Tiger laut meiner Magie herumgelungert
hat. Ich gebe dem Zauberspruch meine Anweisungen
und mit einem orangefarbenen Blitz wird der *Vergiss-
mich*-Zauber aktiviert. Ich grinse. »Ich habe es
geschafft«, flüstere ich und lasse das Amulett los.

Ich schwanke. Puh, das war harte Magie, und ich
habe mich immer noch nicht ganz erholt und fühle mich
jetzt wie ein schwindliges, verschwitztes Wrack.

*Nun gut, meine olfaktorisch beeinträchtigte Begleite-
rin. Erlaube mir den Segen einer ununterbrochenen Ruhepause, während du dich um deine Körperpflege kümmerst.
Ach, und was dich betrifft, Pepper, erstrebe doch bitte ein*

weiteres Pendant zum üblichen Ausgang aus den Tunneln, wenn es dir beliebt.

Ich blinzle ein paar Mal und übersetze die Worte des Beithíochs so gut ich kann. Sagt er, dass ich stinke? Und was zum Teufel ist ein Pendant zum üblichen Ausstiegspunkt? Ich fummle herum.

Verlasse die Tunnel weit weg von dem Punkt, an dem du normalerweise ausgestiegen bist.

»Oh.« Ich nicke. »Okay, gute Idee. Das kann ich machen.« Ich bin noch ganz benebelt von der Arbeit mit den beiden Amuletten, aber ich stehe auf. »Ich lasse dich jetzt in Ruhe schlafen. Wenn du die Tunnel verlassen willst, habe ich den Stein angewiesen, dir zu helfen.« Ich schleiche mich aus dem Zimmer. Wenn er geht, wird der Stein ihn nicht wieder reinlassen, aber wenigstens ist er hier unten nicht gefangen, falls mir etwas zustößt.

Die Magie bringt meine Taschen zu mir, und ich drehe mich in die entgegengesetzte Richtung und gehe tiefer in die Tunnel.

Kapitel Sieben

Ich bin blitzsauber. Ich habe mich heimlich im Fitnessstudio eines Hotels geduscht und meine Haare riechen jetzt nach Haferflocken, Honig und Kokosnuss. Das ist ein enormer Fortschritt zu Schweiß und Blut. Ich habe drei Shampoos gebraucht, um alle getrockneten Klumpen herauszubekommen, und ich kann mir gar nicht ausmalen, wie ich für den empfindlichen Beithíoch und den Wandler gerochen haben muss. *Igitt.* Trotzdem kann ich mir ein Grinsen nicht verkneifen.

Nach der Dusche ziehe ich mich für den Einkaufsbummel schick an: eine enge schwarze Jeans, die sich um meine Hüften schmiegt, und einen dunkelvioletten Pullover. Die Farbe sieht auf meiner grünen Haut hammer aus.

Das ist meine Lieblingsfarbe. Auch wenn mich heute nur ein paar Kreaturen zu Gesicht bekommen, bin ich wenigstens gut gekleidet und sauber. Es ist gut, sich schön zu fühlen.

Ich habe den Müll in eine Straßentonne geworfen und muss jetzt meine schmutzigen Klamotten in den Waschsalon der Brownies bringen, um sie dort waschen zu lassen – die Hauselfen sind wirklich außergewöhnlich. Ich schlurfe in den Schatten und lasse meine Magie fallen. Dann warte ich ein paar Sekunden, um keine Aufmerksamkeit auf mich zu lenken, und gehe ganz lässig zur Tür, auf deren Glas *Brownie Dry Cleaner* und *Waschsalon* eingraviert sind.

Die Klingel über der Tür gibt ein nerviges Piepen von sich und die warme Luft trifft mein Gesicht, eine willkommene Abwechslung zu der beißenden Kälte draußen. Mit der Tasche voller Kleidung schlurfe ich zum Empfangstresen.

Der Laden ist gemütlich, die Wände sind mit verblassten Postern von verzauberten Kleidern und magischen Reinigungszaubern geschmückt.

Ich vertraue dem Brownie, der diesen Laden betreibt. Ich komme schon seit Jahren hierher, obwohl Jessica, die Besitzerin, sich nicht immer an mich erinnern kann. Ich nehme ihr das nicht übel, schließlich hat sie täglich mit Hunderten von Kunden zu tun.

Heute steht sie hinter dem Ladentresen. Sie blickt vom Zusammenlegen eines Stapels frisch gewaschener Klamotten auf und schenkt mir ein freundliches

Lächeln. »Willkommen! Was kann ich heute für Sie tun?«

Ich hieve die Tasche auf den Tresen und lächle. »Guten Morgen, Jessica. Einen Waschservice bitte.« Ich rattere meine Kundennummer herunter und schiebe ihr die Tasche zu.

»Aber sicher!« Ihre langen Wimpern schwingen über die Wangen, während sie blinzelt und sich bemüht, sich an mich zu erinnern. Ich verziehe innerlich das Gesicht, als sie den Kopf schüttelt und sich das geschäftliche Datapad schnappt. Es ist schon einen Monat her, dass ich das letzte Mal hier war. Zumindest wird sie sich morgen daran erinnern, wenn ich meine sauberen Sachen abhole.

Nachdem sie einen Moment lang etwas gekritzelt hat, findet sie das Kundenkonto. »Die Klamotten werden in kürzester Zeit gereinigt sein. Möchtest du irgendwelche Pflegemittel? Wir haben einen neuen Schmutzschutztrank – er frisst die Kleidung nicht auf – und wir haben ein Sonderangebot für Blutflecken, drei zum Preis von zwei.«

»Nein, danke. Eine normale Wäsche genügt.«

»Verstehe. Lass sie einfach hier und wir kümmern uns um den Rest. Du kannst sie morgen abholen, wenn dir das passt. Brauchst du sonst noch etwas?«

Ich schüttle den Kopf. »Nein, danke. Sonst nichts. Wir sehen uns morgen.« Mit einem Nicken zum Dank und einem kleinen Winken gehe ich. Die Tür klingelt noch einmal hinter mir, als ich zurück in die Winterluft stapfe.

Ich trotze auch dem Metzger und schalte meine Unsichtbarkeit für die paar Minuten aus, die ich brauche, um dem Beithíoch seine Knochen und ein kleines Schälchen mit dem versprochenen Rinderhackfleisch zu bringen.

Ich starre stirnrunzelnd auf die weiße Plastiktüte, während ich mich auf den Heimweg mache. Ich muss mir einen neuen Job suchen. Der Beithíoch ist teuer. Aber vielleicht ist es besser, noch ein paar Tage zu warten, bis die Aufregung abgeklungen ist, vor allem, wenn ein wütender Tiger zu viel über mich weiß. Mit meinem kleinen Sklavenrunen- und Elfenproblem ist es am besten, wenn mich möglichst wenige Leute sehen.

Ich schätze, es ist alles wie immer. Ich schramme mit meinem Stiefel am Bordstein entlang. Ich habe mich schon immer von anderen abgekapselt, eine Angewohnheit, die mir schon als Kind zugutegekommen ist – eine Notwendigkeit.

Diesmal ist es ein bisschen anders. Ich werde gezwungen, mich vor den Bösen zu verstecken, anstatt mich aus eigener Entscheidung zurückzuziehen. Ich mag es nicht, mich wie eine Kriminelle zu fühlen oder als Sklavin abgestempelt zu werden. Ich runzle die Stirn und ziehe den Ärmel des Pullovers über meine Hand. Mit dem wenigen Geld, das ich gebunkert habe, komme ich über die Runden, wenn ich vorsichtig bin und meinen ungebetenen pelzigen Gast loswerden kann. Ich mag andere Leute, aber ich bin auch gern allein.

Vor mir schwingen die breiten Hüften eines Trolls, während ihre Absätze auf dem Pflaster klacken. Ein trauriger, eifersüchtig klingender Seufzer entweicht mir. Sie strahlt Schönheit aus. Sie ist groß und kurvig, ihre Haut ist tiefgrün und ihre dunkelgrünen Haare glänzen, wenn die Sonne sie berührt. Wenn sie sich dreht, um in ein Schaufenster zu schauen, sehe ich ihre strahlend weißen, sanft geschwungenen Stoßzähne. Sie bilden eine Vertiefung in ihrer dicken Oberlippe. Dieser Troll ist das, was ich hätte sein sollen, statt das, was ich bin, und sie erinnert mich an meine Mutter.

Eine Welle der Traurigkeit überkommt mich. Meine Mutter ... Ich seufze und verdränge meine melancholischen Gedanken. Ich komme am Hexenladen vorbei und habe wieder einmal die dumme Idee, dorthinein zu gehen und nach der Sklavenrune zu fragen und vielleicht auch, was die Amulette an meinem Handgelenk bewirken können – ein törichter und gefährlicher Gedanke. Ich brauche keine Hilfe. Ich finde es selbst heraus.

Okay, das Amulett des Regenschirms schafft Schutzwälle, das Amulett des Goldfisches verwirrt den Geist, die Katze reflektiert die Magie zurück zum Wirker, und die Schnecke hilft bei der Kommunikation. Das sind vier der zwölf Amulette. Das ist gar nicht so schlecht. Ich bin gespannt, was die anderen acht bewirken werden.

Wenn er mit dem Schlafen fertig ist, wird Eurus es

mir vielleicht sagen, vor allem, wenn er wirklich zweitausend Jahre alt ist. Ich kichere und rolle mit den Augen. Zweitausend Jahre, was für ein kleiner Lügner. Ich muss mir überlegen, wie ich ihn auf höfliche Weise loswerde. Ich möchte den Beithíoch nicht als Gast haben. Ihn in meinem Bereich zu haben, ist mehr als seltsam, und ich bin mir immer noch nicht sicher, ob ich ihm vertrauen kann. Ich stöhne. Natürlich sollte ich ihm nicht trauen. Was weiß ich schon über ihn? Beithíoch sind dafür bekannt, Monster zu sein, gefährliche, loyale Monster, aber ist Eurus mir oder den Elfen gegenüber loyal?

Als hätte der Gedanke daran sie aus meinen Albträumen geholt, setzt mein Herz einen Schlag aus und ich erstarre in meinen Bewegungen.

Die Elfen.

Vier von ihnen, eine kleine Jagdgruppe, stehen mitten auf der Straße. Ich bleibe mit offenem Mund stehen und starre sie an. Gerade noch rechtzeitig bemerke ich das Pärchen hinter mir, das schnell näher kommt, und ich weiche ihnen aus, um einen Zusammenstoß zu vermeiden. Mein blöder Knöchel knickt um und ich unterdrücke ein schmerzerfülltes Zischen.

Mann, das war knapp. Ich humple in den Schatten einer geschlossenen Bar und überprüfe zitternd, ob mein Unsichtbarkeitsmantel immer noch sicher um mich herum sitzt. Es ist alles in Ordnung. Ich stehe auf einem Bein und bewege meinen Knöchel vorsichtig, bevor ich ihn wieder belaste, damit er nicht anschwillt wie ein Ballon. Es ist immer besser, ihn nicht zu verhätscheln.

Mit hämmerndem Herzschlag in den Ohren und dem Drang, wegzurennen, beobachte ich.

Die Elfen inspizieren den Boden.

Der leitende Elf sieht gut aus, hat markante Gesichtszüge, lange, weißblonde Haare und die für Elfen üblichen kunstvollen Zöpfe. Seine Haare fallen über schmale Schultern, während er neben dem Laternenpfahl in die Hocke geht. Seine Waffen klappern, als er sich bückt und seine linke Handfläche in die Mitte des Sternenmusters eines beschädigten Pflastersteins legt – ein Riss, den ich verursacht habe.

Woher zum Teufel wissen sie, dass dieser Riss etwas mit mir zu tun hat? Meine Augen huschen umher. *Da!* Mein Herz sinkt, als ich die Überwachungskameras auf der Straße sehe. Sie müssen sich Zugang verschafft haben und das Videomaterial nach einer Spur von mir durchsucht haben. Das ergibt am meisten Sinn. Schließlich liegt diese Straße in der Nähe des Portals. Ich schüttle den Kopf und reibe mir energisch übers Gesicht.

Gut gemacht, Pepper! Du hast deine Geheimnisse durch die Folter hindurch bewahrt und sie dann auf der Zielgeraden preisgegeben. Es hätte nicht viel gefehlt, um das beschädigte Pflaster zu bemerken und mich dabei zu erwischen, wie ich in den wenigen Sekunden, in denen meine Magie versagt hat, ein- und ausgeflackert bin. Jetzt wissen sie mit Sicherheit von meiner Stein- und Unsichtbarkeitsmagie. *Großartig. Einfach nur großartig, verdammt.*

Die Zielscheibe auf meiner Stirn ist gerade größer geworden.

Anstatt wegzulaufen, was ich eigentlich tun sollte, lasse ich mich von dem Schrecken und der tiefen Wut, die mein Blut erwärmt, anstecken. Meine Nasenflügel flattern, als ich die Elfen und die männliche Blondine, die den Bürgersteig berührt, anstarre. Dieser Elf – dieser schreckliche blonde Scheißkerl von einem Elfen – hat mich verletzt.

Der Anführer der Elfen zieht seinen Lederhandschuh aus und klopft gegen die zerbrochene Bodenplatte, während er versucht, eine magische Signatur vom Stein zu erhalten.

Viel Glück dabei, Kumpel.

Während seine Finger sich auf der Platte krümmen und sein Gesicht sich vor Frustration verzieht, überkommt mich ein Flashback der Erinnerung. Magensäure schießt mir in den Mund, und ich versuche, sofort alles zu verdrängen. Ja, ich erinnere mich an diese Hände, mit denen er mich aggressiv befragt hat. Ich schlucke die Galle hinunter. Na ja, er und seine muntere Schar von Widerlingen.

Meine Augen verengen sich auf die drei anderen Elfen, und zum ersten Mal in meinem Leben spüre ich echten Hass. Der Blonde geht gern mit gutem Beispiel voran, und er hat mir immer wieder ins Gesicht geschlagen, während sein Kollege mit den langen braunen Haaren, der hinter ihm steht und ihm den Rücken freihält, mir das Handgelenk gebrochen hat. Ich knurre. Der

Braunhaarige ist auch der Idiot, der mir die Sklavenrune auf den Arm geschmiert hat. Die Rune werde ich irgendwie entfernen. Diese Elfen sind Sklavenhändlerabschaum, und ich wollte noch nie in meinem Leben jemandem so sehr wehtun.

Ich meine, wie schwer wäre es, die Ziegelsteine der umliegenden Gebäude zu schwächen und sie auf ihre Köpfe zu werfen? Ich schließe meine Augen und atme tief ein. Das bin nicht ich; ich bin nicht diese Person. Aber an Tagen wie heute wünscht sich ein schrecklicher Teil von mir, ich wäre es.

Besorgtes Gemurmel lässt meine Augen auffliegen und ich sehe, wie sich die umstehenden Einkäufer zerstreuen, während ein vertrauter Mann die Straße entlang schlendert – sein Blick ist auf die Elfen fixiert.

Ich stöhne missmutig auf. *Supi, der Tiger ist hier.*

Kapitel Acht

Ich sollte gehen, aber wie eine waschechte Dumpfbacke schleiche ich mich näher heran. Ich muss es wissen. Ich muss zuhören. Es ist ein kalkuliertes Risiko, und ich muss herausfinden, was zwischen den Elfen und dem Tiger vor sich geht.

Meine Güte, der Mann ist bei Tageslicht sogar noch schöner. Als der Tiger näher kommt, weiten sich seine Nasenlöcher – er nimmt ihren Geruch auf – und ein Anflug von etwas Gefährlichem huscht über seine Augen. Für ein paar Sekunden leuchten sie orange, und dann ist die Farbe in einem Wimpernschlag verschwunden.

»Habt ihr euch verlaufen?«, knurrt der Tiger.

Der Anführer steht auf und wischt den Schmutz von

seiner Handfläche mit einem Taschentuch ab, das ihm der handgelenkbrechende Elf reicht, dann ersetzt der blonde Elf lässig seinen Handschuh. Die ganze Zeit über mustert er den Tiger mit einer gehörigen Portion Abscheu und lässt ihn auf eine Antwort warten.

»Wir jagen ein Mädchen, einen Halbblut-Troll. Sie ist vor vier Tagen aus unserem Gewahrsam geflohen. Sie ist ungefähr einen Meter achtundsechzig groß, hat grüne Haut und Haare«, sagt der Anführer in ausgezeichnetem Englisch, sein Gesichtsausdruck ist leer, seine Körpersprache entspannt und seine Passivität schreit: *Hier gibt es nichts zu sehen, Erdling.*

Vier Tage, wow. Ich schätze, ich brauchte den Schlaf.

»Ein Mädchen ist aus eurem Gewahrsam geflohen?« Der Tiger verschränkt seine massiven Arme vor der Brust und verengt seine Augen. Seine Körpersprache schreit: *Bitte gib mir einen Grund, dir den Kopf* abzureißen.

»Moment, damit ich das richtig verstehe. Seid ihr Krieger, die für einen Lord aus Faerie arbeiten? Habt ihr einen Ausweis? Denn für mich seht ihr nicht wie irgendwelche Elfenkrieger aus, die ich jemals gesehen habe.«

»Wir sind nicht in offizieller Funktion unterwegs«, gibt der Anführer zu.

»Ihr seid also Söldner?«, fragt der Tiger mit einem Zähnefletschen. »Ah, jetzt verstehe ich. Das Mädchen ist nicht aus dem Gewahrsam entkommen, sondern eher aus der Gefangenschaft. Das sehen wir nicht so gern, wisst ihr. Das ist nicht sehr anständig, oder? Vier stämmige Elfen wie ihr sind hinter einem kleinen Trollmädchen her? Das ist ziemlich beschämend. Also los, erzählt mal! Was habt ihr mit ihr gemacht?« Seine Worte werden am Ende knurrend.

Dann macht es klick. Schon beim ersten Schnuppern, als er sich den Elfen genähert hat, wusste der Tiger, wer sie sind. Er hat sie bereits an der Tunika gerochen, die er aus dem Bad gestohlen hat. Er hat ihren Geruch und mein Blut gewittert und die Folgen dessen, was sie mir angetan haben, geheilt. Schmerz, Angst – alles hat einen Geruch. Meine Tunika war davon durchtränkt.

Der blonde Anführer stößt einen hochmütigen, spöttischen Laut aus, und die drei anderen Elfen stimmen mit ihrem eigenen groben Lachen ein. »Jäger, das ist eine Angelegenheit für deinen Rat, nicht für dich. Geh weiter! Wir brauchen keine Hilfe, um unsere Beute aufzuspüren.« Der Elf schnippt mit den Fingern.

»Hellhound«, knurrt der Tiger, das Wort tief in seiner Kehle.

Und sofort rutsch mir das Herz bis in die Kniekehlen.

Hellhound. Mooooment mal. Er ist ein Hellhound? Auf dieses eine Wort hin machen alle vier Elfen einen großen Schritt zurück und senken ihre Hände, wo sie über ihren Waffen schweben.

Ich wanke nach hinten auf meine Füße. Hellhounds sind sehr alte Wandler, mindestens sechshundert Jahre alt, was an sich schon selten ist, da Wandler eine gewalttätige Rasse sind und deswegen dazu neigen, jung zu sterben. Hellhounds sind größer, stärker und haben eine ausgeprägte magische Kraft mit einer Vorliebe für Feuer.

Ja, es ist so schlimm, wie es klingt. Das fängt mit den Giftzähnen der Wandler an, geht weiter mit dem Elite-Kampftraining und dann können sich die seltenen Biester auch noch selbst in Brand setzen. Feuer-Wandler. Daher hat sich der Spitzname *Hellhound* über die Generationen hinweg verselbstständigt und eine angstbesetzte Assoziation entwickelt. Ich hatte bereits beschlossen, nicht mit dem Tiger zu spielen, und einen *Hellhound* zu provozieren ist Selbstmord.

Sie sind eine Armee, die auf den Tod zusteuert.

Ich reibe mir das Gesicht und stöhne. Warum ich? *Warum gerade ich?* Ich habe all die Jahre den Kopf unten und die Nase aus allem herausgehalten. Abgesehen von meinem heimtückischen Job, war ich ein braves Mädchen. Für ein verwildertes Schlüsselkind habe ich mich so gut geschlagen. Bei meinem Start ins Leben hätte ich auf eine Million verschiedene Arten sterben können. Trotzdem habe ich mich ins Erwachsenenalter geschleppt. Ich habe nichts getan, was einen Hellhound in meinem Revier rechtfertigen würde. Bis gestern Abend hätte ich nicht geglaubt, jemals einen zu sehen. Doch jetzt ist er da. Das wird eine höllisch anstrengende Woche.

Dann trifft mich die Erkenntnis, was er wirklich ist, und jetzt fühle ich mich erst so richtig blöd. Als Hellhound hätte der Tiger-Wandler letzte Nacht mit allen Wandlern fertigwerden können – wahrscheinlich mit allen Wandlern in der Stadt – und das mit auf den Rücken gefesselten Händen und einem ausgestochenen Auge.

O nein, mir kommt ein weiterer Gedanke, und ich stöhne und schließe beschämt die Augen, während ich mir eine Hand vors Gesicht schlage. Ich habe einen *Hellhound* in der Unterführung eingesperrt, um ihn zu beschützen.

Ich pruste ein merkwürdiges, ersticktes Lachen in meine Hand – kein Wunder, dass er angepisst war.

Kein Wunder, dass er all diese ausgefallenen Zauber und dieses gruselige Polizistengesicht hatte.

Kein Wunder, dass er mir instinktiv eine Scheißangst macht. Ich kann nicht glauben, dass ich ihm mit Beton ins Gesicht geschlagen habe.

Oh, heilige Mutter, was kommt als Nächstes?

»Papiere!«, knurrt der Tiger, streckt seine Hand aus und wackelt mit den Fingern in einer Gib-sie-her-Geste. Der Tiger strahlt Bedrohung aus. In der Unterführung dachte ich, er wäre wütend, aber jetzt sehe ich, dass das sein *freundliches* Gesicht war. Heiliges Kanonenrohr, das war nichts im Vergleich zu dem, wie er jetzt aussieht. Macht, Abscheu und eine tiefe Wut. Er will diese Elfen in Stücke reißen.

Selbst die Menschen auf der Straße wechseln auf die andere Seite der Straße und verschwinden in irgendwelchen Läden, um seinem Zorn zu entgehen. Die Kraft, die er ausstrahlt, würde die mutigsten Seelen verjagen. Ich bezweifle, dass irgendein anderer Wandler im

Umkreis von einem Kilometer von hier herumlungern wird. Keiner bleibt freiwillig in seiner Nähe. Warum stehe ich dann noch hier? Ja, das weiß ich auch nicht so genau.

Einer nach dem anderen schrumpfen die Elfen unter seinem Blick, und der Anführer räuspert sich und plustert seine Brust auf. »Wir haben keine Papiere, Hellhound. Wir hatten nicht die Zeit dazu. Das Mädchen, das wir jagen, ist eine potenziell gefährliche Verdächtige.«

Gefährlich? Ich gluckse leise vor mich hin. Sieh sich das mal einer an. Der schäbige kleine Mann verdreht die Wahrheit. Sie sind hinter mir her, nicht einfach nur, weil ich entkommen bin, sondern weil ich mit einer illegalen, leicht aufzuspürenden Sklavenrune auf meinem Arm entkommen bin.

»Gefährlich?«

»Potenziell«, antwortet der Anführer mit einem Schniefen, während er die Wahrheit wieder absichtlich beschönigt. Etwas unbehaglich reibt er sich mit dem Handrücken über den Mund. Die drei anderen Elfen schwanken und senken ihren Blick.

Es ist ein sorgfältig kultivierter Mythos, dass Elfen nicht lügen können. Die meisten modernen Elfen können lügen; es ist nur keine ehrenhafte Sache, das zu tun. Jemanden zu schlagen, wenn er keine Bedrohung darstellt, und ihm eine Sklavenrune auf den Arm zu klatschen, ist ebenfalls verpönt, aber das hat sie ja auch nicht aufgehalten. Ich denke, dass Ehre und Wahrheit

Torpfosten sind, die je nach Person verschoben werden können.

»Ihr kennt die Regeln: keine Papiere, keine Jagd. Ich werde euch zurück zum Portal begleiten.« Der Tiger streckt seinen muskulösen Arm aus, um sie aufzufordern, vorauszugehen.

»Nein, wir müssen ...« Die hochnäsige Stimme des Anführers bricht mit einem Keuchen ab, als der Tiger die Geduld verliert und seine Hand hervorschnellt, die sich um seinen Hals schlingt und ihn hochhebt. Die behandschuhten Hände des Elfen zerren an den Fingern des Tigers, während er ein paar Zentimeter über dem Boden baumelt. Die Zehen seiner Stiefel suchen verzweifelt nach Halt, während er würgt.

»Wir können das auf die leichte oder die harte Tour machen.«

»Ich bin für hart«, antwortet eine kratzige Stimme.

Eine Frau tritt hinter der Gruppe hervor. Sie trägt einen schwarzen Kampfanzug, der ihrer zierlichen Figur wie angegossen passt. Ihre pinkfarbenen Haare sind zu einem dicken Zopf geflochten, der so lang ist, dass er bei jeder Bewegung gegen ihre Taille hüpft. Sie schlendert um den Tiger herum und hält inne, um den festsitzenden Elfen mit erhobenem Kinn anzustarren. Obwohl die winzige Frau aufblickt, hat man das Gefühl, dass sie auf ihn herabschaut.

Ich. Bin. Beeindruckt.

Sie lächelt. Es ist kein nettes Lächeln. Die Elfen sinken weiter in sich zusammen.

»Sie ist ein Wandler«, murmle ich vor mich hin.

Sie ist kaum größer als einen Meter fünfzig – was seltsam ist, da Wandler, wie Trolle, dazu neigen, groß zu werden – und sieht aus wie achtzehn, obwohl man das bei den meisten Wesen nicht so genau sagen kann. Große gelbe Augen, hohe Wangenknochen und eine winzige, hochgezogene Nase. Bezaubernd. Obwohl die Bosheit in ihren Augen etwas anderes sagt. Ich würde lieber den Tiger mit einem Ast piksen, als mich mit ihr anzulegen.

»Kriegerin Hesketh«, flüstert der braunhaarige handgelenkbrechende Elf. Seine nasale Stimme ist ehrfürchtig und … verängstigt.

»Hallo, Forrest.« Der Tiger grüßt sie, sein Tonfall ist freundlich, als ob er keinen Elfen an seiner Hand baumeln hätte – oder als ob er so etwas regelmäßig machen würde.

Forrest Hesketh, denke ich.

»Was ist los, Corbin?« Ihre raue, gebrochene Stimme lässt mich zusammenzucken; sie muss Schlimmes durchgemacht haben.

Ah, und der Tiger heißt Corbin.

»Die Herren jagen einen Troll. Ein Mädchen.«

Der Elfenanführer stöhnt leise auf, als Corbin seinen Griff fester zieht und ihn ein wenig schüttelt, was seine Füße wieder zum Strampeln bringt.

Forrests Lippen zucken.

»Sie ist kein vollwertiger Troll und sie ist aus unserem Gewahrsam entkommen. Wir wollen sie zurückholen, da wir noch weitere Fragen haben.« Handgelenksbrecher antwortet für den Anführer, während er seine zitternden Hände zum Abwehren des rosahaarigen kleinen Schreckens hält.

»Fragen, *klar*«, sagt Forrest und rollt mit ihren goldenen Augen.

Die anderen beiden Elfen haben ihre Füße nicht bewegt, aber ihre Oberkörper sind zurückgewippt, und der Typ, der mir am nächsten ist ... Wow. Seine Knie schlagen aneinander. Das habe ich noch nie gesehen. Die Elfen sehen aus, als würden sie sich gleich einpissen.

Wer zum Teufel ist sie?

»Das sind Söldner, die keine offiziellen Papiere haben«, knurrt der Tiger-Wandler.

»Nein?« Forrest gibt ein tadelndes Geräusch von sich. Sie mustert den Elfen mit dem roten Gesicht. »Du kannst nicht auf die Erde kommen, in meine Heimatstadt, und irgendeinen Scheiß anstellen.«

»Ihr werdet jetzt gehen«, sagt Corbin, während er den Anführer der Elfen fallen lässt und sich mit angewiderter Miene die Hand am Bein abwischt. »Wenn du es wagst, noch einmal wiederzukommen, sieh zu, dass du die richtigen Papiere dabeihast. Andernfalls hat die Kriegerin Hesketh hier die Erlaubnis des Gerichts, euch alle in Stücke zu reißen.«

Cool.

»Jupp. Na dann mal los, ab mit euch.« Forrest lächelt und nickt in Richtung des Portals.

»Der Papierkram wird Monate dauern«, wendet Handgelenkbrecher mit einem nasalen Winseln ein. Ich rolle mit den Augen. Diese Typen wissen nicht, wann sie eine Sache auf sich beruhen lassen sollten.

»Nicht unser Problem«, knurrt Corbin.

Der Anführer, der sich mit einer Hand den Hals massiert, huscht davon. Die anderen Elfen folgen ihm eilig. Der Handgelenkbrecher bildet das Schlusslicht. Er quiekt, als der Tiger seinen Arm packt. Mit zwei Händen und einer geübten Drehung knackt das Glied wie ein Zweig.

Der Elf schreit auf.

Mir fällt die Kinnlade herunter.

Hat er ... hat er ... das für mich getan? Neeeeein. Das kann nicht sein. Ich schüttle den Kopf und reibe mir den Nacken – verflixt noch mal. Ich habe keine Ahnung, was hier los ist. Ungläubig beobachte ich, wie sich die Elfen zerstreuen und zum Portal eilen, als ob die Jagdhunde der Hölle hinter ihnen her wären. In gewisser Weise ist Corbin, der Hellhound, das wohl auch.

Forrest zuckt angesichts der Gewalt nicht einmal mit der Wimper. »Warum das Handgelenk?«, fragt sie im Plauderton, während sie beobachtet, wie die Männer davonhuschen.

»Er hat sie verletzt.«

»Ah.« Sie nickt. »Richtig, gut für dich. Ich an deiner Stelle hätte allerdings beide Arme genommen.«

Der Tiger brummt.

»Lass uns dafür sorgen, dass sie wirklich gehen, ja? Aber ich warne dich. Wie alle Söldner, die nach Sklavenhändlern riechen, werden sie sich zurückschleichen, und ab heute bist du auf dich allein gestellt. Ich habe keine Zeit, das zu klären.«

»Drache?«

»Ja, der Drache. Irgendein Kind macht einen ziemlichen Wirbel.« Forrest dreht sich um und stupst Corbin in Richtung der sich zurückziehenden Elfen.

Als sie an mir vorbeischlendern, verzieht sie ihre Mundwinkel zu einem Grinsen. Sie kratzt sich am Hinterkopf, sieht mich direkt an und zwinkert mir zu.

Was. Zur. Hölle?

Kapitel Neun

Sie kann mich sehen! Sie kann mich verdammt noch mal sehen. Wie um alles in der Welt ist das möglich? Mein Herz schlägt wie wild, als ich zurück zum Tunnel flüchte. Während ich an den Läden vorbeirase, schaue ich nach meinem Spiegelbild in den umliegenden Schaufenstern und ... nichts. Nichts. Meine Magie ist gut verpackt. Der Mantel der Kraft, der mich umgibt, ist nicht verrutscht. Nicht ein einziges Mal. Und doch ist Forrest Hesketh die erste Kreatur, die mich sieht, während ich getarnt bin.

Was zur Hölle ist sie?

Ich dachte, sie sei eine Wandlerin, aber vielleicht auch nicht. Das ergibt Sinn. Weibliche Wandler sind äußerst selten und werden angeblich zu ihrer Sicherheit eingesperrt. Was auch immer sie für ein Wesen ist, ich bin mir nicht sicher, ob sie etwas gegen mich unternehmen wird. Nicht, wenn es sich so anhört, als hätte sie ein Drachenproblem, mit dem sie fertigwerden muss. Ich hoffe, dass sie das Wissen über meine Magie nicht nutzen wird, um mir zu schaden. Sonst hätte sie es doch schon getan. Oder? Ja. Wenn man von dem Zwinkern absieht, das mein Herz vor Schreck fast zum Stillstand gebracht hat, scheint sie mir nichts Böses zu wollen.

Ich beschleunige mein Tempo, bis ich in einen flotten Laufschritt verfalle. Bei jedem Schritt verkrampft mein Knöchel, aber ich bleibe in Bewegung. Als ich eine geeignete Stelle erreiche, werfe ich meine Hand aus, die dunkelgrüne Magie trifft auf das Pflaster und dann falle ich wie ein Stein.

Ich plumpse nicht allzu sanft in den Tunnel und lande mit meinem Hintern auf etwas Weichem: Moos und aufgestautem Dreck. Hoffe ich zumindest. Ich rümpfe die Nase. Wenigstens habe ich mich nicht verletzt.

Schnell atmend ducke ich mich, als die Feuchtigkeit auf meinen Kopf tropft, und die Plastiktüte in meiner Hand knistert und federt gegen meinen Oberschenkel, als ich auf die Füße krabble. Blind mache ich mich auf den Heimweg und versuche, die schleimigen Wände nicht zu berühren. Voll eklig.

Ich folge den sanften Stupsern des Steins und schlage mich zehn weitere Minuten durch den unbekannten Tunnel. Ich seufze erleichtert auf, als mich das Licht des schimmernden blauen Schutzwalls empfängt. Nur noch ein paar Schritte, dann bin ich in Sicherheit. Ich eile hindurch und fühle mich hinter dem Schutzwall gleich viel besser. Ich kann jetzt atmen. In gemächlichem Tempo stapfe ich durch den lichtdurchfluteten Tunnel zu meinem Zimmer. Eurus ist da, wo ich ihn zurückgelassen habe – er schläft noch.

Großartig!

Ich nehme die Schüsseln aus dem Regal – ich habe nur zwei – und gieße Wasser in eine und gebe das Hackfleisch in die andere. Ich schiebe die Schalen auf den Boden und kippe die Knochen aus der Plastiktüte auf den Boden. Sie rollen und landen neben der Nase des schlafenden Beithíochs. Er schnarcht heftig. Ich lasse mich auf die Bettkante plumpsen, ignoriere meinen dreckigen, nassen Hintern und lehne mich vor, das Kinn auf die Faust gestützt, und warte. Noch ein tiefes, wölfisches Schnarchen, aber er muss den Fleischgeruch wahrgenommen haben. Seine nasse schwarze Nase wackelt, und ein einzelnes dunkelbraunes Auge öffnet sich.

»Ich habe die Elfen gesehen.«

Ah, hast du es geschafft, die Situation unbeschadet zu bewältigen? Es scheint, als seiest du unversehrt und gesund – ein erfreuliches Resultat. Ich nehme an, du bist ihnen mit deiner unauffälligen Präsenz gänzlich verborgen geblieben. Er gähnt mit einem kleinen Winseln und zeigt mir seine Zunge und einen Mund voller starker Zähne.

»Nein, ähm, sie haben mich nicht gesehen.«

Gut. Er steht auf, streckt sich und dann taucht seine

Zunge in das Wasser ein. Er plätschert und Wassertropfen spritzen auf den Boden. Dann dreht er den Kopf und nimmt einen großen Happen vom Rindfleisch. Er schluckt es hinunter. *Billig verarbeiteter Schund,* murrt er.

»Ich glaube, ich habe da drin eine Wimper und etwas Kuhrotz gesehen.« Ich zeige auf ihn und beuge mich vor. Ich ziehe eine einzelne grüne Augenbraue hoch und starre in die Schüssel. »Lecker, lecker.«

Eurus verengt die Augen, rückt zur Seite, damit sein pelziger Hintern mir die Sicht versperrt, und nimmt einen weiteren Happen.

»Doch gar nicht so schlecht, oder?« Ich schüttle den Kopf. Billig verarbeiteter Schund. Unhöflicher, undankbarer Köter. »Das Hackfleisch war teuer.« Ja, es war viel billiger als das erstklassige Steak, das er haben wollte, aber Fleisch ist nicht gerade günstig. »Wenn du also kein Erdgeld versteckt hast, kann ich mir nicht mehr leisten, also genieße es, solange du noch kannst«, sage ich und versuche, eine Reaktion zu provozieren oder ein schlechtes Gewissen zu erzeugen.

Der Beithíoch ignoriert mich.

Ich höre ein Summen in meinem Kopf, ein Aufblitzen von Sorgen auf dem Beton und dem Asphalt draußen. Irgendetwas Seltsames geschieht auf der Promenade. *Was ist das?* Ich werde mit einer seltsamen Information konfrontiert. Verwirrt entschuldige ich mich und lasse Eurus mit seinem Essen allein.

Ich nehme einen anderen Tunnel als Ausgang, damit

ich mit eigenen Augen sehen kann, was da vor sich geht. Ich habe einen furchtbaren Gedanken. Ich hoffe, der Gedächtniszauber, den ich vorhin angebracht habe, schlägt nicht fehl. Und ich hoffe auch, dass da nicht noch mehr Wandler kämpfen. Ich spanne meine Unsichtbarkeit um mich herum und lasse zu, dass mich die steinerne Magie ins Licht schiebt.

Igitt. Ich rümpfe die Nase. Ich befinde mich in einer schmutzigen Seitenstraße, neben einem Fish-and-Chips-Laden und seinen großen, stinkenden Mülltonnen. Das ist ekelhaft. Der Wind peitscht an meinen Haaren und ich weiche einer übel riechenden Pfütze aus, um mich auf die Promenade zu wagen und nach rechts in Richtung des Trubels zu blicken.

Sofort erkenne ich das Problem und wer die Magie in Aufruhr versetzt hat. Mein Magen dreht sich nervös um, und meine Brust fühlt sich eng an. Eine schlanke Gestalt mit pinkfarbenen Haaren steht auf der anderen Straßenseite in der Nähe des Central Pier an meinem Lieblingsplatz.

Ich seufze, warte darauf, dass ein Bus vorbeifährt, schaue in beide Richtungen und flitze über die Straße. Die Anstrengung lässt meine Waden schmerzen. Ich muss mehr Sport treiben. Ein Einsiedler zu sein, ist nicht gesund.

Ich bewege mich auf ein Leuchtfeuer aus schlecht verhüllter Kraft zu. Forrest hat ihr badass Outfit erweitert: Sie trägt leuchtend orangefarbene Hunter-Wellington-Boots und eine passende Daunenjacke in der gleichen Farbe. Sie beugt sich vor und klopft mit den Fingerknöcheln kräftig auf den Boden.

»Klopf, klopf«, sagt sie mit ihrer markanten, rauen Stimme.

Ich blinzle ein paar Mal. Hat sie? O ja, das hat sie. Forrest klopft. Ich reibe mir die Schläfen. Sie unterbricht ihren Angriff auf den Boden, als ich näher komme, und ihre gelben Augen heben sich zu meinen. Ich bin näher an ihr dran als zuvor und bemerke einen grünen Schimmer in ihrem rechten Auge. Seltsam, das macht ihren konzentrierten Blick wirklich beunruhigend.

»Oh, da bist du ja.« Sie grinst. »Ich bin froh, dass ich den richtigen Ort gefunden habe, aber hier ist auch überall Corbins Geruch.« Sie schnieft.

Sein Geruch? Genau. Tja, in letzter Zeit mache ich wohl alle Fehler, die man machen kann, oder?

Forrest dreht ihre Hand und wackelt mit dem Zeigefinger hin und her. »Ungezogen. Nur damit du es weißt: Der Gedächtniszauber, den du hier benutzt hast, ist illegal. Ich werde dich mit einer Verwarnung davonkommen lassen, weil du Angst hast, aber verwende ihn nicht noch einmal. Du solltest es dir nicht zur Gewohnheit machen, das Gesetz zu brechen.« Sie nickt in Richtung des Amulett-Armbands an meinem Handgelenk.

Meine Augen weiten sich bei ihrer Warnung und ich ziehe den lila Pullover über mein Handgelenk. Verflixt und zugenäht. Wusste Eurus, dass der Zauber illegal ist? Ich zupfe an meinen Fingern und gebe mein Bestes, um reumütig auszusehen. »Es tut mir leid. Ich wusste es nicht.«

»Ach, macht doch nichts. Der Zauber kitzelt, und die salzige Luft wird ihn in den nächsten Tagen auffressen. Verwende ihn einfach nicht noch mal!« Ihre Ausdrucksweise ist unbeholfen, als ob sie lange Gespräche nicht gewohnt ist und nicht viel redet, genau wie ich. Ich habe das Gefühl, dass sie nicht viele Leute an sich heranlässt, und ich bin froh, dass ich mit ihr reden darf.

Um aus dem Wind zu kommen, stellt sich Forrest in den Schatten des großen und sperrigen Hauptgebäudes der Anlegestelle und mustert mich von oben bis unten, als ob sie etwas überprüfen wollte. »Geht es dir gut? Corbin sagte, die Elfen hätten dir den Arm gebrochen. Brauchst du einen Heiltrank?«

Ich verschränke meine Arme vor der Brust. »Es geht mir gut, danke. Er hat ihn geheilt. Darf ich eine Frage stellen? Wie kannst du mich sehen?« Was für eine Kreatur ist sie bloß? Alle meine Sinne sagen immer noch Wandlerin – ein Wolf. Aber ein Wandler sollte mich nicht sehen können, wenn ich getarnt bin.

»Magie.« Forrest wackelt mit den Fingern und mit einem breiten Grinsen, das an Manie grenzt, verwandelt sie das Wackeln in ein Winken. Hinter uns ist eine Menschenfamilie stehen geblieben und starrt uns an.

Na ja, eigentlich starren sie nur sie an. Ich bin immer noch unsichtbar. Sie müssen denken, dass sie mit sich selbst redet. Sie eilen davon, als Forrest weiter winkt.

Sie lacht. »Das macht Spaß. Das müssen wir wiederholen, vielleicht bei meiner Einhornfreundin Tru. Die wird ausflippen.« Dann blinzeln ihre verführerischen und unschuldigen Augen. »Also, was ist mit den Elfen passiert?«

Ich senke den Blick wegen ihres abrupten Themenwechsels und schiebe einen Fuß von der einen Seite zur anderen. *Komm schon, Pepper, ihre Augen lügen.* Ich glaube ihr dieses ganze freundliche Zeug nicht. Sie ist weder süß noch unschuldig. Sie ist ein großes, böses Raubtier. Ich muss daran denken, dass Forrest böse sein muss, wenn sie die Elfen, die mich verletzt haben, erschreckt hat.

Forrest lässt ihre Frage in der peinlichen Stille zwischen uns verharren und bewegt sich so, dass ihr Rücken vom Wind abgewandt ist, aber zum Pier zeigt. In der Umgebung ist nicht viel los, da es mitten in der Woche im Winter ist – eine Zeit, in der es in der Stadt nicht viel zu tun gibt. Trotzdem wette ich, dass Forrest mit ihren Sinnen weiß, wo sich jedes Lebewesen auf diesem Teil der Promenade aufhält.

»Ich möchte dir helfen. Das will ich wirklich. Aber es könnten unschuldige Leute verletzt werden, wenn diese Elfen dir auf den Fersen sind. Ich muss wissen, was sie gegen dich in der Hand haben. Warum läufst du weg?« Mit jeder Frage, die sie mir stellt, wird ihre Körpersprache ein bisschen bedrohlicher.

»Nichts!« Das Wort kommt wie ein Schrei heraus. Ich zucke zusammen und reibe mir den Mund. Sie macht mich echt richtig nervös. »Sorry«, murmle ich durch meine Hand. »Sie haben nichts gegen mich in der Hand.« Außer einer Sklavenrune. »Ich habe nichts falsch gemacht.« Abgesehen von der Tasche, die ich gestohlen habe. Ich zucke zusammen und wippe von einem Fuß auf den anderen, räuspere mich und sage ihr die offensichtliche Wahrheit. »Ich komme aus Faerie, aber ich bin schon als Kind durch das Portal hierhergekommen. Es gefällt mir hier besser«, sage ich im Flüsterton.

»Deinem Akzent nach zu urteilen, habe ich angenommen, dass du von hier bist. Was ist also mit den Elfen passiert? Komm schon, die Wahrheit!«

Ich will es ihr nicht sagen. Sie ist eine Fremde. Aber ich weiß nicht, was ich tun soll, und ich habe keine andere Wahl. Forrest kann mich sehen. Sie hat die Elfen durch das Portal zurückgeschickt und der Tiger schien ihr gegenüber respektvoll zu sein. Sie wird mich wahrscheinlich einsperren und den Schlüssel wegwerfen, wenn ich nicht antworte.

Ich brauche ihre Hilfe.

Ich kann es genauso gut hinter mich bringen. Ich kann ihr die ganze Wahrheit sagen. Ich reibe mir das Gesicht. *Fang zuerst mit den einfachen Dingen an.* »Sie wollten wissen, mit welchen Kreaturen ich vermischt bin und woher ich komme.« Ich knabbere an meinem Daumen. Es ist unhöflich, nach der Rasse zu fragen, und Kreaturen wurden schon für weniger getötet.

Mischlingszucht ist schlecht. Auf der Erde werden

Hybriden meist bei der Geburt getötet, weil sie instabil sind. Sie sind gefährlich. In Faerie werden sie geächtet und müssen ohne Schutz oder ein Zuhause überleben. Sie sterben schnell.

Forrest ist ruhig. Sie drängt mich nicht, und dafür bin ich dankbar.

»Natürlich habe ich nach einer Weile aufgegeben und ihnen meinen Clannamen verraten. Ich befand mich an der Grenze zum Territorium meines alten Clans und hatte gehofft, durch die Erwähnung des Namens einen Freifahrtsschein zu bekommen.« Ich zupfe mir an den Haaren, um mich daran zu erinnern, dass ich hier bin und nicht dort, und zwinge mich, fortzufahren. »Sie wollten wissen, warum es keine Aufzeichnungen darüber gibt, dass ich in den Clan hineingeboren wurde. Sie hatten ein Datapad, das mit der Datenbank der Fae verbunden war, und eine schriftliche Erklärung meiner Mutter, in der stand ...« Meine Stimme bricht, aber ich fahre fort. »... das einzige weibliche Kind des Clans war Wochen vor der Geburt gestorben und blieb namenlos.«

Forrest schnappt nach Luft. Mitleid glänzt in ihren Augen.

»Ich konnte ihnen keine Antwort geben.« Ich zucke mit den Schultern. »Was für ein Wesen ich bin, weiß ich nicht. Meine Mutter ist ein Troll. Ihr Gefährte ist ein Troll. Ich habe sechs ältere Brüder, die alle Trolle sind.« Meine hohe Stimme verrät meine Verzweiflung, also reiße ich mich zusammen und senke sie, flehend. Sie muss mich verstehen. »Meine Mutter und der Vater meiner Brüder sind wahre Gefährten. Sie kann kein Kind mit einem anderen haben.« Ich strecke meine Arme zur Seite aus. »Und doch bin ich hier.«

Ich atme schmerzerfüllt aus, drehe mich um und werfe einen Blick über den Deich auf die kilometerlangen Sandflächen – es ist Ebbe. Das Meer ist weit in der Ferne. Der Sand hat kleine Rillen und ausgehöhlte Wasserlachen, wo die Wellen ihre Spuren hinterlassen haben.

»Sie wollten etwas über meine Magie wissen und was ich tun kann. Als ich mich geweigert habe, es ihnen zu sagen, haben sie mir weiter wehgetan.« Meine Hände zittern, und ich verstecke sie hinterm Rücken. Forrest ist so stark, und meine Schwäche ist mir peinlich. »Trotz der Schmerzen habe ich ihnen nichts verraten, also schlussfolgerten sie, ich sei ein magieloses Halbblut. Eine Lügnerin. Wodurch ich zum Freiwild wurde, jemand, den niemand vermissen würde. Ich habe gehört, wie sie darüber gesprochen haben, dass der Lord of Spring mich vielleicht als Sklavin nehmen würde. Er mag *exotische* Bettgenossinnen.« Ich knirsche mit den Zähnen. »Die Elfen haben vor, mich an das Anwesen des Lords zu verkaufen.«

Das war der Moment, als sie mir diese blutige Sklavenrune auf den Arm gedrückt haben.

»Forrest, ich fühle mich nicht wie ein Halbblut. In meinem Herzen weiß ich, dass ich ein Troll bin.« Ich streiche mit den Fingerknöcheln über meine Brust. »Meine Mutter hätte keinen anderen als ihren Gefährten angefasst. Ich wäre nur dann ein Halbblut, wenn ihr jemand etwas angetan hätte.« Der eisige Wind sticht mir ins Gesicht.

Jemand muss ihr wehgetan haben, um mich zu machen.

»Die Elfen wollten mich vor der Haustür dieses Lords absetzen. Er hätte mich getötet, sobald sich die Behauptung, ich sei ein Halbblut, als unwahr erwiesen hätte.«

Ich starre in Forrests seltsame gelbe Augen, und der ganze Schmutz meiner Vergangenheit kommt herausgepurzelt. »Vom ersten Schrei an, als ich den Schoß meiner Mutter verließ, wusste der Clan sofort, dass ich anders bin – ein Fehler. Was auch immer für eine seltsame Mischung von Fae-Wesen in meinem Blut ist, ich gehörte nicht zu ihrem Clan. Nein. Ich war verflucht. Für sie ist es so, als hätte ich nie existiert. Sie haben nie im Zorn Hand an mich gelegt. Sie haben mich nie verletzt. Zumindest nicht körperlich.« Meine Stimme zittert und ich atme tief ein.

»Ich bin in dieses Reich gekommen, als ich noch ein Kind war. Ich bin einem meiner Brüder gefolgt und saß hier zwei Tage lang fest. Als ich zu meinem Clan zurückgekehrt bin, hatte nicht mal irgendjemand bemerkt, dass ich verschwunden war. Naiverweise dachte ich, dass ich Ärger bekommen würde, dass ich bestraft werden würde. Ich weiß nicht, warum. Vielleicht aus Hoffnung.«

Das Verständnis und das unverhüllte Mitgefühl, das ich in ihrem Gesicht sehe, bringen mich zum Reden.

»Dem Clan war es egal, dass ich seit zwei Tagen vermisst wurde. Dem Schicksal war es egal, ob ich etwas gegessen habe. Ich hätte ein verwildertes Kind sein sollen, aber ich habe zugesehen, gelernt und so sehr versucht, brav zu sein. Glücklich zu sein. Wenn ich ihr glückliches, braves Mädchen wäre, würden sie mich lieben, oder?« Meine Stimme bricht.

Forrest schlingt die Arme um sich und klammert sich an ihre Ellbogen.

Ich weiß nicht, wie ich überlebt habe.

Ich erinnere mich an diese Nacht – die Nacht, in der ich gegangen bin.

Kapitel Zehn

Zwanzig Jahre zuvor

Ich stehe unbeholfen in der Ecke, mein Magen knurrt. Kaum war ich durch das Portal, bin ich den ganzen Weg nach Hause gerannt. Der große gemeißelte Steintisch ist mit Tellern und Besteck gedeckt, und meine Mutter wuselt in der Küche herum und summt leise vor sich hin. Meine Mutter liebt es zu kochen und sieht glücklich aus. Sie stellt vorsichtig eine dampfende Schüssel mit lila Kartoffeln ab und dreht die Schüssel dabei sorgfältig in die richtige Position. Sie streut eine Prise schwarzen Pfeffer auf das Gericht – Pfeffer ist ihr

Lieblingsgewürz, sie liebt ihn –, tritt zurück und lächelt zufrieden über das, was sie vor sich ausgebreitet hat.

»Das Essen ist fertig!« Ihre Stimme hallt durch den Flur und das Scharren der Stühle und die schweren Schritte signalisieren, dass die anderen sich schon auf den Weg zum Tisch gemacht haben.

Ich mache einen kleinen Schritt nach vorn, aber sie stößt mich fast um, als sie an mir vorbeischreitet, und ich presse mich zurück in meine Ecke.

»Mutter, ich bin wieder da«, flüstere ich mit einem traurigen Winken. Ich kauere, als der Clan in den Raum strömt. Der Gefährte meiner Mutter küsst sie auf die Stirn, und alle nehmen Platz, lachen und scherzen über ihren Tag. Alle sitzen, aber für mich ist kein Platz mehr frei.

Das Mädchen, das unten am Waldrand wohnt, hat mich einmal hässlich beschimpft. Ich meide sie jetzt. Sie hat gesagt, ich sei ein Halbblut, und an schlechten Tagen mache ich mir Sorgen, dass sie recht haben könnte. Die Trolle in meinem Clan sind stark und robust, sie sehen nicht zierlich aus und haben keine schiefstehenden Zähne.

Ich will kein Halbblut sein.

Ich fühle mich wie ein vollwertiger Troll, und das ist es, was zählt. Sicher, meine Haut hat einen helleren Grünton und meine Haare sind an den Wurzeln schwarz, was nicht ganz richtig ist. Außerdem bin ich klein und schmächtig.

Und dann ist da noch meine Magie. Sie ist ganz

schön chaotisch. Die Steinmagie, mit der ich gesegnet wurde, ist vollkommen falsch; sie ist zu stark, viel zu stark für mein Alter. Ich kann alles um mich herum spüren, Kiesel bewegen und habe niemanden, den ich fragen könnte, warum. Ich bin vom Clan umgeben und habe trotzdem niemanden.

Und dann ist da noch die neue Unsichtbarkeit, die mich schon seit Wochen plagt. Zuerst war es nur, wenn ich Angst hatte, dass die Kraft über mich hereinbrach, aber dann habe ich es bewusst getan, um meinem Bruder in das Tor zu folgen, das sich schließlich als das Portal herausstellte. Die Kraft macht mich zu einem Freak; soweit ich weiß, ist das eine seltene Gabe der Fae.

Ich weiß, dass ich im Moment nicht unsichtbar bin – mein Schatten tanzt an der gegenüberliegenden Wand, dank der flackernden Flammen in der Feuerstelle – aber sie tun so, als würde ich nicht existieren. Zusammen mit meiner seltsamen neuen Magie habe ich das Gefühl, dass ich langsam verrückt werde. Unsichtbarkeit wäre zumindest eine Erklärung dafür gewesen, warum sie mich ignoriert haben.

Ich hüpfe von einem Fuß auf den anderen und möchte schreien: »Bin ich echt? *Bin ich echt?* Warum wollt ihr mich nicht sehen? Sprecht mit mir!« Die meiste Zeit bin ich zu verwirrt, zu beschäftigt mit dem Versuch zu überleben und zu hungrig, um mich darum zu scheren. Mein Magen protestiert bei diesem Gedanken und ich schlurfe zu meiner Mutter.

»Kann ich einen Teller haben? Mutter, bitte sei nicht

böse! Es tut mir leid, dass ich verschwunden bin. Ich habe einen Fehler gemacht.« Am Ende quietscht meine Stimme.

Manchmal wird es seltsam, wenn sie so tut, als würde sie mich nicht sehen, und wenn sie es dann doch tut, wird sie wütend und weint manchmal. Dank meiner Abwesenheit scheint es dieses Mal noch schlimmer zu sein. Alle sind am Essen und ignorieren mich.

Ich strecke eine zitternde Hand aus und berühre sanft, ganz sanft, ihren Arm. Meine Mutter dreht ihren Kopf und schaut durch mich hindurch.

Ihre Augen sind glasig.

Für einen Moment sehe ich einen Funken des Erkennens in ihren dunkelgrünen Augen, aber dann ist er mit einem Wimpernschlag wieder verschwunden.

Sie wedelt abweisend mit der Hand und knurrt: »Nein, heute Abend nicht.«

Heute Abend nicht? Mit gesenktem Kopf und gebrochenem Herzen schleiche ich wie ein geschlagener Hund zurück in meine Ecke. Alles, was ich in diesem Moment fühle, ist zu gewaltig und zu verwirrend. Ich verstehe es nicht. Niemand sieht mich an, als ich mich an die Küchenwand drücke und in Richtung Tür schiebe.

Als ich hinausschlüpfe, greife ich nach dem schäbigen, abgetragenen Mantel, den ich vor zwei Jahren aus der Mülltonne gerettet habe. Er ist immer noch zwei Nummern zu groß, aber er hält mich warm und fast vollständig trocken vor dem Regen. Ich gehe. Zum letzten Mal schließe ich die geschwungene Haupttür hinter mir.

»Ich laufe nicht weg«, murmle ich in den Wind. In ein anderes Reich zurückzukehren, ist gefährlich, aber ich bin flink und schlau. Mein Leben wird einfacher sein. Ich werde auf der Erde besser zurechtkommen, weil ich eher die Form eines Menschen habe. Ich bin in einem Alter, in dem ich als Einheimische durchgehen und die Sprache lernen kann. Ich werde dort sicherer sein. Und ich mag das Meer.

Der Herbstregen sickert in meine Haare und rinnt mir den Rücken hinunter. Ich neige den Kopf, um die Tränen aus meinem schmutzigen Gesicht zu waschen, und schleiche mich in die Nacht.

Kapitel Elf

ICH REISSE mich von der Erinnerung los. Meine Güte, das ist zwanzig Jahre her. Es sollte nicht mehr wehtun, aber das tut es. Die meiste Zeit bin ich reaktiv. Ich bewältige Probleme, wenn sie passieren, und versuche, nicht an meine Vergangenheit zu denken. Es tut auch jetzt noch weh, die Teile meines Lebens zusammenzufügen. Selbst als Erwachsene ergibt nichts davon einen Sinn, und es tut mehr weh als ein Schlag ins Gesicht oder ein gebrochenes Handgelenk. Ich gehe weiter, einen Schritt nach dem anderen, meistens gefühllos für die Welt um mich herum und tue mein Bestes, um niemanden zu verletzen.

Der Troll in der magischen Blase, der immer davonläuft und doch nicht weiterkommt. *Was für ein Elend.*

Alles, was ich will, ist, zu vergessen und im Gegenzug vergessen zu werden.

Ich schätze, das Schicksal hat es satt, dass ich ständig irgendetwas ignoriere.

Ich konzentriere mich wieder darauf, was ich gesagt habe, und schenke Forrest ein entschuldigendes Lächeln, weil ich so lange abgedriftet war. »Ich wurde erwachsen, als ich realisiert habe, dass nichts, was ich tue, jemals gut genug sein wird. Trolle sind sehr langlebig. Wir bleiben in unseren Clans, bis wir mindestens fünfzig Jahre alt sind. Mit fünfzig gilt man als junger Erwachsener. Ich habe den Clan verlassen, als ich acht war.« Der Wind peitscht meine Worte weg, und ich versuche zu lächeln.

Wir sind beide still. Das Schweigen breitet sich zwischen uns aus wie ein schweres, gewichtiges Gebilde. Der Kloß in meinem Hals ist schmerzhaft und meine Brust brennt vor unterdrückter Trauer. Es gibt nur eine bestimmte Anzahl von Malen, die ich diesen Schmerz in mir begraben kann.

Fühle ich mich besser, wenn ich dieses Geheimnis auskotze? Nein. Ich fühle mich eklig, juckend und komisch. Als ob ich etwas Wertvolles verloren hätte. Anscheinend bin ich kein Typ, der gern teilt, und ich habe mich blamiert.

»Hast du dich einem DNA-Test unterzogen?«

Ich hebe meinen Blick vom Boden und starre sie an.

Forrest zerrt ein Datapad aus einer Halterung an ihrem Oberschenkel. »Ich kann dein Blut sofort testen.

Damit du Antworten bekommst und ein für alle Mal herausfindest, was für ein Wesen du bist.«

»Das kannst du? Würdest du das für mich tun?«

»Ja. Wir brauchen nur einen Tropfen Blut von deinem Finger.« Forrests Stimme verstummt und sie blinzelt. »Ach, Scheiße, das tut mir leid. Ich kann manchmal etwas unhöllich sein. Ich habe den Teil des Erwachsenwerdens verpasst, bei dem man mit anderen Leuten zu tun hat.«

Ich auch, Forrest, ich auch.

»Ich weiß nicht mal, wie du heißt. Ich bin Forrest.«

Ich mache mir nicht die Mühe, ihr zu sagen, dass ich ihren Namen kenne, weil ich sie vorhin belauscht habe, und schenke ihr stattdessen ein kleines Lächeln. »Pepper, Pepper Sterling.«

»Okay, Pepper, bist du bereit, es zu probieren? Darf ich dir helfen, Antworten zu finden?«

Ich schaue mich um, fasse mir ein Herz und nicke. »Okay.« *Bitte tu mir nicht weh!* Ich lasse meine Magie fallen, gehe auf sie zu und halte ihr einen zitternden Finger hin.

»Da ich für beide Reiche arbeite, ist das Datapad mit dem Rat der Kreaturen hier und dem System der Fae verbunden. Wenn es schlechte Nachrichten sind, kann ich jede Spur deines Blutergebnisses aus dem Fae-Teil der Datenbank löschen, bevor das Ding aktualisiert wird. Leg deinen Finger darauf!« Sie zeigt auf eine kleine Delle am unteren Rand.

Ich lege meinen Finger auf das Pad, und eine Mikronadel fährt heraus und nimmt einen Tropfen meines blauen Blutes auf. Das Datapad zwitschert fröhlich, und Forrest nickt, dass es funktioniert hat.

Ich gehe einen Schritt zurück.

Dann gibt das Datapad eine Reihe von Pieptönen von sich und Forrest hämmert mit den Fingern auf die Seiten des Geräts. Ihr Gesichtsausdruck ist verschlossen; sie könnte genauso gut gerade Farbe beim Trocknen zusehen, anstatt die Geheimnisse meines Lebens zu lüften.

»Das ist vielleicht keine gute Idee«, murmle ich. Ich drehe mich auf den Zehenspitzen, gehe auf und ab und fahre mir mit den Fingern durch die Haare. Ich fühle mich nutzlos.

Ich warte auf ein Stück Technik, das mir sagt, wo ich in dieser Welt hingehöre. Was habe ich mir nur dabei gedacht? Es sind erst vierzig Sekunden vergangen, aber es fühlt sich an wie eine Stunde. Was werden die Ergebnisse sagen? Ich könnte ein gestohlenes Kind sein, vielleicht ist niemand im Clan mit mir verwandt. Das ist ein schrecklicher Gedanke.

Ich lehne mich an das geschwungene Metallgeländer des Deichs und tippe mit meinem Stiefel auf das untere Geländer. Die Temperatur ist gesunken, und von der anderen Seite des Meeres ziehen dunkle Wolken heran, die einen Sturm ankündigen. *Ich hätte mir mehr anziehen sollen.* Der Wind bläst zwischen den Fasern meines Pullovers hindurch. Das lilafarbene Oberteil bietet kaum Schutz vor der Kälte, die auf meine Haut schlägt.

Danach muss ich etwas essen und den Beithíoch überreden, zu gehen, damit ich die Unterkunft für mich allein habe und noch ein bisschen schlafen kann. Ohnmächtiger Schlaf ist nicht gleichbedeutend mit guter Erholung. Ich bin am Leben. Ich kann alles in Ordnung bringen, wenn ich noch atme.

Wie auch immer das Ergebnis von Forrests DNA-Test ausfällt: Familie ist das, was man daraus macht. Ich muss mich daran erinnern, dass ich nicht für die schlechten Entscheidungen des Clans oder ihre Art, wie sie mich behandelt haben, verantwortlich bin. Ich war nur ein Kind.

Der Beton vibriert unter meinen Stiefeln, und Ranken von Magie strömen aus dem Asphalt. Sie legen sich um meine Taille. Ich lächle und wische mir die dumme Nässe aus dem Gesicht. Beide leihen mir ihre Kraft.

»Es ist okay. Es geht mir gut«, murmle ich. Ich kann mich von den Ereignissen runterziehen lassen, oder ich kann mich selbst lieben, den Hassern vergeben und mich rächen, indem ich ein gutes Leben führe.

Ein schwacher Lichtball beschließt, dass es jetzt an der Zeit ist, sich mit mir anzulegen. Er schwirrt auf mich zu wie eine lästige Fliege. Ich schaue Forrest durch meine Wimpern an. Gott sei Dank ist ihr Kopf gesenkt und sie sieht es nicht. Ich hebe meine Hand, um den Lichtball davon abzuhalten, mir ins Gesicht zu schlagen, und zum gefühlt millionsten Mal verschwindet er, sobald er meine Haut berührt. Ich reibe meine Finger aneinander. Der Ball hinterlässt keine Rückstände. Ich weiß nicht, wohin das Licht geht oder was es ist.

Ich runzle die Stirn und reibe meine Hand an meiner Jeans. Die Irrlichter finden mich immer. Das tun sie schon, seit ich ein Kind war. Ich notiere das Phänomen in der Spalte meines Gedächtnisses, die unter *merkwürdiger Scheiß* abgespeichert ist.

An manchen Tagen kann es Hunderte von ihnen geben. Manche sind hauchdünn, manche massiv hellweiß, andere grau und ein paar sogar schwarz. Es fühlt sich nicht an wie Magie. Es ist ein Mysterium. Wie meine Unsichtbarkeit muss auch das mit meiner anderen Hälfte zu tun haben. Vielleicht hat der Clan recht, und ich bin verflucht.

Hinter mir stößt Forrest ein Zischen aus.

»Was?« Ich drehe mich um, bewege mich aber nicht auf sie zu. Ich kann es nicht. Die Angst hat mich in ihrem Griff. Ich stehe wie angewurzelt auf der Stelle. Ich kann den Wind nicht spüren. Ich kann meine Glieder nicht spüren. Ich stehe hier wie ein steinerner Klotz.

»Du bist ein Volltroll.«

»Bin ich das?« Ich würde auf den Boden plumpsen, wenn ich nicht vor Angst erstarrt wäre.

Mit dem Datapad in der Hand schlendert Forrest auf mich zu. »Deine Eltern heißen Bree Brennan und Noel Brennan vom Clan Brennan des Herbsthofs.«

Wow, das sind meine Mutter und ihr Gefährte.

Solange ich mich erinnern kann, habe ich ihn den Gefährten meiner Mutter oder den Vater meines Bruders genannt. Er ist mein Vater. Sie *sind* mein Clan. Warum? Warum haben sie mich dann, wenn ich ihr Kind bin, behandelt, als würde ich nicht existieren? Warum haben sie mich ausgegrenzt, obwohl ein einfacher Test hätte beweisen können, wer mein Vater ist?

Oh, verflixt, das ist irgendwie ziemlich antiklimaktisch. Ich runzle die Stirn. Ich hätte es nicht für möglich gehalten, aber diese Information tut noch mehr weh. Ich ziehe eine Grimasse und reibe mir die Brust; wenn ich ein Halbblut wäre, würde das so viel erklären. Aber das Ergebnis des Tests wirft mehr Fragen als Antworten auf.

»Ist das dein Clan?« Forrests starrer Blick auf das Datapad trifft auf meinen eingefrorenen Blick.

Zuckend nicke ich. »Ich benutze den Namen des Clans nicht, da sie mir nie einen Namen gegeben haben.«

Forrests Augen verlieren ihr Mitgefühl und ihre Sanftheit und kehren zu einem totenstarren Blick zurück. Wut schwappt von ihr ab und mein Magen zieht sich zusammen. Ich gehe drei Schritte zurück, bis ich am Geländer stehen bleibe.

»Sorry.« Sie hebt beschwichtigend die Hände und zieht besorgt die Stirn in Falten. »Sie haben dir nie einen Namen gegeben?«, flüstert sie.

Ich zucke mit den Schultern. »Ich habe mir selbst einen Namen gegeben.«

»Was zum Teufel ist denn mit manchen Leuten los?«

Ich weiß es nicht. »Also, ist sie denn normal?« Ich schlinge meine Arme um mich. »Meine DNA? Weist sie irgendwelche Anomalien auf, die erklären, warum ich anders bin?« Warum sie mich nicht gelie... Ich schließe meine Augen.

»Pepper, diese Tests sind nur einfach.« Sie winkt mit dem Datapad. »Sie stellen die Herkunft fest, aber für mehr Details sind sie nicht ausgelegt. Wenigstens weißt du, dass du ein vollwertiger Troll bist, und du kennst jetzt deine Abstammung.« Sie mustert meinen Gesichtsausdruck. »Geht es dir gut?«

Nein. Ich schüttle den Kopf und atme tief ein. »Was die Elfen gesagt haben, ist das wahr? Steht in deinem System, dass ich tot bin?«

Forrest beißt sich auf die Lippe und drückt auf den Bildschirm. Es dauert ein paar Sekunden, bis sie die richtigen Informationen abgerufen hat, und als sie mir in die Augen schaut, zucken die Winkel ihrer leuchtend gelben Augen vor Mitleid.

Ich bereite mich vor. Das ist Antwort genug, denke ich.

»Ja«, sagt Forrest leise.

Wow. Etwas Schreckliches passiert mit deinem Selbstbewusstsein, wenn dein Clan dich so sehr hasst, dass er allen Reichen erzählt, dass du tot seist. *Sie sagen, ich sei tot.* »Okay, die Elfen hatten also die richtigen Informationen. Na ja. Dann hätten wir ja alles geklärt.« Meine Arme fallen besiegt zur Seite.

Was habe ich erwartet? Soweit ich weiß, haben sie nie

nach mir gesucht, und sie haben mich schon als tot gemeldet, bevor ich überhaupt weg war.

Ist schon okay. Ich brauche sie nicht. Ich brauche weder sie noch sonst jemanden. Ich will sie nicht einmal in meinem Leben haben.

»Ich kann jemanden schicken, der mit ihnen redet«, sagt Forrest mit rechtschaffener Wut in meinem Namen in ihrer Stimme. »Pepper, das, was sie getan haben, ist in jedem Fall Betrug.«

»Nein.« Mir fallen fast die Augen aus dem Kopf und ich fuchtle hektisch mit den Händen. »Bitte, bitte tu das nicht!« Eine Zurückweisung ist beim ersten Mal schon vernichtend. Das kann ich nicht noch einmal durchmachen. »Ich will nicht, dass jemand anderes von diesem Fiasko erfährt.«

Vielleicht wollte meine Mutter kein Mädchen? Oder es gab ein Baby, das gestorben ist, und dann hat sie mich bekommen? Hör auf damit! Ich knurre meine innere Stimme an. Wenn du nicht nett sein kannst, halt die Klappe!

»Willst du eine Kopie der Ergebnisse?«

»Ja, bitte.« Ich rattere meine E-Mail-Adresse herunter. Ich kann zwar noch nicht darauf zugreifen, aber das wird warten, bis ich es endlich kann. »Danke, Forrest.« Ich kann die Bitterkeit in meinem Tonfall nicht unterdrücken; ich möchte am liebsten wieder ahnungslos sein.

Sie hebt das Kinn und lächelt mich an, legt ihr Datapad weg und reicht mir einen Zettel. »Das ist die Nummer von meiner Freundin Tru. Ich werde in den nächsten Tagen nicht da sein, aber wenn du Hilfe brauchst, ruf sie an.«

Wieder erkläre ich nicht, dass ich niemanden anrufen werde, weil ich kein Telefon habe. Ich nehme die Nummer und stecke sie in meine Tasche. »Danke«, murmle ich mit einem kleinen Lächeln.

Ich will Forrest nach der Sklavenrune auf meinem Arm fragen und herausfinden, ob sie sie entfernen kann oder jemanden kennt, der das kann. Sie scheint viel zu wissen und sie ist mächtig. Aber ich habe schon viel zu viel gesagt und habe Angst. Ich spüre, wie ich in das tiefe, dunkle Loch falle, in das Introvertierte fallen, wenn sie zu viel erzählen. Mir wird schlecht vor Scham.

»Pass gut auf dich auf!« Sie drückt mir den Ellbogen und stapft dann davon.

Und jetzt ist es zu spät, sie zu fragen.

Ich sehe ihr hinterher und meine Bitte um noch mehr Hilfe bleibt mir in der Kehle stecken. Die Worte wollen nicht herauskommen. Und da ist sie, die mögliche Freundschaft, die durch mein Trauma-Dumping zerstört wurde. Forrest kann es kaum erwarten, von mir wegzukommen.

Mit hämmerndem Kopf beobachte ich sie, bis sie in einer Seitenstraße verschwindet. Ich komme mir vor wie eine Idiotin ... Hätte ich doch nur den Mund aufgemacht und gefragt. Ich schüttle den Kopf. »Tja, das war's dann wohl.«

Mir stellen sich die Nackenhaare auf und ich wirble

auf dem Absatz herum, als ich eine blitzartige Bewegung auf der Spitze des Piergebäudes sehe.

Oh-oh, woher kommt er denn? Ich bin so überrascht, dass ich rückwärts taumle, über nichts stolpere und auf meinem Hintern lande. Ich zucke zusammen, als ich auf mein Steißbein knalle.

Das Metallgebäude hat ihn vor meiner Steinmagie abgeschirmt und er muss durch einen *Seh-Mich-Nicht*-Zauber verborgen worden sein. Er springt und landet mit katzenhafter Anmut sanft auf seinen Füßen.

Ich krabble zurück auf meine Füße und versuche, nicht wegzusprinten; stattdessen hebe ich mein Kinn, als er näher kommt.

Corbin bewegt sich wie ein Tiger – der er ja auch ist. Jeder Schritt ist vorsichtig. Rhythmisch. Was macht er hier? Und warum kann er mich sehen? Ich stöhne auf. Ich habe mich nach der DNA-Probe nicht wieder getarnt. Seine Augen verengen sich angesichts meiner klappernden Zähne, und er zieht seinen Mantel aus und wirft ihn mir über die Schultern.

»Das musst du nicht tun.«

»Du erfrierst«, knurrt er. »Ich konnte deine Zähne von der Spitze des Piers aus hören.«

»Danke«, flüstere ich.

Corbin brummt bestätigend, hilft mir mit den Ärmeln und schließt dann den Reißverschluss bis zu meinem Kinn. Mein Blick bleibt an seinen Lippen hängen. Die Jacke ist noch warm von seiner Körperwärme und ich nehme seinen Geruch auf dem Stoff wahr und ... Der Tiger hält seine Jacke fest, als würde ich sie stehlen wollen – oder verschwinden.

Jetzt erscheint mir das nicht mehr so harmlos und süß. *Oh-oh.* Der Tiger war die ganze Zeit hier. »Tja, na ja, das war doch mal ein nettes, lustiges Beisammensein. Was passiert hier?«

»Die Elfen wollten nicht reden. Sie wollten nicht erklären, warum sie dich durch die Portale verfolgt haben.« *Oh.* »Du bist eine gefährliche, unbekannte, illegale Kreatur in unserem Reich. Die Amulette und die Macht, die du besitzt.« Das Knurren seines Tigers ist in seiner Stimme zu hören. »Du bist ein Widerspruch in sich. Du wohnst in einer verlassenen Unterführung ohne Wintermantel«, er umklammert seinen Mantel fester, zieht mich näher an sich heran und atmet tief ein, um an meiner Haut zu riechen, »aber du hast ein Armband mit Amuletten im Wert von mehreren Millionen Euro.«

Ich zucke erschrocken zusammen. *Amulette im Wert von mehreren Millionen Euro?* Oh, verflixt und zugenäht. »In Faerie haben die Elfen meine Sachen beschlagnahmt. Also habe ich eine Tasche mitgenommen.« Ich lecke mir über die Lippen und zucke zusammen, als der Hellhound eine Augenbraue hebt, weil ich gerade einen Diebstahl gestanden habe.

»Eine Tasche mit Amuletten?«

»Ja, und ein paar andere Sachen.«

Er brummt und schüttelt den Kopf. »Hast du das Forrest gegenüber in deiner kleinen Rede zugegeben? Dass du eine schmutzige kleine Diebin bist?«

Ich schüttle den Kopf.

»Nein? Welche Lügen hast du ihr erzählt, als du unsichtbar warst, und wie hast du sie dazu gebracht, sich mit dir vertraulich zu unterhalten?« Er ist viel zu nah, seine Faust umklammert die Jacke und hindert mich daran, einen respektablen Abstand zu halten.

»Sie ist zu mir gekommen«, flüstere ich.

»Irgendetwas stimmt ernsthaft nicht mit dir«, sagt er mit einem leisen Knurren. »Pepper Sterling, du bist verhaftet wegen illegaler Verwendung von Magie und Betreten des Erdreichs ohne die nötigen Papiere.« Er redet weiter wie ein Polizist, aber ich komme nicht über seine Worte hinweg. *Irgendetwas stimmt ernsthaft nicht mit dir.* Warum tut das so unglaublich weh?

»Was?« Ich blinzle Corbin an, als er seine Tirade beendet und ein seltsames Plastikband hervorholt. Er ringt mit mir um die Kontrolle über mein Handgelenk und klatscht das Band fest. Ich sehe, wie es sich um mich wickelt, und ... meine Verbindung zur Steinmagie ist *weg*. Nein! Es ist ein gefürchtetes Nullband. Ich stoße einen kleinen Schrei der Angst aus und versuche, mich aus seinem Griff zu befreien.

Aber alles wird verschwommen.

»Kämpf nicht dagegen an.« Der Tiger streichelt meine Haare, während meine Knie einknicken. *Nicht schon wieder.* Er wird mir wehtun, genau wie die Elfen es getan haben. »Es ist okay. Ich werde dich beschützen. Ich muss herausfinden, was du versteckst.«

Beschützen? »Lügner, du bringst mich um.« Ich

wimmere, während mir die Tränen in die Augen schießen, und als ich gegen die Kraft des Nullbands ankämpfe, bekomme ich einen Krampfanfall. Mein Kopf knallt gegen den Bizeps des Tigers und ich beiße mir auf die Zunge, ohne es zu wollen.

»Du erleidest einen Schock. Pepper, hör auf zu kämpfen.« Blut tropft zwischen meinen Lippen hervor. »Du lässt mir keine andere Wahl.« Nässe plätschert gegen meinen Hals, begleitet von dem Lavendelduft eines teuren Schlafzaubers, und dann verschwindet alles.

Kapitel Zwölf

Mein Bewusstsein sucht nach der Steinmagie und stößt auf eine Mauer. Ich habe keine Verbindung zu meiner Kraft, und das Unbehagen an der Situation lässt mich aufwachen. Eine Erinnerung nach der anderen, was passiert ist, dringt in mein Bewusstsein. Ich bin am Leben – das ist immer ein guter Anfang.

Außerdem ist mir warm und ich fühle mich erdrückt.

Ich bewege meinen Kopf, und ein Etikett kratzt an meinem Kinn. Ich runzle die Stirn und wende mein Gesicht davon ab. Der Mantel ist immer noch um mich geschlungen – er ist verdreht, der Reißverschluss bohrt sich in meinen Rücken und meine Arme sind an den

Seiten verkeilt. *Super gemacht.* Ich muss mich wie ein Wurm herumgewunden haben, um so eingewickelt zu sein.

»Ich weiß, dass du wach bist«, sagt eine schroffe Stimme über und hinter mir.

Corbin.

Ich erstarre und halte den Atem an, um zu lauschen. Er ist ganz in der Nähe. Ist er in meiner Zelle? Meine Augen fliegen auf, und ... *Oh.* Sie weiten sich, als ich die cremefarbene Decke und das dunkle Ledersofa wahrnehme, in dem ich versinke. Es muss das weichste sein, auf dem ich je gelegen habe – wenn ich den Reißverschluss des Mantels ignoriere. Ich weiß nicht, was ich erwartet habe, aber mit Sicherheit ist es kein Wohnzimmer, kein Zuhause, sondern eine Arrestzelle eines Jägers.

Mann, ist mir heiß. Ich stoße einen Atemzug aus, wobei sich schweißnasse Haarsträhnen an mein trockenes und angespanntes Gesicht heften. Meine Augäpfel fühlen sich an, als hätte man sie herausgedrückt, in Sand gewälzt und wieder in meinen Kopf gestopft. Die Heizung muss an sein – ich bin es nicht gewohnt, und es fühlt sich an, als würde ich schon seit Stunden in der Jacke des Tigers vor mich hin köcheln.

Ich winde mich. Wenn ich sie nicht bald ausziehe, werde ich ohnmächtig. Ich muss sie ausziehen! Über mir ertönt ein leises, verzweifeltes Knurren.

»Sorry. Komme ich nicht schnell genug aus dem Entführungsmantel raus?«, knurre ich. Der Stoff fällt mir über den Kopf und begräbt mich unter sich, wodurch meine Worte gedämpft werden, aber ich glaube, Corbin hat das Wesentliche verstanden.

Er antwortet mit einem leisen Knurren. »Lass mich dir helfen. Pepper, hör auf, zu zappeln. Du machst es nur noch schlimmer.«

»Manche Leute bekommen zumindest Süßigkeiten oder Welpen, bevor sie entführt werden«, sage ich und wackle noch mehr.

»Manche Leute wachen nackt und angekettet in einem Keller auf«, schnauzt Corbin zurück, während er meine zappelnden Beine festhält. Ich schnappe unter dem Mantel nach Luft. »Nicht auf einer Couch. Scheiße, ich habe nicht darüber nachgedacht, wie sich das anhört«, fügt er schnell hinzu, während seine riesigen Hände am Stoff zerren. Der Mantel wird über meinen Kopf gerissen. Ich zucke zusammen, als er eine Handvoll grüner Haare mitnimmt.

Endlich frei setze ich mich auf und zeige mit einem zittrigen Finger auf ihn, während ich mit der anderen Hand meine schmerzende Kopfhaut reibe. »Ha, du gibst also zu, mich entführt zu haben.« Ich weiß nicht, warum ich so selbstgefällig klinge. Vielleicht hat die Überhitzung mein Gehirn zerfressen. Ich lasse meine Hand fallen, als sich Corbins dunkelblaue Augen weiten.

»Ich gebe nichts dergleichen zu.« Der Tiger ist entsetzt. Ich muss seinen männlichen Stolz angekratzt haben. »Ich habe dich nicht gekidnappt, entführt oder was auch immer du in deinem hübschen kleinen Kopf denkst. Ich bin ein Hellhound und kein x-beliebiger Verbrecher.« Er lässt die Schultern hängen und faltet die Jacke über seinem Arm. »Ich habe dich verhaftet und du bist zu deinem eigenen Schutz hier.«

Ich runzle die Stirn. »Verhaftet. Also, wo sind wir dann, Mr. Hellhound? Warum hier und nicht im Hauptquartier der Jäger? Hm?« Ich huste und reibe mir die trockene Kehle.

Corbin reicht mir ein Glas Wasser und ich leere es in einem Zug aus. »Zu deinem Schutz«, wiederholt er, als ob ich ihn beim ersten Mal nicht gehört hätte.

Zu meinem Schutz, ja, richtig.

Ich seufze, reibe mir die Schläfe und stelle das Glas nicht allzu sanft auf dem Couchtisch aus dunklem Holz ab. Das klirrende Geräusch weckt eine Erinnerung an die Schale des Beithíochs, die über den Tunnelboden schabt. Eurus! Ich hoffe, Eurus geht es gut. Ich bin froh, dass ich dafür gesorgt habe, dass er nicht in den Tunneln gefangen ist, aber jetzt mache ich mir Sorgen, dass er nirgendwo einen Unterschlupf findet, wenn er weggeht und nicht wieder reinkommt. Was für ein Albtraum.

Zumindest wäre das eine Möglichkeit, ihn loszuwerden. Ich kichere in mich hinein. Heilige Mutter Natur, ich bin eine miserable Person.

Corbin hat seine Zwangsjacke abgelegt und thront nun über mir. Er trägt die gleichen Klamotten wie bei meiner Verhaftung, also kann ich nur hoffen, dass nicht allzu viel Zeit vergangen ist. Hoffentlich sind wir noch am selben Tag.

»Wo ist Forrest?«

»Sie ist beschäftigt.«

»Ja, da bin ich mir sicher.« Verdammt. Ich habe mich ihr gegenüber geöffnet und ihr Dinge erzählt, über die ich nicht einmal nachdenken wollte. All diese Geheimnisse sind aus meinem Mund herausgesprudelt. War ihre Freundlichkeit und Hilfe nur vorgetäuscht? Wollte sie mir nur helfen, um mich an einem Ort zu halten, um mich herauszulocken, damit der Tiger mir auflauern konnte? Ich dachte, Forrest wollte helfen, freundlich sein. Meine Freundin sein ... Oder bin ich nur ein Job – etwas, das man erledigen muss? Mein Kopf knallt gegen die Lehne des Sofas.

Der Schmerz sprudelt in meinen Worten. »Hat sie mich reingelegt?«

»Nein. Forrest wusste nicht, dass ich da bin.« In Corbins Gesicht blinkt ein Hauch von Unsicherheit auf – schnell, aber ich sehe es – und dann reibt er sich den Nacken.

Anscheinend bin ich nicht die Einzige, die gestresst ist; ich lasse mich zurück aufs Leder sinken. Es ist wirklich ein schönes Sofa. Ich bin erleichtert, dass Forrest mich nicht reingelegt hat. Dem Schicksal sei Dank, hat sie mich nicht ausgetrickst, und nach der Sorge in Corbins Augen zu urteilen, würde Forrest ihm wohl den Kopf abschlagen, wenn sie auch nur ahnen würde, was er getan hat.

Meine Lippen zucken und ich prüfe meine Handgelenke; die Amulette und das böse Nullband sind weg.

»Das Nullband hat dich verkrampfen lassen, also habe ich es entfernt.«

»Oh. Kein Wunder, dass ich mich so schlecht fühle.« Ich reibe mein rotes Handgelenk. »Warum kann ich meine Magie nicht spüren, obwohl das Nullband weg ist? Dauert es ein paar Stunden, bis ich wieder normal bin?« Ich begegne seinem harten blauen Blick und mein Herz rast vor Angst. Ich verstehe das nicht. »Warum kann ich meine Magie nicht spüren? Hat das Nullband bleibende Schäden verursacht?« Während ich weiter mein Handgelenk reibe, bewegt sich der Ärmel meines lila Lieblingspullovers und ich entdecke die dunklen Flecken auf meiner Haut. Blutergüsse? Ich schiebe den Ärmel höher und mir fällt die Kinnlade runter.

Es ist weder ein blauer Fleck noch ein Bluterguss. Nein, es ist eine weitere Rune. Ich schiebe den Ärmel über meinen Ellenbogen; sieh mal einer an, die Sklavenrune hat ein paar Freunde. Ein entsetztes, ersticktes Lachen entweicht meinen Lippen, als ich Dutzende von Runen auf meinem Unterarm sehe.

»Was hast du getan?«, wimmere ich. Was ist nur los mit den Kreaturen, die aus dem Nichts auftauchen und mich besitzen und kontrollieren wollen? Runen sind teuer, und um eine Rune zum Leben zu erwecken, braucht man einiges an Wissen und Können. Leider braucht man dafür keinen Tropfen Fae-Magie, deshalb konnte der Tiger sie mir anheften. »Was zum Teufel hast du getan?« Ich verliere die Beherrschung und klatsche mit den Händen auf das Sofa.

Corbin reibt sich den Mund und seine Stimme sinkt um eine Oktave. »Die Runen hindern dich daran, unsichtbar zu werden oder deine Magie zu benutzen, und sie lassen sich nicht ohne meine Genehmigung abnehmen.«

Ich reiße meinen Ärmel wieder hoch und richte meinen Blick erneut auf die hässlichen Runen auf meiner Haut. Ich bin so wütend, dass ich ihn nicht ansehen kann. »Oh, jetzt bist *du* also der Sklavenhändler.«

»Nein. Ich bin kein Sklavenhändler. Ich helfe Leuten. Ich helfe dir.«

»Ja, sehr hilfreich. Was für ein netter Kerl du doch bist. Wow, ein echter Held.« Ich verziehe das Gesicht, gebe ihm einen Daumen hoch und starre weiter auf meinen Arm. Ich weiß nicht, was sie bedeuten. »Ist das ...?« Es ist heller als die anderen, fast verblasst. Ich weiß nicht, wo ich das Zeichen schon einmal gesehen habe, aber der Anblick weckt meine Erinnerung, und in Sekundenschnelle weiß ich, was es ist. »Ist das eine Todesrune?« Ich starre sie schockiert an. »Du hast mir eine Todesrune aufgedrückt.« Das wird ja immer besser und besser.

»Ich habe dir keine Todesrune aufgedrückt, Pepper.« Der Tiger kommt um das Sofa herum und nimmt sanft meinen Arm in die Hand. »Das würde ich nicht tun. Diese Rune hier?« Er zeigt auf das Zeichen.

»Die war noch nicht da, als ich die anderen platziert habe.«

»Ja, als ob ein Wandler weiß, was er tut. Sie ist also von selbst entstanden?« Ich schüttle den Kopf und meine Lippe verzieht sich, sodass die stumpfen, schiefen Stoßzähne zum Vorschein kommen. Ich reiße meinen Arm aus seinen warmen Händen. »Was bei allen Pixiefürzen stimmt denn nicht mit dir? Meine einzige Verteidigung ist meine Magie. Sie ist mein einziger Schutz, und du klaust sie mir und schmierst mir dafür eine Todesrune auf. Was für eine grausame Aktion. Du ... du bist eine schlechte Person.«

»Ich bin keine schlechte Person, Pepper. Ich versuche nur, dich zu beschützen.«

»Ich habe dich nie um Hilfe gebeten, *Corbin*.« Ich spreche seinen Namen mit einem sarkastischen Unterton aus. Wenn er weiter mit meinem Namen um sich wirft, um mich zu manipulieren, kann ich das auch. Ich weiß, was er vorhat. Es ist psychologische Manipulation. Er versucht mir weiszumachen, dass er ein vertrauenswürdiger Kerl ist und dass er mir zuhört. Das verursacht bei mir eine Gänsehaut.

Ich zittere heftig, und mein Atem klingt extrem laut in meinen Ohren. Ich drehe mich auf die Seite, sinke in die Kissen, ziehe die Knie an die Brust und verstecke meinen Arm. All diese Runen und das im Abstand von nur ein paar Tagen. Ein Sklavenzeichen, eine Handvoll Runen, um meine Magie zu blockieren, und als Bonus noch eine Todesrune. Das ist einfach nur klasse.

Ich lecke mir über die Lippen; die Angst hat mir die Spucke aus dem Mund gezogen. Das ist nicht fair. Ich habe das nicht verdient.

Verdammter Corbin, ich mochte ihn. Ich fand ihn gut aussehend. Ich mochte ihn so sehr, dass ich ihn auf der Promenade lange genug angeglotzt habe, damit er mir ein Nullband umlegen könnte. Typisch für mich, dass ich so sehr um männliche Aufmerksamkeit bettle, dass ich beim ersten gut aussehenden Mann, den ich treffe – beim ersten umwerfend schönen Mann, mit dem ich spreche – völlig den Verstand verliere.

Und dann auch noch ein Hellhound. Ich sollte wirklich klüger auswählen, in wen ich mich verknalle.

Vielleicht ist das ein schlechter Scherz. Ich ziehe meinen Arm heraus, lecke einen Finger und reibe über die Farbe. Diese Runen werden nichts Gutes bewirken. Ich zittere und reibe noch fester – der Tiger schnauft. Es geht nicht ab. Die Runen sind echt. Natürlich sind sie echt.

Aber was weiß ein Hellhound schon von Runen? *Ich kann ihm nicht einfach abkaufen, dass meine Magie blockiert ist.* Vielleicht fühlt es sich nur so an. Und vielleicht stoppen sie auch nur meine Steinmagie. Keiner versteht meine andere Kraft.

Ich muss es versuchen. Es ist wichtig. Ich brauche meine Magie, um sicher zu sein. Mich von meiner Kraft abzuschneiden, tut mir weh. Da ist eine nagende Leere in mir. Ich sollte mächtiger sein, und meine Magie sollte stärker sein als diese blöden Runen.

Ich habe mich nicht zum Aufgeben erzogen. Ich bin es mir selbst schuldig, es zu versuchen.

Mit geweiteten Nasenflügeln beiße ich die Zähne zusammen und ziehe an der Magie, um mich zu verschleiern.

Kapitel Dreizehn

Einen Atemzug lang passiert nichts, und dann, wie ein Feuerblitz, versengen unsichtbare Flammen meine Haut. Und ich dachte, mir wäre vorher schon heiß gewesen. »Mein Arm! Mein Arm brennt!«, schreie ich. Meine Rufe hallen durch den Raum, als ich mit meinem brennenden Arm um mich schlage, den Griff um die Magie fallen lasse und mit einem *Uff* auf dem Boden aufschlage.

»Autsch«, stöhne ich.

Der Tiger knurrt über mir.

Jaja. »Ich habe nichts beschädigt«, grummle ich. Die Flammen waren unter meiner Haut und ich fühle mich immer noch, als würde ich rauchen.

»Außer dich selbst. Du hast dich selbst verletzt.

Warum hast du das getan? Das sind mächtige *Fae-Runen*, die speziell dafür gemacht sind, dich zu kontrollieren. Tu das nicht noch einmal!«

»So fühlt es sich also an, wenn man getasert und gleichzeitig in Brand gesetzt wird. Das war schön.« Ich schnaufe und versuche, aufzustehen.

Ich bin zwischen dem Sofa und dem hölzernen Couchtisch eingeklemmt, auf dem Rücken. Und die Runen haben mir ganz schön zugesetzt. Als ich versuche, wieder aufzustehen, zapple ich herum wie ein Fisch auf dem Trockenen. Das ist mehr als peinlich und geht in Richtung *Bitte töte mich einfach*. Ich kann nicht aufstehen. Meine Gliedmaßen sind wie Gummi. »Na ja, der Boden ist nicht so schlimm.«

Mit einem angewiderten Grollen schiebt Corbin den Tisch mit seinem massiven Oberschenkel beiseite, hebt mich ohne Umschweife hoch und setzt mich wieder auf dem Sofa ab.

Ich zittere und kauere mich zusammen.

Er reibt sich das Gesicht, und seine Augen haben den Ausdruck eines Mannes, der seine Lebensentscheidungen bedauert. »Willst du noch was trinken? Ich brauche einen Drink. Kaffee?«

Ich habe schon ewig kein heißes Getränk mehr getrunken. Ich mag Tee. Der Schweiß in meinem Nacken stellt mich vor die Frage, ob ich etwas Heißes trinken sollte, aber meine Lippen und meine Kehle sind immer noch trocken. »Tee?«, krächze ich.

Corbin nickt und geht in den Nebenraum – um von

mir wegzukommen – in das, was ich für die Küche halte. An der Tür dreht er sich um. »Milch, Zucker?«

»Einfach schwarz, bitte.« Unbeholfen warte ich. Diese ganze Situation ist so seltsam. Wenn ich den Schrecken der verrückten, machtkontrollierenden Runen ignoriere und vergesse, dass er mich mit einem Nullband ausgeknockt hat, das mich verkrampfen lassen hat – oh, und dass er mich entführt und mit seiner Jacke bei lebendigem Leib gekocht hat ... Angenommen, ich ignoriere das alles, dann würde ich mich wie ein willkommener Gast fühlen. »Warum ist es so heiß hier drin?«, rufe ich. Dann kann ich mich doch auch gleich wie ein willkommener Gast verhalten.

»Das Nullband hat dich ausgekühlt.«

Oh. Mein Magen dreht sich um. Er hat mich in seinem Mantel gelassen und die Heizung aufgedreht, weil mir kalt war. Schade, dass er nicht bemerkt hat, dass mein Gesicht durch die Hitze knallgrün geworden ist. »Ist es möglich, die Heizung runterzudrehen? Bitte?«

Kann man das überhaupt machen? Ich hatte noch nie Zugang zu einer Heizung – abgesehen von den Heizkörpern in öffentlichen Gebäuden und den Heizkörpern in den Schulen. Es ist nicht so, dass unsichtbare Kunden oder Schüler sich an den Reglern zu schaffen machen.

»Klar«, antwortet er schroff, als der Kessel klickt.

Ich muss mir auf die Lippe beißen, um nicht *Danke* zu sagen. Ich bin mir sicher, es gibt ein ungeschriebenes Gesetz, dass man seinem Entführer nicht dankt. Oder? Oder vielleicht tut man es doch. Wird es schwieriger, jemanden zu verletzen oder zu töten, der Manieren hat? Ich weiß es nicht ... Mein Blick schweift durch das Wohnzimmer zu einem Fenster. Ich will sehen, wo wir sind, aber ich bleibe mit meinem Hintern fest auf dem Sofa sitzen. Ich glaube nicht, dass es ihm gefallen würde, wenn ich mich bewege.

Die Wohnung ist schick, eingerichtet wie ein Hotel. Ich höre das Einschenken von Wasser und das Klirren eines Löffels. Ein paar Augenblicke später kommt der Tiger mit zwei dampfenden Tassen zurück. Er stellt meine auf einen Untersetzer auf dem Couchtisch und lässt sich auf dem Stuhl gegenüber nieder.

»Danke.« Innerlich stöhne ich auf – *toll gemacht, Pepper*. Ich denke, gute Manieren können nicht schaden und vielleicht sollte ich aufhören, ihn zu verärgern. Ich war noch nie so gesprächig. Macht es mir Spaß, mit Corbin zu reden? Es scheint, als würde ich mich immer noch wie ein Fangirl verhalten.

Corbin lehnt sich auf dem Stuhl nach vorn, die Hände baumeln zwischen seinen weit gespreizten Beinen. Der Ausdruck auf seinem hübschen Gesicht ist von Entschlossenheit überschattet.

Oh, jetzt geht's los.

Der Tiger hat mir nicht einmal Zeit gelassen, den Tee zu trinken, und schon kommen die Fragen. Dass ich bewusstlos war, muss seine Zeitplanung wirklich durcheinandergebracht haben.

Ich nehme den Tee in die Hand, um mich dahinter

zu verstecken. »Warum hast du mir dieses schreckliche Nullband umgehängt?«, platze ich heraus.

Seine dunkelblauen Augen blicken mich mit einem Hauch von Sorge und einer großen Portion Schuldgefühl an.

»Das hättest du nicht tun müssen. Egal, was die Elfen dir weismachen wollen, ich bin keine Kriminelle. Du hast doch die Sklavenrune gesehen, oder? Tja, das haben die mir angetan. Wenn du gefragt hättest, wäre ich freiwillig mitgekommen.«

Ein ungläubiger Blick huscht über sein Gesicht, und die Schuldgefühle werden durch ein Grinsen ersetzt. Dieses Grinsen macht ihn so attraktiv, dass mein Gehirn für eine Sekunde einen Kurzschluss erleidet. »Nein, das wärst du nicht. Du wärst sofort abgehauen, sobald du die Möglichkeit gehabt hättest. Kleine Diebin.«

Diese verdammte Tasche! Ich spüre, wie meine Wangen pochen und eine wütende, dunkelgrüne Röte ausstrahlen. »Ich wäre nicht weggelaufen«, murmle ich in die Tasse. *Natürlich wäre ich das.* Ich habe auf dem Datapad Aufnahmen von Kreaturen gesehen, die sich einem Jäger widersetzt haben und dadurch ernsthaft zu Schaden gekommen sind. Und das war ein Jäger. So etwas bei einem Hellhound? Auf keinen Fall. Das ist eine sichere Art, draufzugehen. Hätte ich gewusst, dass er mich verhaften würde, wäre ich abgehauen. Auf nimmer Wiedersehen.

»Wie auch immer, du hast kein Recht, mir Vorwürfe zu machen. Du hast meine Tunika geklaut.«

Corbins Gesicht ist starr. »Ich habe Beweise gesammelt. Das ist ein Unterschied.«

»Ach so. Dann ist es ja gut, wenn mein persönliches Eigentum ein *Beweismittel* ist.« Ich tippe auf die Tasse. »Hältst du mich wirklich für eine Kriminelle?«

»Ich bin nur an dem interessiert, was ich beweisen kann.«

Diplomatisch. Okay. Ich knabbere an meiner Lippe. Ich sollte die Klappe halten, aber ich kann einfach nicht anders. »Du bist ein Hellhound.« Hellhounds können tun, was sie wollen, so scheint es. »Warum benimmst du dich wie ein Jäger? Liegt der Umgang mit Fae-Problemen nicht weit unter deiner Gehaltsklasse?«

»Ich kann selbst entscheiden, was ich tue.« Er steht auf und öffnet ein Fenster.

Oh, heilige Mutter sei Dank. Ein Luftzug! Eine Brise, wie schön.

»Wie lange schleichst du schon herum und spionierst anderen Leuten nach?«

Mir bleibt der Mund offen stehen. »Was?« Ich stottere. »Ich schleiche nicht herum und ich bin auch keine Spionin.«

»Irgendetwas geht mit dir vor. Du bist ein Rätsel, das ich lösen will, und ich bin fasziniert.« Er setzt sich hin und trifft mich mit seinem Polizistengesicht. »Du bist gefährlich.« Er lehnt sich vor, schnappt sich seine Tasse und trinkt einen Schluck Kaffee, während er mich aufmerksam beobachtet.

Die ganze Zeit bin ich davon ausgegangen, dass er ein

guter Kerl ist. Was ist, wenn er mit der anderen Seite zusammenarbeitet? Es hat mir Spaß gemacht, mit ihm zu reden, hin und her zu sticheln, aber jetzt kommt mir das alles viel zu real vor. Gefährlich. Ich habe mich nicht für diesen Hellhound-Mist gemeldet. Auch ohne die Runen, die mich sichtbar machen, säße ich tief in der Tinte.

Der Tiger hockt einfach nur da. Er ist nicht nervös. Er ist entspannt, sieht aber aus, als wäre er bereit zu handeln, und er ist nicht der Typ, der sich überrumpeln lässt. Also kein Schlag auf den Kopf und weglaufen. Schade.

»Hältst du mich hier wegen der Elfen fest? Hast du mich deshalb hierhergebracht und Forrest nicht gesagt, was du vorhast?« Meine Stimme ist schwach und wackelig. »Bevor ich dich getroffen habe, war ich eine Zeit lang bewusstlos. Nachdem ich mit den Elfen geplaudert habe, bin ich entkommen, habe mich mit einem Trank geheilt und bin ohnmächtig geworden. Du hast nur das Ende von dem gesehen, was sie mit mir gemacht haben. Das gebrochene Handgelenk.« Ich lehne mich auf meinem Platz nach vorn. Ich bin nicht zu stolz, um zu betteln, wenn mich das am Leben hält. »Bitte, Corbin, schick mich nicht zu ihnen zurück.«

Er starrt mich an, als ob ich verrückt geworden wäre. »Ich würde dich nie zu diesen Tieren schicken. Wenn es nach mir und Forrest ginge, wären sie schon tot. Ich würde sie in Stücke reißen. Aber der Lord of Winter wurde informiert, und du stehst jetzt unter seinem Schutz.«

Der Lord of Winter, denke ich. Ich bin fassungslos.

Das ist übel. Sehr, sehr übel. Angst durchströmt mich und meine Hände zittern. »S-stehe ich das? W-w-warum? Warum sollte Madán«, meine Stimme bricht, »der Lord der Aes-Sídhe-Krieger, mir helfen?«

Madán ist ein Kriegerelf, der höchste und furchterregendste Kriegerelf.

»So naiv bist du doch sicher nicht.«

Mir gefällt der herablassende Blick nicht, den Corbin mir zuwirft.

»Er wird dir nicht helfen. Warum sollte er? Glaube nicht, dass er das aus reiner Herzensgüte tut. Denn das tut er nicht.« Corbin rückt seine Tasse zurecht. Es muss frustrierend sein, so riesige Hände zu haben. »Was du kannst, ist ungewöhnlich und sehr nützlich, und er will sicherstellen, dass du keine Bedrohung bist. Pepper, ich muss dich nicht darauf hinweisen, dass du in großen Schwierigkeiten steckst.«

Der Lord of Winter will mich kontrollieren. Tja, dann muss er sich wohl hinten anstellen. Hoffen wir, dass er nicht auch auf *exotische* Bettgefährten steht.

Ich mache ein *Pfft*-Geräusch. »Das ist okay. Ich kann auf mich selbst aufpassen und ich bin keine Bedrohung. Ich? Eine Bedrohung.« Ich lache schmerzerfüllt. »Du weißt, wenn ich einfach nach Hause gehen könnte, müsstest du mich nie wiedersehen ...«

»Wenn du mit *auf dich selbst aufpassen* meinst, von Elfen gefangen gehalten und gefoltert zu werden und mit einer Sklavenrune zu entkommen, dann ja, dann machst du das richtig gut.« Jetzt ist er an der Reihe, mir einen Daumen hoch zu zeigen.

Ich schaue den großen Tölpel finster an. Der Tiger ist ein Arschloch.

»Du kannst dich komplett unsichtbar machen und trotzdem mit der Welt interagieren. Außerdem ist deine Steinmagie bemerkenswert. Du bist eine unbekannte Bedrohung. Wir nutzen und kontrollieren Bedrohungen, oder wir eliminieren sie.«

Eliminieren, nett. »Du hast das alles deinem Boss, dem Lord of Winter, erzählt?«

»Ich habe es ihm nicht erzählt. Ich wurde losgeschickt, um dich zu finden.« Sie haben ihn geschickt, um mich zu finden? Ich stelle den Tee ab und lehne mich auf dem Sofa zurück. »Die Elfen waren nicht zimperlich bei ihrer Jagd nach dir. Er hat die Überwachungsvideos vom Portal gesehen und wie du den Pflasterstein zerbrochen hast. Auch von der Nacht auf der Promenade, als du mich gerettet hast.«

Ich verziehe das Gesicht.

»Deine Taten haben dich hierhergebracht. Jeder, der auch nur einen Funken Ahnung von Magie hat, weiß, dass du etwas Besonderes bist.«

Besonders, ja, das ist großartig. Bin ich nicht ein ganz besonderes Schneeflöckchen? Ich wackle, ziehe meine mit Socken bekleideten Füße näher heran und schlinge meine Arme um meine Knie. *Das sind mächtige Fae-Runen, die speziell dafür gemacht sind, dich zu kontrollieren. Das hat er vorhin behauptet. Ich bewege meinen*

Arm zur Seite, und die Runen lugen unter meinem Ärmel hervor. »Madán hat dir diese Runen gegeben.« Der Tiger braucht nicht einmal zu nicken. »Ich bin also hier, weil du einen Deal mit dem Lord of Winter gemacht hast. Du hast mich verraten. Warum konntest du mich nicht einfach in Ruhe lassen?«

»Wenn ich dich jetzt gehen lasse, werden dich die Elfen schnappen. Sie werden nicht aufhören. Auf diese Weise hast du wenigstens eine Chance«, sagt er schroff.

»Warum interessiert dich das?«

»Ich höre auf mein Bauchgefühl. Du brauchst Hilfe, und ich werde dir helfen.«

»Ja, aber nur, weil du einen fetten Gehaltsscheck bekommst. Du hilfst mir nicht; du bist wie alle anderen – du hilfst nur dir selbst.« Er ist nicht besser als die Elfen. »Ich habe mich in dir getäuscht.«

Das Geräusch des Verkehrs dringt durch das offene Fenster und die Vorhänge rascheln im Wind. In dem Glauben, dass meine Beine wieder stabil sind, schleppe ich mich auf die Füße, und Corbin hält mich nicht auf, als ich durch den Raum laufe und aus dem Fenster schaue.

Ich blinzle.

Wir sind mitten in einer Stadt, die ich noch nie gesehen habe. »Wo zum Teufel sind wir?«, flüstere ich und drücke meine Wange an das Glas.

»Sligo.«

»Sligo? Wie in der irischen Provinz Sligo?« Ein ganz anderes Land. Wow! Mein Magen verkrampft sich und ich drehe mich zu ihm um, mit dem Rücken an der Fensterbank. In diesem Reich war ich noch nie außerhalb der einen Stadt, und jetzt bin ich in Irland.

Irland.

Ich schaue mich mit anderen Augen um und stelle fest, dass das hier nicht sein Zuhause ist. Ich hatte recht, als ich meinte, es sei wie ein Hotel eingerichtet. Es ist eine verdammte Suite. Ich komme mir ein bisschen dumm vor. Warum habe ich geglaubt, dass er mich in seine privaten vier Wände mitnehmen würde?

»Wie können wir in Irland sein? Wie kannst du hier sein? Sind Wandler hier nicht verboten?« Die Fae haben das ganze Land in ihrer Gewalt. Seit einem langen und blutigen Krieg ist Irland ein reines Menschen- und Fae-Land. Es ist einer der sichersten Orte, an denen Menschen leben können. Wandler und Vampire dürfen nicht nach Irland kommen, wenn sie weiter atmen wollen. Dann leuchtet mir die Antwort ein. Der Westen Irlands, mit seinen schönen Stränden und sanften Hügeln, ist Madáns Domäne. Sein Territorium. »Das ist übel, sehr übel.«

»Du bist hier sicher.«

»Sicher.« Ich klopfe auf die Runen. »Ja, klar. So was von sicher. Ich befinde mich im Territorium des Lord of Winter. Im *Territorium der Fae*. Ich glaube, du verstehst nicht ganz, welche Gefühle ich mit ihnen verbinde.« Ich bin vielleicht ein vollwertiger Troll, aber ich bin immer noch ein Freak, und jetzt, mit diesen Runen, kann ich nicht mehr verschwinden.

Corbin zuckt mit den Schultern. »Ich habe dir gesagt, was du wissen musst. Du stehst unter seinem Schutz.« Er räuspert sich. »Unter meinem Schutz.«

Er vermeidet es, mir zu antworten. »Aber wie kann es sein, dass du hier bist?«, frage ich erneut.

»Du hast doch nicht gedacht, dass alle Hellhounds in deinem kleinen Urlaubsort leben, oder? Es gibt andere Orte, die unsere Hilfe brauchen, und wir gehen dorthin, wo wir gebraucht werden.«

»Ich habe noch nie einen anderen Hellhound getroffen.«

Er sieht mich an, als ob ich eine Idiotin wäre, und schüttelt den Kopf.

»Du bist also ein Söldner?«

»Nein.«

Ich glaube ihm nicht. Ich wende mich wieder der Aussicht zu. Ich sitze in der Patsche. Wenn ich gehe, werden mich die Elfen finden. Ich habe in ihrer Gesellschaft viel geblutet, und es braucht nicht viel Blut, um einen Verfolgungszauber zu wirken. Nicht für sie. Sie werden mich aufspüren, und ohne den Schutz des Hellhounds und ohne meine Magie, hinter der ich mich verstecken kann, bin ich ein wandelnder toter Troll.

Kapitel Vierzehn

»Was hast du in Faerie gemacht?«, fragt Corbin.

Ich schweige entschlossen und halte meine Lippen versiegelt. Ich habe genug emotionale Gespräche geführt, um ein ganzes Leben lang zu überleben, und ich habe beschlossen, dass ich jedem, dem ich von meinen Angelegenheiten erzähle, Munition gebe, die er gegen mich verwenden kann. Diese Erfahrung habe ich schon oft gemacht. Je mehr Informationen man preisgibt, desto mehr lehnen die Leute einen ab. Die Natur der Kreaturen ist schockierend, aber nicht kompliziert. Mit Leuten zu reden und mit der Welt zu interagieren, ist sinnlos und ... schmerzhaft.

Ja, es mag sehr ungesund sein, keine Freunde zu

haben, aber warum sich die Mühe machen, wenn sich niemand um einen schert, zumindest nicht ernsthaft? Jeder interessiert sich nur für sich selbst. Nachdem ich alles gesagt habe, gehe ich zurück zum Sofa, setze mich und verschränke meine Arme.

Corbin wirft mir einen Blick der puren Frustration zu. »Lass das!«, sagt er mit einem warnenden Knurren. »Wage es bloß nicht! Du kannst dir diesen sturen Ausdruck aus dem Gesicht wischen, kleine Diebin. Ich will dich nicht zwingen, mir zu antworten. Aber ich werde es tun.« Er reibt sich den Nacken, und sein Bizeps wölbt sich bei dieser Bewegung.

Der Tiger scherzt nicht; sein Polizistengesicht ist wieder in voller Stärke da. Ich wackle auf dem Platz. »Ich will einfach alles vergessen, nach Hause gehen und in Ruhe gelassen werden.«

»Die Runen werden dich zum Reden bringen.«

Oh, supi.

»Ich würde sie lieber nicht benutzen. Beantworte die Frage, *Pepper*. Was hast du in Faerie gemacht?« Er knirscht mit den Backenzähnen, wodurch sich sein Kiefer zusammenzieht. Ich vermute, dass er mir nicht wehtun will, aber er ist ein Hellhound, und das ist sein Job. Hellhounds sind Killer, und was ist schon ein kleiner Troll?

Ich lecke mir über die Lippen und halte meine Ellbogen fest an meine Brust gedrückt. Der Schmerz, den ich vorhin gespürt habe, war nicht lustig. Der Phantomschmerz nagt noch immer an meinen Nerven. Das will ich nie wieder durchmachen. Okay, jetzt kommt die Wahrheit. »Ich überbringe Botschaften.«

Ich bin die Botin. Aber das braucht er nicht zu wissen. »Ich überbringe Botschaften für Kreaturen, die auf der Erde leben. Die meisten wurden hier geboren, haben aber noch Familie in Faerie. Sie haben keine Codes für die Portale, und selbst wenn sie welche hätten, würden sie Gefahr laufen, erwischt zu werden.«

Glaubt mir, niemand will erwischt werden. Die Portale sehen vielleicht unbewacht aus, aber sie werden streng kontrolliert und sind heftig verzaubert.

Man findet kein Portal auf der Erde, wenn man nicht genau weiß, wo man suchen muss. Sie werden nicht mit großen Schildern gekennzeichnet. Reiche Leute können sie in ihren Häusern haben, aber das ist selten, und sie brauchen eine Menge fieser Magie, um ungebetene Kreaturen fernzuhalten. Deshalb hatte ich solche Angst, dass ich den falschen Code hatte, als ich das letzte Mal das Portal benutzt habe. Die Killer-Schutzwälle sind aus gutem Grund da.

In Faerie ist es etwas einfacher, da die Portale im Freien stehen, aber sie befinden sich an gefährlichen Orten. Orte mit Kreaturen, denen du nicht begegnen willst. Das Tor, das ich benutze, liegt im Territorium meines alten Clans, und wenn ich erwischt werde, würden keine Fragen gestellt, sondern man würde mich einfach in Stücke reißen.

Aus irgendeinem Grund zeichnet das Portal meine Durchquerung nicht auf, wenn ich mich verschleiere, und ich kann unbemerkt hinein- und hinausschlüpfen. Das hat nichts mit den Portalen zu tun, sondern mit mir und der seltsamen Magie, die in meinem Blut steckt.

Na ja, es sei denn, tollwütige Sklavenelfen sind mir auf den Fersen.

Die einheimischen Fae hinterlassen Nachrichten bei Tilly, einer Dryade, die einen Coffee Shop besitzt. Die Dryade schickt mir ein Formular, das der Kunde ausfüllt und in dem er die Bedingungen und das Honorar angibt, und dann liegt es an mir, ob ich den Auftrag annehme oder nicht. Ich passe auf, dass die Kreaturen diesseits der Grenzen mein Gesicht nie zu Gesicht bekommen. Ich hole die Nachrichten aus dem Café ab. In der Nähe des Hintereingangs, neben den Toiletten, gibt es einen Einwurfkasten. Das System hat jahrelang gut funktioniert.

Durch die Portale und die unendlichen Weiten von Faerie reise ich nur im Herbst. Ich habe vertrauenswürdige Kreaturen, die die Nachrichten in den Rest des Reiches bringen. Manchmal zahlt es sich aus, manchmal auch nicht, aber versuch mal, zu einem Brownie nein zu sagen, wenn er die Geburt des ersten männlichen Kindes einer Generation ankündigen muss.

Sie zahlen dafür vielleicht mit Gefälligkeiten, weshalb ich hundert Jahre lang im Waschsalon waschen kann. Ich habe das Gefühl, dass ich zu etwas beitrage, das größer ist als ich. Das ist gut für meine Seele und hält mich auf Trab. Es fehlt mir an nichts. Ich habe alles, was ich brauche. Na ja, ich hatte alles, bis sich die Elfen auf mich gestürzt, mich gebrandmarkt und das meiste von meinen Sachen gestohlen haben.

Ich merke, dass ich geschwiegen habe, und lächle verlegen.

»Du bist eine Botin?« Corbin runzelt die Stirn, als ob er mir nicht glauben würde.

Ich zucke mit den Schultern. Es ist mir egal, ob er mir glaubt oder nicht. Was spielt das für eine Rolle? Wer ist er für mich, abgesehen von meinem Entführer? »Ja, ich bin eine Botin, und die letzte Tour schien normal zu sein, bis sie es dann eben nicht mehr war.« Ich vermute, dass ich irgendwo einen Fehler gemacht habe, oder es war einfach Pech, dass die Elfen mich erwischt haben.

»So haben dich die Elfen geschnappt. Haben sie dich angeheuert?«

»Nein.«

Er hebt eine Augenbraue.

»Oh, ich weiß es nicht.« Ich zucke mit den Schultern und werfe die Hände in die Luft; meine Handflächen klatschen auf meine Oberschenkel und ich schüttle den Kopf. »Das würde eine Menge erklären.«

Ich bin übermütig gewesen. Die unsichtbare Botin bringt deine Nachricht gegen eine geringe Gebühr in das andere Reich. Ich habe den Job jahrelang gemacht und dabei Aufmerksamkeit erregt, und die Elfen, tja, es sieht so aus, als hätten sie von mir erfahren.

»Vielleicht haben sie mich reingelegt.« Vielleicht haben sie eine Gelegenheit gesehen, und ich habe mich erwischen lassen, als ich die Nachricht direkt überbracht habe. »Ich weiß es nicht. Niemand sieht mich, alles wird elektronisch abgewickelt, und ich bin getarnt, wenn ich eine Nachricht abhole. Die Nachricht war dieses Mal für eine Gruppe von Elfen in den Herbstländern.«

Es war eine einfache Nachricht, die schnell überbracht werden sollte.

»Nein, ich glaube nicht, dass mich jemand verraten hat. Es war einfach nur Pech. Die Pixies haben nicht gewusst, wer ich bin. Ich habe meine Tarnung fallen lassen, um ihnen eine mündliche Nachricht zu übermitteln.« Wenn ich verhüllt bin, hört man keinen Ton von mir. »Und die Pixies haben ihre Nachricht bekommen. Es war alles ganz normal und sie wollten eine Botschaft zurückschicken. Wenn ich dort bin, mache ich das meistens umsonst. Es war eine einfache Sache. Die Elfen sind gerade vorbeigekommen, als ich fertig war.«

Ich atme schwer aus. »Sie haben mich gepackt, bevor ich reagieren konnte – nicht, dass ich viel hätte tun können. Ich bin keine Kämpferin. Sie wussten, dass ich eine Botin bin, aber sie wussten nicht, wie mächtig ich bin«, antworte ich leise, »oder dass meine Botschaften aus einem anderen Reich kamen. Ich hatte Angst und habe meinen Mund gehalten.« Größtenteils. Ich habe den Fehler gemacht, ihnen von meinem Clan zu erzählen.

Corbin klopft mit dem Daumen unter sein Kinn

und beobachtet mich aufmerksam. Wenn er in seiner Tigergestalt wäre, würde sein Schwanz herumwirbeln. »Und was war die Nachricht?«

»Was wäre ich für eine Botin, wenn ich es dir sagen würde?«

Er seufzt. »Behältst du irgendwelche Informationen von deinen Touren zurück?«

»Nein, nichts.« *Nichts, was du sehen darfst, du neugieriger Tiger.*

Corbin brummt. »Willst du was essen?«

»Nein.« Mein Magen protestiert. Ich verziehe das Gesicht und starre auf meinen Bauch. Ich beuge mich vor und verschränke die Arme, in einem kläglichen Versuch, das Geräusch zu überdecken.

Corbin schüttelt den Kopf und holt, ohne zu fragen, ein Datapad heraus und bestellt etwas, das aussieht wie eine Ladung Essen. Dann geht er in die Küche und kommt mit einer Schüssel und einer Dose zurück.

»Fang damit an.« Er dreht die Dose so, dass ich das schwarze Etikett sehen kann. Oh, wow. Eine erstklassige Dose mit Ananas. Das ist Bestechung, die ich akzeptieren kann. Mit einer Handbewegung hält er die Ananas wie ein hochkarätiger Sommelier eine exorbitante Flasche Wein. Sein Grinsen ist selbstgefällig. Ich nicke zustimmend, und schon öffnet er die Dose mit einem Schwall an Süße. Er kippt die Fruchtringe in die Schüssel, ganze vierhundertfünfunddreißig Gramm an Köstlichkeit. Lecker. Corbin reicht mir die Schüssel, gefolgt von einer Gabel.

»Danke.« Ich spieße die Ananas auf und stopfe sie mir in den Mund. Ein Stöhnen entweicht mir. Ich weiß nicht, wie ich jemals wieder zu meiner üblichen Marke zurückkehren soll. Diese teure Ananas mit dem schwarzen Etikett ist einfach zum Sterben lecker. Der Tiger schaut fasziniert zu. Ich weiß nicht, was mit meinem Essen nicht stimmt. Ich schlucke und nehme dieses Mal einen kleinen, zierlichen Bissen. Er schaut weg, aber ich sehe das Zucken seiner Lippen und ein kaum verborgenes Lächeln.

Als das Essen kommt und er isst, starre ich ihn an.

»Jetzt habe ich deine Fragen beantwortet. Wirst du mich gehen lassen?«

»Nein.«

»Warum hat der Lord of Winter dir die Runen gegeben, um mich festzuhalten?« Die Gabel immer noch in der Hand, zittere ich und streiche mit den Fingern über die Todesrune.

»Ich weiß es nicht. Elfenmagie ist mir fremd. Wie kommst du an die Aufträge?«

Seine Fragen bereiten mir Kopfschmerzen und der letzte Bissen Ananas schmeckt jetzt wie Asche in meinem Mund.

»Sie geben den Auftrag an einen Kontakt weiter, und dieser schickt mir eine E-Mail mit den Bedingungen.« So, das reicht. Ich will die Dryade nicht verraten. Ich stelle die leere Schüssel mit der Gabel auf den Couchtisch.

»Zeig sie mir!« Er reicht mir ein Datapad.

Ich schiebe es mit einem finsteren Blick weg. »Nein. Ich lösche sie.«

Er drückt es mir in die Hand, und als ich mich weigere, es zu nehmen, klatscht er es mir auf das Knie. Es wackelt bedrohlich. »Logge dich ein, Pepper! Ich will sehen, ob du noch mehr Nachrichten bekommen hast, vielleicht von den Elfen. Logge dich ein!« Corbin wirft mir einen Blick zu, der schreit: *Sonst* ... Er ist wirklich ein gemeiner Mann. Ich knurre. Ich wette, Forrest würde ihm dafür mit dem Ding eine Ohrfeige verpassen.

Ich bin nicht Forrest. Ich seufze und ziehe das Datapad näher an meine Brust, damit er mein Passwort nicht sehen kann. Ich logge mich in das System ein, mit dem ich meine Mails abrufe. Drei Nachrichten. Eine von Forrest mit den DNA-Ergebnissen. Bei der zweiten verdrehe ich die Augen, blockiere den Absender, und die Nachricht wandert in den Spam-Ordner. Sie war von meinem nicht existierenden Kind, das mir mitgeteilt hat, dass es gestrandet ist und Geld braucht, um nach Hause zu kommen.

Die letzte E-Mail ist von der Dryade. Tillys Nachrichten sind immer verschlüsselt. Die Verschlüsselung ist einfach und leicht zu entfernen, aber die Kunden mögen es, dass wir ihre Nachrichten wie wichtige Dokumente behandeln.

Corbins Datapad verfügt nicht über das nötige Material, um die Nachricht in ein lesbares Format zu verwandeln. Aber ich habe die Übersetzungssoftware mit meinem Nachrichtenkonto verknüpft, also ist das kein

Problem. Die Betreffzeile ist normalerweise sehr einfach, aber dieses Mal enthält sie die Wörter *Dringende Lieferung* und *Großes Geld* und nennt eine Zahl, die dreimal so hoch ist wie die, die ich normalerweise bekomme.

Hmm, nö, das ist ja mal ganz und gar nicht verdächtig.

Kapitel Fünfzehn

Bevor ich die Nachricht öffnen kann, reißt mir Mr. Ungeduldig das Datapad aus der Hand. »He«, brumme ich.

»Forrest hat einen DNA-Test bei dir gemacht?«, murmelt er, während seine dicken Tigerfinger auf den Bildschirm einhämmern. »Was hast du gelöscht? Ah, die bekomme ich auch immer. Sie nennen mich auch Mum.« Er schaut auf das Datapad und grinst – mein Herz klopft wie verrückt. Der Mann ist wirklich atemberaubend heiß.

Ich schiebe meine Anziehungskraft beiseite und werfe ihm einen bösen Blick zu. Ich wette, er hat sich selbst eine Kopie der DNA-Ergebnisse geschickt. Trotz seiner Drohungen hätte ich mich nicht einloggen dürfen.

Ich wackle auf meinem Platz herum und kratze an einem Nietnagel an meinem Mittelfinger.

Der neugierige Tiger geht weiterhin alle meine alten E-Mails durch. Ich bin keine gewalttätige Person und bis vor Kurzem habe ich niemandem ernsthaft etwas Böses gewünscht, aber wenn ich damit durchkommen würde, würde ich ihm am liebsten die Nase einschlagen.

»Was bedeutet dieser Code? Was steht in dieser E-Mail?« Er deutet auf den Bildschirm und neigt das Datapad leicht in meine Richtung. »Die ist verschlüsselt.«

Ach was, Sherlock.

Ich versuche gar nicht erst, sie zu lesen. »Ich weiß es nicht«, sage ich, während ich meinen Kopf zurücklege und an die Decke starre. Die Beleuchtung ist wunderschön, und ich mag die helle Farbe sehr. Sie ist so anders als die roten Ziegel zu Hause.

»Wie kannst du das nicht wissen?«, knurrt er.

»Na ja, wenn mir nicht jemand das Datapad aus der Hand gerissen hätte, hätte ich es vielleicht zu Ende lesen können. Ungehobelter Bengel«, knurre ich zurück. Das Datapad zu benutzen, um ihn zu Tode zu prügeln, klingt im Moment nicht schlecht.

Er reicht es mir. »Regle das und sag mir, wann und wo die Abholung stattfindet.«

Ich klicke auf Tillys E-Mail und tippe auf die richtige Schaltfläche. Um ihn zu ärgern, summe ich und klopfe rhythmisch auf die Seiten des Datapads, während ich warte – die Zeilen des Kauderwelschs werden Buchstabe für Buchstabe durcheinandergewirbelt und verwandeln sich dann in lesbaren Text.

Corbin knurrt.

Ich lächle den Tiger süffisant an und senke den Blick, um die Nachricht zu lesen.

Wir wissen, was du bist, und wenn du die Bedingungen für deine Kapitulation besprechen willst, kannst du unsere Nachricht an der üblichen Stelle abholen und weitere Anweisungen erhalten. Wenn du nicht erscheinst, werden wir die Dryade töten.

Du hast vierundzwanzig Stunden.

Mein Lächeln verschwindet von meinen Lippen und ich schnappe nach Luft. Ziehen sie wirklich die alte *Deine Kameradin wird sterben, wenn du nicht tust, was wir sagen*-Nummer ab? Ich klicke auf den grünen Button unten auf der Seite, und die Bedingungen für die Übermittlung der Nachricht werden akzeptiert. »Scheiße.« Ich lasse das Datapad auf das Sofa fallen, Corbin schnappt es sich mitten im Schwung und liest die E-Mail.

Mit dem Arm über dem Kopf greife ich mir in die Haare und atme tief ein, um nicht zu schreien. *O nein, was habe ich getan?* Ich hätte es ihr sagen müssen, sie warnen müssen. Sie hätte die erste Person sein sollen, der ich es erzähle. Ich bin einkaufen gegangen und habe nicht mal darüber nachgedacht, mit ihr zu sprechen. Stattdessen habe ich wie eine egoistische Idiotin nur die Schäflein ins Trockene gebracht. Meine einzige Möglichkeit ist jetzt, mich auszuliefern, und dafür muss ich irgendwie an dem Tiger vorbeikommen.

Ohne meine Magie bin ich machtlos.

Aber das ist mir egal. Tilly darf meinetwegen nicht verletzt werden; es gibt keine andere Möglichkeit, als das zu tun, was sie sagen. In meinem Kopf habe ich die Dryade fest in die Kategorie *Kollegin* meiner Beziehungen eingeordnet, aber jetzt, wo ich so darüber nachdenke, hat sie sich in die Ritzen meiner Psyche eingegraben und ist, ohne dass ich es wusste, meine Freundin geworden. Meine Freundschaft hat sie in Gefahr gebracht.

»Die Elfen werden deine Freundin töten, wenn du dich nicht ergibst«, murmelt er.

Ich springe auf und mache mich auf den Weg zur Tür. Ich muss meine Stiefel finden. Verzweifelt suche ich den Boden ab.

»Pepper? Pepper?«

Er muss schon seit einiger Zeit meinen Namen gerufen haben.

Ich schaue zu ihm hoch. »Hast du meine Stiefel gesehen?« Natürlich hat er das. Er hat sie mir abgenommen. »Ich brauche meine Stiefel.«

»Du brauchst deine Stiefel nicht.«

»Doch, brauche ich. Meine Freundin braucht mich.« *Meine Freundin.* Was habe ich nur getan? Ich flippe aus und kann meine Stiefel nicht finden. Die bösen Bastarde wollen Tilly wehtun, und ich kann meine Stiefel nicht finden.

Er nimmt sanft meine Unterarme in die Hand. »Du wirst nirgendwohin gehen. Du musst dich hinsetzen.«

»Aber Tilly ...«

»Ich werde jemanden zu deiner Freundin schicken, der nach dem Rechten sieht. Diese Elfen bluffen höchstwahrscheinlich. Du musst dich beruhigen und die Profis mit diesem Problem fertigwerden lassen.« Seine Stimme ist schmeichelnd.

Ich konzentriere mich auf seine warmen Augen. »Du versprichst, jemanden zu schicken, der auf sie aufpasst?«

»Ja, eine Wohlergehenskontrolle.«

»Sie wird keinen Ärger wegen der Botschaften bekommen?«

»Nein, sie wird nicht in Schwierigkeiten kommen. Die Vermittlung von Nachrichten an Elfen und niedere Fae ist kein Verbrechen. Die Reiche ohne die nötigen Papiere zu überqueren, schon, und du solltest dir mehr Sorgen um dich selbst machen.«

»Aber sie ist diejenige, die in Schwierigkeiten steckt. Die Elfen ...«

»Das gilt auch für dich«, sagt er mit einem leisen Knurren und drückt mir leicht in die Arme, damit ich mich wieder hinsetze.

»Aber sie tun den Leuten weh.« Ich senke meine Stimme zu einem flehenden Flüstern. »Ich will nicht, dass sie Tilly wehtun.« Die Erinnerungen daran, was sie mir angetan haben, sind ein neuer Horror, der mich erschaudern lässt.

»Pepper, verstehst du deine Situation nicht? *Ich* tue

Leuten auch weh.« Er sagt es nicht, aber er deutet an, dass er mir wehtun wird, wenn ich ihn dazu dränge.

»Aber du bist nicht wie sie. Du bist ein guter Kerl. Nicht wahr? Du bist eine nette Person.« Ich blinzle zu ihm hoch.

Die Hitze seiner Hände dringt durch meinen Pullover und seine Daumen streichen über den Stoff, während er seufzt. »Nein, ich bin keine gute Person. Ich tue das, wofür ich bezahlt werde.«

»Wie ein Polizist, ein Jäger?«

Er schüttelt den Kopf.

Ich runzle die Stirn. »Ich bin also nicht verhaftet worden? Du hast mich wirklich gekidnappt?« Ich kann nicht glauben, was ich da sage. Er ist doch eine gute Person, oder? Er ist nur ein bisschen grob, wie man es eben ist, wenn man mit Kreaturen zu tun hat, die einen Hellhound brauchen.

Er lässt meine Arme los und streicht mir eine grüne Haarsträhne hinters Ohr. »Du bist eine naive kleine Diebin. Du solltest nicht alles glauben, was man dir sagt.« Seine Stimme ist rau und unfreundlich. Meine Unterlippe zittert und er schaut weg. »Willst du noch mehr Ananas?« Er geht in die Küche. Seine Stimme ist traurig, aber als er sich umdreht, ist sein Gesichtsausdruck verschlossen und leer und seine Augen haben ihr Funkeln verloren.

Er hat den ausdruckslosen Blick eines Mörders. Ich weiß nicht, ob das eine Maske ist, um sich zu schützen, oder sein wahres Ich.

Ich erinnere mich an ein Zitat von Maya Angelou: *Wenn dir jemand zeigt, wer er ist, dann glaube ihm beim ersten Mal.* Trotz der Drohungen und der Entführung habe ich mich entschieden, ihm zu glauben, dass er eine nette Person ist.

Möchte ich noch mehr Ananas? »Nein, danke.« Selbst Ananas wird dieses Fiasko nicht richten. Ich sitze da, den Kopf in den Händen, und mein linkes Bein wippt mit dem Bedürfnis wegzulaufen.

Er kommt mit zwei weiteren dampfenden Tassen aus der Küche zurück. »Also, wo soll ich die Nachricht abholen?« Er fuchtelt mit seinem Telefon herum. »Ich verspreche, dass ich dir mit deiner Freundin helfe, wenn du es mir sagst.«

»Du hast es schon versprochen. Ruf sie an und dann sage ich es dir. Tilly besitzt ein Café im Zentrum der Stadt.« Ich rattere die komplette Adresse herunter und nicke in Richtung seines Telefons.

Er runzelt die Stirn und verlässt den Raum, um zu telefonieren. »John, du musst mir einen Gefallen tun. Ich habe ein Problem mit ein paar Elfen und muss das Wohlergehen einer Dryade überprüfen ...« Eine Tür am Ende des Flurs schlägt zu und schneidet ihm das Wort ab. Ich zapple. Hoffen wir, dass dieser John helfen kann.

Der vierundzwanzigstündige Countdown der Elfen hat bereits begonnen, als sie eine E-Mail geschickt haben. Tick-Tack. Corbin hat das Datapad auf dem Sofa liegen lassen. Ich ziehe es zu mir und überprüfe die Uhrzeit der Nachricht. Sie wurde vor zwei Stunden um zwölf Uhr mittags verschickt, also ist die Deadline morgen Mittag. Das ist gar nicht so schlecht. Aber der Zeitrahmen bedeutet, dass sie genug Zeit hatten, sich meine Freundin zu schnappen.

Die Nachricht, oder in diesem Fall die Wegbeschreibung, sollte bereits in der Box sein. Aber das braucht Corbin nicht zu wissen. Ich muss diese Information zu meinem Vorteil nutzen. Wenn Corbin denkt, dass ich die Nachricht selbst abholen muss, kann ich vielleicht einen Weg zur Flucht finden.

»Okay, erledigt. Ich habe einen Kumpel losgeschickt, um nach deiner Freundin zu sehen. Wann und wo soll ich die Nachricht abholen?«

»Morgen früh um zehn. Ich muss da aber hin, und zwar allein.«

»Am Arsch wirst d...!«

»Wenn ich nicht selbst gehe, werden wir die Nachricht nie erhalten. So ist es aufgebaut. Ich werde sie direkt zu dir bringen.«

»Das rate ich dir auch«, knurrt er.

Kapitel Sechzehn

NACH DEM ESSEN – er hat gegessen, ich habe das Essen nur auf dem Teller herumgeschoben – dachte ich, wir würden zurückgehen und uns auf das imaginäre Treffen vorbereiten, über das ich gelogen habe, aber nein. Es scheint, als würden wir den Lord of Winter treffen. Er will mit mir sprechen, also sieht es so aus, als würde mein Tag noch schlimmer werden.

Der Tiger führt mich mit seiner Hand auf meinem Rücken den Flur entlang. »Müssen wir den Aufzug benutzen?« Misstrauisch beäuge ich die Metalltür.

Ein klitzekleiner, elektrisch betriebener Kasten. Ich weiß, es ist etwas heuchlerisch, wenn ich mich von der Steinmagie durch Wände ziehen, mich verschlucken und durch die Gegend bewegen lasse, aber ich verabscheue

Metall. Andererseits ist es etwas, das ich nicht kontrollieren kann, und es ist schlecht für meine Gesundheit.

»Ja.« Corbin drückt den Knopf.

»Großartig.« Ich wippe von einem Fuß auf den anderen. Wäre sie komplett aus Silber, würden wir sicher die Treppe benutzen. Die Türen öffnen sich mit einem unangenehmen Knirschen und geben den Blick auf eine Kiste frei, die so groß wie ein Kleiderschrank ist. Ich schlucke. Ich bin mir sicher, dass der Boden unter unserem Gewicht nachgibt, während der Tiger mir hinein hilft. Ich schließe meine Augen, als die Türen zischend zuschnappen. Mein Magen verkrampft, mein Kopf dreht sich, und es sind die längsten dreißig Sekunden meines Lebens.

Als sich die Türen öffnen, stürme ich hinaus und Corbin, der anscheinend nicht einmal sein Tempo beschleunigt hat, ist immer noch neben mir. Seine schwere Hand findet wieder meine Taille. Seine Fingerspitzen führen mich durch die breiten Glastüren des Hotels und zu einem weißen Auto mit einem grünen Mietaufkleber im Fenster. Ein Auto, wirklich?

»Ich fahre nicht mit Autos.« Meine Hand trifft auf den Hals meines Pullovers und ich kratze die Haut, die ich erreichen kann.

»Bist du absichtlich begriffsstutzig, kleine Diebin?« Corbin öffnet die Beifahrertür und schiebt mich hinein. Er wartet, bis ich mich gesetzt habe, und knallt dann die Tür zu.

»Ich fahre nicht mit Fahrzeugen!« Er geht außen

herum. Ich meckere weiter, als er neben mir einsteigt. »Ich habe noch nie in einem gesessen.«

»Doch, das hast du. Ich habe dich in diesem Auto vom Portal hierher gebracht.«

Ich knirsche mit den Zähnen, während ich ihn anstarre. »Okay, von mir aus. *Bei Bewusstsein*. Ich war noch nie in einem Auto, während ich bei Bewusstsein war. Widerling«, murmle ich und kratze mich am linken Bein, das der Tür am nächsten ist.

»Sicherheitsgurt.«

Ich werfe ihm einen verwirrten Blick zu. Er wirft mir einen skeptischen Blick zurück. Mit einem Seufzer dreht der Tiger seinen massigen Körper und lehnt sich mit beeindruckender Geschicklichkeit und Fingerfertigkeit über die Bedienelemente und zieht den Sicherheitsgurt über meinen Körper. Der Mann riecht gut. Ich beobachte, wie sich der Stoff strafft und das Metallende in die Plastikhalterung einrastet – Sicherheitsgurt, natürlich. Ich habe so etwas schon in Filmen gesehen.

Der Tiger lehnt sich auf seinem Sitz zurück. Der Sicherheitsgurt klickt, dann dreht er seine Hand und das Auto erwacht zum Leben. Es bewegt sich. Ich quietsche und halte mich an der Kante des Sitzes fest, wobei sich meine Nägel in den Stoff graben. Ich weiß nicht, wovor ich mehr Angst habe: in diesem Auto zu sitzen oder mit dem Lord of Winter zu sprechen.

Die Reifen poltern über die Straße und neben mir vibrieren die Tür und das Fenster ganz leise. Ich beobachte die Tür, nicht darauf vertrauend, dass sie nicht auffliegt, während ich mit meinem Hintern davonrutsche. Ich wette, die meisten Fahrgäste würden es nicht bemerken, aber ich spüre den Wind draußen, die Bewegung hallt wider und drückt gegen den Metallrahmen und die Plastikverkleidung des Fahrzeugs. Ich schlucke und drehe meinen Kopf, um aus dem Fenster zu schauen, während die Welt in einem Wirrwarr aus Farben und Formen an mir vorbeizieht.

Corbins Kommunikationsfähigkeiten sind mangelhaft. Nach der Aufforderung, den Sicherheitsgurt anzulegen, hat er nichts mehr gesagt. Wenn er mit mir zu tun hat, brummt der Tiger nur noch. Ich bewege mich, er brummt. Ich quieke, er brummt und sagt kein Wort mehr, nachdem er mich in seine Todesfalle von Auto verfrachtet hat. In angespanntem Schweigen fahren wir weiter. Der Tiger ist ein geschickter Fahrer und lässt Platz zwischen seinem Auto und dem des Vordermanns. Seine Hände, stark und fähig, führen das Lenkrad souverän durch das Straßenlabyrinth.

Wenn ich schon mit irgendwelchen Steinen im Glashaus werfe, muss ich zugeben, dass meine Kommunikationsfähigkeiten auch nicht besser sind. Anstatt wie eine normale Person zu fragen, wohin wir fahren, halte ich den Mund und sitze in einem angstgetriebenen Schockzustand auf dem Beifahrersitz. Mein Körper ist steif wie ein Brett, und meine Muskeln fangen an zu protestieren. Mit einem Gesicht aus purem Elend lasse ich den Sitz los und verschränke die Hände im Schoß, um wieder etwas Gefühl darin zu bekommen.

Wenn ich einen Aufstand mache, könnte Corbin mich durch das nächste Portal nach Faerie schieben und die Sache wäre erledigt. Das könnte er zwar immer noch tun, aber warum sollte Corbin mich nach Irland bringen, wenn wir sowieso nach Faerie wollen? Das würde er nicht tun.

Mein selbst auferlegtes Schweigen hält meinen inneren Monolog nicht davon ab, zu schreien und leise auszuflippen, immer wieder zu wiederholen: *Das ist nicht wahr*, und mir Sorgen um Tilly zu machen. Nichts, was ich bisher in meinem Leben gesehen habe, hat mich auf das hier vorbereitet. Ich beobachte andere Leute. Ich schließe mich ihnen nicht an, und ich habe nicht die Fähigkeiten, mit dem umzugehen, was jetzt passiert.

Ich bin so verwirrt.

Ich beobachte Corbin von der Seite. Ich mag ihn. Ich mag ihn wirklich.

Als der Tiger dem Elfen das Handgelenk gebrochen hat, was ich für eine Vergeltungsmaßnahme gehalten habe, hat mein dummes Herz ein kleines Tänzchen vollführt – als wäre es romantisch und ganz und gar nicht verkorkst, jemandem den Arm zu brechen. Dann hat derselbe Kerl, den ich mag und von dem ich mir eingeredet habe, dass er ein Held ist, *mich verhaftet* und mir, um meine Magie zu kontrollieren, ein Nullband angelegt, dann machtentziehende Runen aufgedrückt, und jetzt überlässt er mich der Gnade seines Bosses. Der Boss, Madán, ist der furchterregende Lord der Aes-Sídhe-Krieger.

Meine Unterlippe wackelt und ich schlucke den dummen, mädchenhaften Klumpen Anziehungskraft in meiner Kehle hinunter. Ja, das Beste und Sicherste, was ich tun kann, ist, die Klappe zu halten. Zurückgehen und zusehen, wie das Leben an mir vorbeizieht.

Ich. Traue. Mir. Selbst. Nicht.

Ein hübsches Gesicht und ich verliere sofort meinen Verstand und jede Vernunft.

Ich fummle an dem ungewohnten Gurt, der sich an meinen Körper schmiegt und sich in meine Brüste bohrt. Alle sagen, Madán sei großzügig und gütig und habe sooo viel für die Fae an seinem Hof getan. Sie behaupten, er sei ein wohlwollender Lord. *Ja, klar.* Kein mächtiger Mann mit dem Status eines Lord of Winter ist gütig. Mächtige Wesen tun Dinge nicht aus der Güte ihres Herzens heraus.

Nein, sie tun es, um die Massen zu kontrollieren. Sie tun Dinge, um sich Allianzen und Gefälligkeiten zu verdienen. Sie verschenken Dinge, die für sie wertlos sind, für den Beschenkten aber alles, und schon sind die Beschenkten, ihr Leben und ihre Loyalität, gekauft. Zum Schnäppchenpreis.

Wir verlassen die Hauptroute von Sligo und fahren auf schmalen, kurvenreichen Straßen, bis wir die Küstenlinie erreichen. Ich beobachte ehrfürchtig, wie sich die Szenerie verändert und die Landschaft sich wandelt. Grüne Hügel umgeben eine sandige Bucht mit nur ein paar losen Steinen. Im Vergleich zu meinem Zuhause gibt es hier fast keine Uferbefestigung.

Wenn ich zwischen den dicken Bäumen auf der linken Seite hindurchschaue, kann ich die Weite des Meeres erkennen, das sich bis zum Horizont erstreckt, den rauen Atlantik. Die untergehende Sonne lässt das tiefblaue Meer schimmern. Es ist wunderschön. Atemberaubend hübsch.

Corbin lenkt den Wagen in eine Einfahrt, das Geräusch der Reifen geht in ein Knirschen über und die massiven schmiedeeisernen Tore vor mir lassen mich erschaudern. Eisen. Diese Dinger sind gefährlich. Die Haut an meinem Hals und meinen Armen fängt heftig an zu jucken, als die Fahrzeugfront in ihrer Nähe zum Stehen kommt.

Ein blasser Vampir tritt aus einem Wachhaus und späht durch das Fenster. Der Tiger nickt, woraufhin der Vampir mich misstrauisch beäugt. Dann nickt er zurück und winkt uns durch das sich öffnende Tor, das den Blick auf eine grandiose, von uralten Eichen gesäumte Auffahrt freigibt.

Das muss Madáns Anwesen sein – sein Zuhause. Es fühlt sich bedrückend an. Die Schutzwälle, die das Haus und das Gelände umgeben, sind beeindruckend; die Macht lässt mich erschaudern. Ich atme tief durch und schlucke meine Angst hinunter, als sich das Auto einem großen, schicken Haus nähert und der Tiger parkt. Das Haus ist alt. Die Rückseite des Gebäudes scheint auf das Meer ausgerichtet zu sein. Es ist wahrscheinlich auf einem guten Stück Fels gebaut und steht schon seit Hunderten von Jahren an dieser Stelle. Ich kann auch einen Teil des eisernen Zauns sehen. Es sind nicht nur die schweren Tore, die die Fae töten können.

Unser Lord of Winter ist nämlich keineswegs so wohlwollend. Und ich weiß nicht, was er sich dabei denkt; längere Zeit Eisen ausgesetzt zu sein, kann sogar ihm schaden.

Corbin seufzt und steigt aus dem Auto aus. Die Tür fällt leise zu, während er sich um den vorderen Teil des Wagens herumbewegt.

Mit einem Klick öffne ich den Sicherheitsgurt und scheine mich nicht mehr bewegen zu können.

Madán. Ich schnaufe. Ich sollte ihn in meinem Kopf den Lord of Winter nennen. Wenn ich einen Fehler mache und ihn mit seinem Vornamen anspreche, bin ich tot. Ich wette, für meine Unverschämtheit würde er meinen Schädel in einen Kerzenständer verwandeln.

Corbin öffnet die Beifahrertür und ich klettere auf wackeligen, steifen Beinen hinaus. »Lord of Winter, Lord of Winter«, murmle ich leise, während ich mich mit zitternden Händen am Türrahmen festhalte, um nicht zu stolpern.

»Geht es dir gut?«

Ich werfe dem Tiger einen entgeisterten Blick zu. Will er mich auf den Arm nehmen? Als ob er meinen Schmerz, meine Verwirrung und meine Angst nicht riechen könnte.

»Ob es mir ... gut geht? Nein«, flüstere ich barsch. Wenn ich grüne Flammen aus meinen Augen spucken und ihn in Brand stecken könnte, würde ich es tun.

»Nein, es geht mir nicht gut.« *Arschloch.* Mir geht es alles andere als *gut*, aber das sage ich nicht. Jetzt, wo wir hier sind, ist alles, was ich ihm sagen wollte, verflogen. Ich kann nicht mehr kontrollieren, wer zuhört. Ich reiße mich von der Autotür los und knalle sie zu.

Corbin brummt und ignoriert meine wütenden, geflüsterten Worte. Der kühle, ruhige Tiger nimmt meine Wut gelassen hin, und nicht zum ersten Mal wünsche ich mir, ich hätte die Steinmagie ignoriert und wäre in jener Nacht im Bett geblieben. Ich wünschte, ich wäre ihm nie begegnet.

Ich folge ihm, als er sich auf den Weg zur Haustür macht. Er ist sich sicher, dass ich nicht weglaufen werde. Sonst wäre er hinter mir. Die sechs Stufen, die zu der schwarzen Tür im edwardianischen Stil führen, sind wie das Erklimmen eines Berges. Bei jedem Schritt schreit meine Seele auf. Ich habe den Eindruck, dass ein wesentlicher Teil von mir fehlt; die Runen, die meine Magie fest verschließen, geben mir das Gefühl, dass ein großer Teil von mir verloren gegangen ist. Ich spüre nichts: weder den Boden, noch die Steine, noch den kohlenstoffhaltigen Kalkstein des Hauses. Das moderne Hotel war nicht so schlimm, aber hier zu sein, ist eine Qual.

Der Türklopfer ist ein Trollkopf mit einem riesigen Ring, der aus seinem Mund ragt. Corbin klopft und öffnet, ohne zu warten, die schwere Tür. Er nickt mir ermutigend zu und gibt mir ein Zeichen, ihm vorauszugehen und einzutreten.

Ich starre ihn ausdruckslos an und weigere mich, als

Erste zu gehen. Mit einem weiteren Brummen und einem Rollen seiner dunkelblauen Augen tritt er ein.

Das Haus ist traumhaft schön. Es hat eine imposante Doppeltreppe, die aus einem Film oder von einer historischen Postkarte stammen könnte. Ich schleiche über die Schwelle, und der Holzboden knarrt unter meinen zögerlichen Schritten.

Der Flur ist in verschiedenen Rottönen gestrichen. Ich runzle die Stirn. Nein, vielleicht eher burgunder als rot. Die satte Farbe sollte schrill sein, aber das ist sie nicht. Es ist der Geschmack der reichen Leute. Ich schaue auf meine alten Stiefel hinunter. Vielleicht sollte ich sie ausziehen? Ich will keine Spuren von meinem Dreck hinterlassen.

Corbin ist ein paar Schritte vor mir in den Flur gegangen. »Pepper«, sagt er leise, als würde er mit einem Beutetier sprechen, das flüchten will. »Komm schon, es ist alles in Ordnung.«

Was er nicht sagt, ist, dass ich in Sicherheit bin. Weil ich hier nicht sicher bin, und der Tiger wird mir nicht den Rücken freihalten. Er wird sich um seinen Boss kümmern. Und dann tut der Tiger etwas, das mein Herz wieder weich werden lässt: Er streckt seine Hand aus. Ich weiß nicht, warum, aber ich schlurfe nach vorn und nehme sie. Die Hitze seiner Hand verschlingt meine.

»Du bist eiskalt«, brummt er.

Ja, meine Angst hat mich in einen Eisblock verwandelt und ich habe mir fast in die Hose gemacht, aber mit seiner Hand in meiner fühle ich mich jetzt sicher.

Dumm. So dumm. Ich lächle bitter und obwohl ich mich wie eine Närrin fühle, klammere ich mich an ihn, als wäre er ein sicherer Hafen im Sturm, während er mich zum hinteren Teil des Hauses und zum Lord of Winter führt.

Kapitel Siebzehn

Ich klammere mich an Corbins Hand und sein Ärmel hebt sich, während sich meine andere Hand um sein Handgelenk schlingt. Die Eichentür vor uns öffnet sich lautlos in ihren Scharnieren, und meine Nervosität steigt an. Ich verstecke mich hinter seiner Masse. Ich bin bis zum Rand mit Angst gefüllt und mein ganzer Körper zittert.

Der Tiger gibt keinen Laut von sich, während er in den Raum stapft und mich mit sich zieht. Meine Stiefel quietschen, während ich mich gegen seinen dicken, sehnigen Unterarm stemme und die weichen Haare auf meiner Haut kribbeln. Der Raum riecht nach Vanille und Nelkenöl. Als die Tür zum Büro hinter uns zufällt, zucke ich zusammen.

Panik überkommt mich in Wellen und droht, mich in die Knie zu zwingen.

Ich kann das nicht. Ich will nach Hause. Ich will nach Hause!

Corbin würdigt den Elfen mit einem grollenden Gruß. Ich kann seine Worte wegen des Klingelns in meinen Ohren nicht verstehen. Jeder Atemzug, den ich mache, rasselt in meiner Brust, und meine Augen schwimmen in verängstigten Tränen.

Ich habe keine Kontrolle mehr.

Ein Schritt nach dem anderen, Pepper. Ich kann das schaffen – *ein Schritt nach dem anderen.*

Zuerst muss ich meine Atmung beruhigen, damit ich nicht ohnmächtig werde. Das Problem ist nur, dass Atemkontrolle nicht unbedingt meine Stärke ist – ich habe es schon einmal in einer lange zurückliegenden Meditationsphase als Teenager versucht, und immer wenn ich es versuche, mache ich es nur noch schlimmer. Ich zucke zusammen. Beim Meditieren muss ich entweder kichern oder fange an zu hyperventilieren.

Stattdessen gebe ich meinem Gehirn etwas anderes, worüber es nachdenken kann. Ich schaue mir den Raum an, einen Ausgang hinter mir. Die Fenster. Das Büro bietet einen Blick auf eine vollkommen ebene Rasenfläche, wie einer dieser Infinity-Pools, die man auf den Datapad-Reels sieht, aber mit leuchtend grünem Gras anstelle von Wasser. Gras, das steil abfällt, bis man nur noch das Meer sieht. Ich wette, es gibt einen versteckten Zaun und einen Weg, den man zum Strand spazieren kann.

Wenn ich meine Magie hätte, wüsste ich das. Ich werde meine Magie nie zurückbekommen, wenn ich mich weiter wie eine Beute in einem Raum mit zwei Raubtieren aufführe. Wut schießt durch mich hindurch und verdrängt meine anderen Gefühle. Mein Atem wird langsamer, als mich Entschlossenheit übermannt.

Ich *werde* meine Magie zurückbekommen.

Ich schalte mich wieder in das Gespräch ein und sehe, wie sich die Augen des Lords of Winter beim Anblick unserer verschränkten Hände verengen. Ich lasse los, aber Corbin tut es nicht. Er hält meine Hand sicher fest und führt mich zu dem großen Holztisch, hinter dem Madán sitzt, als wäre der Elf ein Geschäftsmann und nicht einer der Herrscher von Faerie. Ich grabe meine Stiefel in den dicken Teppich, um meinen Schwung zu stoppen; ich glaube nicht, dass der Tiger den erhöhten Widerstand überhaupt bemerkt.

Einflussreiche, mächtige, ältere Fae. Madán, der Lord of Winter. Ich kenne ihn nur aufgrund seines Rufs. Er hat dieses Amt seit etwa fünf Jahren inne, nachdem er seinen Vorgänger in einer blutigen Schlacht getötet hat. Man munkelt, dass ihm ein silberner Drache geholfen hat, was aber sicher Blödsinn ist.

Riesige blassblaue Augen und spitze Ohren verraten, dass er ein vollblütiger Aes Sídhe ist, ein Kriegerelf. Seine schwarzen Haare sind glänzend und lang und zu den üblichen, komplizierten Zöpfen im Elfenstil gebunden.

Die Frisur lässt den blonden Elfenführer wie eine armselige Fälschung aussehen und das nicht nur wegen der Haare. Wenn man die beiden Elfen miteinander vergleicht, ist es, als würde man zwei verschiedene Kreaturen miteinander vergleichen. Die Aes-Sídhe-Krieger sind eine ganz andere Hausnummer.

Schwarze Fae-Kriegermarkierungen, die menschlichen Tätowierungen ähneln, beginnen an seiner rechten Hand und verschwinden unter seinem Hemd, bevor sie seinen Hals hinaufziehen und unter seinem Kinn auffächern. Sie verknüpfen ihn mit seinem Hof und verleihen ihm wahnsinnige Kräfte. Ich hätte erwartet, dass Madán in Schlips und Kragen ist, aber das ist nicht der Fall. Er trägt einen schwarzen Kampfanzug, der seiner schlanken, muskulösen Gestalt wie angegossen passt. Es ist eine Überraschung, dass er so lässig gekleidet ist. Aber das sollte es nicht sein. Das Outfit deutet auf seine stolze Herkunft als Krieger hin. Ich hätte nicht erwartet, dass er sich herausputzt, um mich zu treffen, aber ich dachte, er würde es für seinen Stand tun.

Kein Wunder, dass Corbin ihn mag. Wenn man sein hübsches Gesicht ignoriert, steht der Elf bei seinen Bauern. Wo Corbin rau und gut aussehend ist, ist der Lord of Winter schön – eine tödliche, zarte Schönheit.

Die schlimmste Art des Bösen ist in einer hübschen Verpackung eingewickelt.

»Hallo. Pepper, richtig?«, sagt er mit einem musikalischen irischen Akzent.

Ich nicke. Madán ist so verschlossen, seine Macht so

streng kontrolliert, dass er mir, obwohl ich keine Magie mehr habe, wie ein Mensch vorkommt. Furchteinflößend.

Ein furchteinflößender, unheimlicher Mann.

Er deutet mit einer blassen Hand an, dass ich mich setzen soll. »Danke, dass du dir die Zeit genommen hast, mich zu besuchen. Bitte setz dich!«

Ja, als ob ich eine Wahl hätte.

Er beobachtet mich genauso aufmerksam wie ich ihn. Das ist seltsam. So seltsam. Dieses Treffen ist so normal und doch wissen wir alle, dass es das nicht ist. Der ganze Austausch ist ungleich; wir alle wissen, dass er mir eine Falle gestellt hat. Ich sollte nicht höflich sein. Trotzdem muss ich den Drang unterdrücken, zu schreien und zu wüten. Aus Angst und reinem Selbstschutz halte ich den Mund und hoffe, dass ich das, was auch immer ich fühle, nicht mit meinem Gesichtsausdruck verrate. Ich darf nicht darauf reagieren.

»Möchtest du etwas trinken?«

»Nein, danke«, räuspere ich mich.

»Haben die Runen funktioniert?«, fragt Madán über meinen Kopf hinweg.

Corbin brummt. Er lässt meine Hand los, zieht den angebotenen Stuhl heran und stupst mich an, damit ich mich setze. Ohne die warme Hand des Tigers in meiner fühle ich mich hilflos.

»Gut. Das ist ausgezeichnet.« Der Lord of Winter wendet seine Aufmerksamkeit wieder mir zu.

Ich lasse mich wie ein Roboter auf den Stuhl plumpsen, setze mich auf die Kante des Sitzes und falte höflich die Hände auf dem Schoß.

»Hast du versucht, deine Magie zu benutzen?«, fragt er.

»Das habe ich. Es hat wehgetan.« Es hat sehr wehgetan.

»Richtig.« Er starrt auf mich hinab, seine Augen mustern mich von Kopf bis Fuß, als würde er eine preisgekrönte Kuh begutachten, eine Kuh, die er als unzulänglich empfindet. Fast schon nervös fährt er mit dem Finger über den Schreibtisch und zeichnet die Holzmaserung nach. »Mir wurde gesagt, dass kürzlich ein DNA-Test für dich im System aufgetaucht ist. Im direkten Gegensatz zu den Ergebnissen behaupten deine beiden biologischen Eltern, du seist eine Betrügerin und tot, und wollen nichts mit dir zu tun haben.«

Jaja, das habe ich alles schon mal gehört. Wenn er auf eine tränenreiche Reaktion wartet, wird er sehr lange warten müssen. Ich sitze da, als ob ich aus Stein wäre.

Innerlich seufze ich. *Das ist alles deine Schuld. Deine schlechten Entscheidungen haben dich genau in diesen Moment geführt.* Ein Hellhound hinter mir, der Lord of Winter vor mir, beide Männer analysieren die Mikroausdrücke, die über mein Gesicht huschen.

Was habe ich mir nur dabei gedacht, mit sinnlosen Wohlfühlbotschaften zwischen den Welten hin und her zu springen? Das alles wäre nicht passiert, wenn ich mich nicht für den Beruf der Botin entschieden hätte, wenn ich mich selbst in Sicherheit gebracht hätte. Leicht verdientes Geld beißt einem immer in den Hintern. Warum habe ich mir nicht einen sicheren Job im Internet gesucht? Das ist ehrliche Arbeit. Warum habe ich keinen Job als Hundesitter oder in einem Supermarkt angenommen?

Ich weiß, warum.

Corbin nennt mich immer wieder abfällig eine Diebin, aber ich war noch nie freiwillig eine Diebin. Als Kind musste ich stehlen, um zu überleben. So einfach ist das. Aber nach einer Weile wollte ich nicht mehr auf Kosten anderer leben, um mich zu ernähren. Das hinterließ immer einen komischen, üblen Geschmack in meinem Mund. Stolz. Ich schätze, Stolz ist meine Sünde.

Wenn die Schulen in den Ferien geschlossen waren, musste ich Essen kaufen, und obwohl die Welt, in der wir leben, sich nicht um hungernde Kinder oder Sklavenarbeit schert, hätten die Leute darüber gesprochen. Sie hätten sich gefragt, warum ein Kind Arbeit braucht, und das hätte mich zur Zielscheibe gemacht. Es gibt einen wichtigen Grund, warum Kreaturen und Menschen nachts in ihre Betten gesteckt werden und es keine Obdachlosen gibt. Monster fressen sie.

Sich in aller Öffentlichkeit zu verstecken und mit der Dryade im Café die Botin zu spielen, war eine ideale Lösung. So hatte ich ein gutes Einkommen, dafür, dass ich ein Kind war, und als ich erwachsen wurde, gab es nichts anderes, was ich tun wollte oder konnte. Unsichtbare Kinder bekommen keine Schulabschlüsse.

Ich merke, dass Madán eine Frage gestellt hat und

geduldig auf eine Antwort wartet, während ich in meinen Gedanken feststecke. Ich verziehe das Gesicht.

»Die Runen machen sie dusselig«, murmelt er. Madán sieht mich weiterhin mit einem neugierigen Gesichtsausdruck an. »Vielleicht hätte ich nicht so viele verwenden sollen, um ihre Magie einzudämmen. Ich muss mich verrechnet haben.«

Vielleicht lässt mich die geheimnisvolle Todesrune ausbluten und bringt mich langsam um. Es fühlt sich zumindest so an. Ich richte meine Arme neu aus, und meine Nägel graben sich in das Fleisch meines Unterarms und in die Runen. Solange ich denken kann, bin ich ein unabhängiges Wesen gewesen. Niemand hat mir gesagt, was ich tun soll. Niemals. In den Runen gefangen zu sein, bringt mich dazu, mir den Arm abhacken zu wollen, in der Hoffnung, dass ich meine Magie wiedererlange. Und während ich noch blute, würde ich alle Kraft aus dem Gebäude und den umliegenden Hügeln ziehen, um dann ein Erdloch zu schaffen, in dem Seine Lordschaft und der Tiger spurlos verschwinden. *Wie traurig.*

Madán verliert die Geduld, lehnt sich auf seinem Stuhl nach vorn und ein Stoß seiner Macht trifft mich. Ein Wind peitscht über mein Gesicht, so kalt, dass ich mich frage, ob beim Blinzeln Eis von meinen Wimpern flattert.

»Sag es mir!«, sagt er. »Weißt du, was du bist?«

Der Stuhl ist hart und das Holz bohrt sich in meine Oberschenkel, während ich den Elfen ungläubig anstarre. Ist das eine Fangfrage? Ich muss mich davon abhalten, auf die Knie zu sinken und unter dem Schreibtisch nach einem versteckten großen Buzzer zu suchen, den er drücken wird, wenn ich eine Frage falsch beantwortet habe. Fängt er zuerst mit den leichten Fragen an?

Mein Gesicht ist kühl von seinem Kraftausbruch und mein Kiefer schmerzt. »Ich bin ein T-T-Troll.«

Worauf will er damit hinaus?

Madán lehnt sich selbstgefällig zurück und hebt einen Stiefel an, um ihn auf sein Knie zu stützen. »Nein, das bist du nicht.« Und mit diesen fünf Worten lässt er einen explosiven roten Zauber auf mein Leben fallen. »Vielleicht bei der Zeugung, aber du bist nie ein Troll gewesen. Ich hätte nie gedacht, dass ich mal einen von deiner Sorte treffen würde. Das ist so selten. Aber es scheint, als hätte jemand deine Verwandlung durcheinandergebracht.« Er schaut mich von oben herab an.

Verwandlung?

»Sag mal, Mädchen, verfolgen dich die seltsamen Lichter immer?« Er nickt in Richtung der Dutzenden Lichter, die wie lästige Fliegen an mir abprallen. Er kann sie also sehen?

Ich wünschte, ich könnte es nicht. Ich habe sie, seit ich im Hotel aufgewacht bin, ignoriert.

Der Tiger bewegt sich neben mir. »Welche Lichter?«, knurrt er.

»Die Runen, deine Runen, halten sie davon ab, ihr Ding durchzuziehen.« Was auch immer das ist. Seitdem ich die Runen habe, können sie nicht mehr in meine Haut eindringen. »Kannst du sie entfernen? Bitte!« *Ich habe das Gefühl, dass ich sterbe,* beende ich den Satz in meinem Kopf.

»Interessant.«

Das ist also ein Nein?

»Welche Lichter?«, fragt Corbin noch mal.

Madán zieht die Augenbrauen hoch. »Ah, du kannst sie nicht sehen. Nimm es nicht persönlich, mein Junge. Nur wenige Lebewesen können das. Ich kann sie sehen, und ich schätze, dass jeder, der einen Hauch meiner Kraft hat, es auch kann. Das war eine Gabe, die ich vor langer Zeit an meine Krieger weitergegeben habe.« Er lächelt mich an und streicht sich die Haare hinter ein spitzes Ohr. »Es muss lästig für sie sein, wenn sie ständig an dir abprallen.«

»Ja«, murmle ich. Lästig ist noch milde ausgedrückt.

»Ich weiß, was die hübschen Lichter sind. Willst du mal raten? Nein? Alle Informationen, die ich dir jetzt gebe, sind von mir freiwillig gegeben. Diese Lichter sind nicht magisch. Nun ja ...« Er wackelt mit dem Fuß auf seinem Knie und legt den Kopf schief. »Nicht im herkömmlichen Sinn.« Er lehnt sich auf seinem Stuhl zurück und verschränkt die Arme vor der Brust, als ob er alle Zeit der Welt hätte. »Es sind Seelen.«

»Seelen?«, fragen der Tiger und ich gleichzeitig.

Madán lässt diese Informationsbombe platzen, als ob er über das Wetter sprechen würde. Seine Augen weichen nicht von meinen. Seine Lippen zucken, und seine Stimme wechselt in einen belehrenden Ton. »Du bist eine der wenigen Auserwählten des Todes. Ich hätte nie gedacht, dass er eine Fae nehmen würde und schon gar nicht einen Troll.« Er grinst gruselig und dann kichert er. Er scheint es nicht lassen zu können, mich von oben bis unten zu mustern. »Für mich sieht es so aus, als wärst du nur halb verwandelt worden, genug, um dich aus deinem Clan zu reißen und sie von deinem Tod vor der Geburt zu überzeugen, aber nicht genug, um dich in die Ausbildungsphase zu bringen – ein Jammer.«

Meine Worte klingen gestelzt. »*Magie* hat den Clan davon überzeugt, dass ich tot bin. Das war alles wegen der Magie?«

Er klopft auf die Armlehne des Stuhls. »Das ist unnötig grausam. Ich schätze, deine ersten Jahre waren hart. Manchmal hat der Tod eine merkwürdige Art, seine Leute zu trainieren. Die Fäden des Schicksals sieht nur er. Vielleicht hatte deine Seele eine Lektion nicht gelernt, und die Härte deiner frühen Jahre hätte dir etwas Wertvolles beibringen können. Vielleicht Einfühlungsvermögen.« Er zuckt mit den Schultern. »Vielleicht hat er dich auch vergessen. Er ist sehr alt. Uralt. Du könntest ein leicht zu korrigierender Fehler sein.« Er lächelt, seine blauen Augen sind grausam. »Der Tod könnte dich einfach umbringen. Ich weiß es nicht. Du wirst ihn fragen müssen.«

Den Tod fragen? Den Tod, als wäre er eine Person? Ja, ich werde einfach auf die andere Seite gehen und mit ihm reden, kein Problem. »Ich bin nicht ... Ich kann nicht mit den Toten sprechen.«

»Nein.« In diesem einen Wort steckt so viel Verachtung, als würde er nicht verstehen, warum er mit jemandem reden muss, der einen so minderwertigen Verstand hat. »Du bist keine Nekromantin, Mädchen. Du bist vom Tod berührt. Erzähl doch mal, fühlt sich die Magie der Unsichtbarkeit, von der ich so viel gehört habe, so an, als würdest du einen Umhang tragen?«

Ich blinzle.

»Das ist so, weil du das tust. Du legst einen Kapuzenumhang an. Du hast auf natürliche Weise ein wenig von seiner Magie abbekommen, irgendwie.« Er setzt sein selbstgefälliges, wunderschönes Lächeln auf und freut sich über den erschrockenen und verblüfften Ausdruck, den er zweifellos auf meinem Gesicht sehen kann.

»Lass es mich anders ausdrücken, Pepper. Du bist ein *Reaper*. Ein verlorener Reaper. Wer hätte gedacht, dass ausgerechnet du es bist? Ich habe eine Nachricht an den Tod geschickt, in der ich ihn über deine Existenz informiert habe, und ich bin mir sicher, er wird dich bald holen.«

Oh, supi, das klingt großartig. Ich glaube ... ich glaube, mir wird schlecht.

Kapitel Achtzehn

Oha. Es gibt einen Namen für das, was ich bin. Ein Reaper. Ich bin ein *Reaper* – ein halbverwandelter Reaper, was auch immer das bedeutet. Gibt es das wirklich? Ich schüttle den Kopf. Ein Reaper mit einem Kapuzenumhang, der mir die Macht der Unsichtbarkeit verleiht und die Fähigkeit, seltsame Lichter zu absorbieren, die, wie ich erfahren habe, Seelen sind. *Seelen.*

Es ist, als ob ich ein Portal für die Toten wäre. Selbst wenn meine Magie unter Verschluss ist, finden sie mich trotzdem. Es wäre nützlich, das alles zu erforschen, denn ich habe noch nie von Reapern als einer Rasse gehört.

Vielleicht ist ein Reaper eine Art Engel? Aber Engel werden geboren, nicht gemacht, und Madán spricht von einer verpfuschten Verwandlung.

Der Lord of Winter sagt eine Menge Dinge, und wenn ein Lord von Faerie dir sagt, dass du deine Angelegenheiten regeln sollst, dann hörst du wohl besser zu. Der Tod ist hinter mir her, und wenn er mich kriegt, gefällt ihm vielleicht nicht, was er sieht, und wenn nicht, wird er mich einschläfern – wie ein böses Haustier.

Das rückt die Tatsache, von den Elfen gejagt zu werden, in eine ganz andere Perspektive.

Und das macht das, was Madán mit den Runen anstellt, zu Kinderkram.

Alle Elfen und alle Aes Sídhe sind nichts gegen den Tod. Wie kann ich vor dem Tod fliehen? Gar nicht. Vielleicht ist der Tod ein seniler alter Mann, der meine Existenz immer wieder vergessen wird. Vielleicht ist ein kurzer Augenblick für ihn wie eine Unmenge von Jahren für mich.

Madán behauptet, dass alle Informationen, die er hat, *freiwillig gegeben* wurden, aber man weiß, dass man in Schwierigkeiten steckt, wenn alte, mächtige Wesen so etwas von sich geben. Ich glaube, er ist wütend – wütend darüber, dass ein einfacher Troll diesen Fluch bekommen hat – und ich wette, dass der Tod ihm einen Gefallen schuldet, weil er mich gefunden hat.

Seinen verlorenen Reaper.

Madán erklärt nichts weiter – nicht, dass ich nachfragen würde. Ich stehe unter Schock. Er sitzt so selbstgefällig auf seinem Stuhl, als wäre es ein Thron. Er redet über meinen Kopf hinweg mit Corbin. Der Tiger ist wie eine steinerne Festung hinter mir, und ich sitze einfach nur da. Fassungslos. Ich kann keine Worte finden. Inzwischen ist mein früheres wütendes Aufbrausen versiegt. Ich muss schlucken, damit ich nicht auf seinen Schreibtisch kotze, und mein Verstand durchlöchert weiterhin alles, was Madán gesagt hat.

Ich war bei meiner Zeugung ein Troll, und laut dem DNA-Ergebnis bin ich immer noch ein Troll. Was hat der Tod also getan? Hat er mich im warmen Bauch meiner Mutter gesehen und mich getötet? Oder bin ich auf natürliche Weise gestorben, und er hat mich zurückgebracht, um mich zu foltern und zur Hälfte in dieses Ding zu verwandeln? Ist das die Magie des Todes oder des Reapers?

Ich muss damals als Baby gestorben sein, wie mein Clan immer wieder behauptet hatte. Der Tod hat sein Ding durchgezogen, und anstatt mich zu holen, hat er mich dort gelassen, um ... was? Um ein wahrhaftiges Geisterbaby zu sein. Irgendjemand muss sich um mich gekümmert haben. Mein Clan hat mich nicht die ganze Zeit über vernachlässigt. Offenbar habe ich es lebend aus dem Säuglingsstadium herausgeschafft, weil sich jemand um mich gekümmert hat.

Aber wenn ich schon halb tot war, wer sagt dann, dass ich nicht schon tausendmal gestorben bin? Nein, das kann nicht richtig sein. Ich blute, ich esse, und ich brauche Nahrung, um zu überleben. Was ich weiß, ist, dass ich lebe, dass ich hier bin und dass ich existiere. Ich bin real.

Nichts davon ergibt einen Sinn, aber es erklärt so viel.

Es erklärt unglaublich viel. Für die zurückgelassenen Kreaturen hat es den Reaper nie gegeben. Es ist, als gäbe es mich nicht.

Ich lasse mich nach hinten fallen und mein Kopf prallt gegen den Sitz. Magie kann seltsame Dinge bewirken. Wenn man vom Tod berührt wird, verwirrt die Magie wohl das Gehirn, wie das Amulett des Goldfisches. Aber noch schlimmer ist es, wenn sie Angehörige davon abhalten kann, nach ihren Liebsten zu suchen, wenn diese als Reaper in den Reichen verschwinden.

Mein Magen dreht sich um und ich schlinge meine Arme um meine Taille, als mir etwas Bedeutendes und sehr Offensichtliches klar wird. *Mein Clan hasst mich nicht.* Sie hatten keine Chance, mich zu hassen oder die Person zu lieben, die ich bin, weil die Magie sie vergessen ließ. Ich nehme einen tiefen Atemzug, der meine Lungen beim Einatmen verbrennt, und als der Atem meine Lippen verlässt, wird die Last, die auf meinen Schultern lag, leichter. Sie ist weg, einfach so.

Die schmerzerfüllten Erinnerungen sehe ich jetzt mit neuen, erfahrenen Augen, die Anzeichen dafür, dass in ihren glasigen Augen nicht alles in Ordnung ist. Der Ton der Überraschung in der Stimme meiner Mutter, als sie mit mir gesprochen hat, ihre Tränen und ihre Verwirrung. Das war keine Ablehnung. Da war mächtige Magie am Werk. Madán hatte recht. Was der Tod getan hat, war unglaublich grausam, nicht nur für mich, sondern auch für meine Mutter und meinen Clan.

Und ... ich kann nichts dagegen tun.

Das ist etwas, womit ich allein leben muss. Es gibt keinen magischen Zauberstab, um das wieder in Ordnung zu bringen, selbst wenn der Tod die Magie wegnimmt und sie sich an mich erinnern. Ich kann mir kaum vorstellen, was es für sie bedeuten würde, wenn sie die Wahrheit darüber erfahren würden, wie ich aufgewachsen bin. Das kann ich ihnen nicht antun. Es würde sie brechen. Es würde sie alle so sehr verletzen.

Welche Eltern würden wissen wollen, dass die Magie sie ihr Kind hat vergessen lassen? Sie haben gedacht, ich sei tot. Sie haben um ein Kind getrauert, und nun sollen sie erfahren müssen, dass ich direkt vor ihren Augen war. Dreckig, hungrig ... Nein, nein. Das kann ich ihnen nicht antun.

Dieses Wissen schmerzt tief in mir, doch die Bestätigung, dass es nicht an mir gelegen hat, sprengt das feste Narbengewebe in meiner Brust. Es bröckelt weg, und ein fester Klumpen des Schmerzes krallt sich in meine Kehle. Ich spüre diese Leichtigkeit. Ich wollte die DNA-Ergebnisse, um zu beweisen, dass ich zum Clan gehöre. Und das tue ich. Und ich habe die Antwort darauf, warum ich so anders bin.

Ich habe so lange mit diesem Schmerz gelebt. Ich könnte die Reaper-Sache nutzen, um wütend zu werden und mich mit Hass zu füllen, oder ich kann loslassen.

Für mich ist es besser, alles loszulassen. Es braucht mehr Kraft, um zu vergeben und zu verstehen, als blind zu hassen. Vergebung zu gewähren, auch wenn sie es nie erfahren werden.

Heilige Mutter Natur, ich bete, dass sie es nie erfahren.

Ich wünschte, ich hätte sie gekannt. Der Tod hat eine Menge zu erklären.

»Hat Pepper deshalb eine Todesrune? Sie ist von selbst erschienen«, sagt Corbin.

»Lass mich mal sehen.« Der Lord of Winter greift nach meinem Arm, und als ich den nicht schnell genug ausstrecke, beugt er sich vor und zerrt mich fast über den Schreibtisch. Seine schlanken Finger beißen in meine Haut, als er meinen Pullover hochreißt und sich die Todesrune ansieht. »Verblasst. Ah, es sieht so aus, als hätte er meine Nachricht bekommen.« Er hebt den Blick, um mit dem Tiger zu sprechen. »Der Tod ist ihr auf den Fersen. Es sollte nicht mehr lange dauern, und das Zeichen wird dunkler, je näher er kommt.« Seine steifen Finger streichen über die anderen Runen und er summt mit kranker Genugtuung vor sich hin. Das heißt, bis sein Blick auf dem Sklavenmal landet und seine Finger sich zu einer schmerzhaften Zange zusammenziehen. *Autsch.* »Was ist das? Wer hat sie markiert?«

»Die Elfen, die sie jagen.«

»Du hast dich von ihnen mit einer Rune markieren lassen? Du dummes Mädchen.«

Ich habe sie gar nichts machen *lassen.*

»Warum hast du mir nicht gesagt, dass sie markiert wurde?«, knurrt er Corbin an.

»Sie hat ihren Arm bedeckt gehalten und kein Wort

gesagt. Ich habe es erst erfahren, als ich ihr vor ein paar Stunden die Runen aufgedrückt habe.«

»Warum sind Trolle so verdammt schwierig?« Madán knallt meinen Arm auf den Schreibtisch und bevor ich ihn bewegen kann, drückt er ihn mit seinem Unterarm nach unten, während sein Zeigefinger über die Sklavenrune streicht. In seinen Augen blitzt Macht auf und ... er muss in Gedanken eine Beschwörungsformel rezitieren. Das Sklavenmal brennt, und ich wimmere.

Corbin spürt, dass ich kurz vor einem Nervenzusammenbruch stehe, und legt seine schwere Hand auf meine Schulter. Ich schüttle sie ab. Ich brauche weder sein Mitleid noch seine Hilfe. Ich knirsche mit den Zähnen, als Madán weiter die Rune nachzeichnet.

Wir sehen zu, meine Haut brennt und die Rune verblasst.

Als der Elf loslässt, lege ich meinen Arm an die Brust und lasse mich auf dem Sitz zusammensacken, mein Körper ist von den Nachwehen des Schmerzes zerfressen. Ich bin erschöpft.

Aber wenn der Elf eine Rune entfernen kann, kann ich das auch. Eine Rune weg, ein Dutzend übrig. Und jetzt habe ich eine Idee, was ich tun muss. Ich brauche nur noch die Gegenzauber, um sie loszuwerden.

Ich will mein Leben zurück. Er braucht es nicht einmal zu wissen. Ich habe das gute Mädchen gespielt und ich kann es wieder tun. Ich bin nicht gefangen, nur vorübergehend unpässlich.

Mein Kinn sinkt auf meine Brust. »Ich fühle mich

nicht gut«, murmle ich. »Kannst du bitte ein paar der anderen Runen entfernen, damit ich atmen kann?« Ein bisschen Ehrlichkeit schleicht sich ein. »Ohne meine Magie habe ich das Gefühl, dass ich sterben werde.«

»Wie dramatisch. Nein, ich glaube nicht, dass ich das tun werde, hinterlistiges Mädchen.« Er weitet spöttisch seine Augen.

Ich wette, er verbirgt seine Persönlichkeit normalerweise besser als jetzt. Ich wette, alle denken, dass er so ein netter Kerl ist. Gütig. Wenn ich mich umdrehe, werde ich dann Verwirrung in Corbins Augen sehen? Oder sieht er den wahren Mann?

Die Tür zum Büro fliegt auf und der Griff kracht gegen ein Regal, das aus der Wand ragt, und schlägt eine deutliche Delle in das Holz.

»Madán, wir haben ein Problem«, sagt ein braunäugiger Wandler an der Türschwelle. Ich würde vermuten, dass er ein Wolf ist. Ohne meine Magie bin ich blind für magische Wahrnehmungen, aber er sieht aus wie ein Wolf. Noch ein Wandler in Irland, na was sagt man denn dazu? Der Lord of Winter bricht wirklich alle Regeln.

Der betreffende Mann steht von seinem Stuhl auf. »In Ordnung, Mac. Ich komme gleich.« Er geht zum Schrank auf der anderen Seite des Raums und holt ein Dutzend verschiedener Waffen heraus – und schiebt sie in verschiedene Halterungen an seinem Körper.

»Du weißt ja, wo die Tür ist«, sagt er zu Corbin und stolziert zur Tür hinaus. Der Wolf, Mac, folgt ihm durch den Flur.

Nachdem er eine Bombe auf mein Leben geworfen hat, geht er selbstgefällig davon, während er sich zufrieden die Hände reibt und sich für seine gute Arbeit auf die Schulter klopft. Ich sacke in mich zusammen, als wir aus dem Haus und zurück zum Auto gehen.

»Du bist still«, sagt der Tiger neben mir.

Ich bin still, sagt er, als ob ich mit dem Mann plaudern wollte, der mich reingelegt hat – dem Mann, der mein Leben ruiniert hat. Bevor er aufgetaucht ist, war zwar nicht alles perfekt, aber es war besser als jetzt. Mit Runen eingesperrt und darauf wartend, dass der Tod mich holt.

»Es tut mir leid. Das hat sich nicht so entwickelt, wie ich erwartet habe.«

Ich halte meine Lippen fest verschlossen. Er empfindet keine Schuldgefühle. Für ihn bin ich nur ein Job. Ich steige unaufgefordert ins Auto und schnalle mich an.

Letztens, nach meiner Zeit bei den Elfen, habe ich gesagt, dass mein Leben den Tiefpunkt erreicht hat. Ein bitteres Lächeln zerrt an meinen Lippen. Jupp. Ich habe mich geirrt. Es tut mehr weh, wenn man noch weiter fallen muss.

Kapitel Neunzehn

»Pepper, ich muss dir einiges erklären«, sagt Corbin, als wir die Suite betreten. Wieder benutzt er diese traurige Stimme.

Ich weigere mich, ihn anzuschauen. »Ist es okay, wenn ich schlafe? Ich fühle mich nicht gut«, murmle ich. Es ist noch nicht einmal neunzehn Uhr und mir brummt der Schädel. Es war ein verdammt harter Tag.

»Okay, kleine Diebin, wir reden später darüber.« Corbin führt mich in eines der Schlafzimmer. Es hat ein eigenes Bad. »Wenn du mich brauchst, mein Zimmer ist das gegenüber. Auf dem Bett liegen ein paar saubere Klamotten und im Bad sind Duschsachen, damit du dich frisch machen kannst. Wenn du später Hunger oder Durst bekommst, kannst du dich in der Küche bedienen.

Außerdem, Pepper, habe ich einen leichten Schlaf, also versuch nicht, dich hinauszuschleichen. Das würde nicht gut für dich ausgehen. Wir brechen morgen früh auf.«

Ich nicke, schließe die Tür vor seinen Augen, schnappe mir die sauberen Klamotten vom Bett und gehe ins Bad. Ich will nicht mit ihm reden und es ist mir egal, ob er sich dadurch unwohl fühlt. Ich mag ihn im Moment nicht besonders. Ich gehe auf die Toilette und wasche mir Hände und Gesicht. Gebrochen und verloren lehne ich mich gegen das Waschbecken.

Ich wünschte, wir würden wieder nach Hause fahren. Ich hätte sagen sollen, dass ich die Nachricht heute Abend abholen muss. Mir gefällt diese ganze Verzögerung nicht, während Tilly auf Hilfe wartet. Ich hoffe, dass Corbins Freund John sie gesund und munter vorfindet und die Sklavenelfen gelogen haben.

Ich muss den Tiger auf die Elfen hetzen, diese Runen loswerden und einen Ort finden, an dem ich mich verstecken kann, bis es dem Tod zu langweilig wird, nach mir zu suchen. Ich klammere mich an das Waschbecken. Ich kann nicht einmal in den Spiegel schauen. Das kleine Badezimmer ist voller Lichtkugeln – nein, um es richtig zu sagen: *Seelen*.

Das Badezimmer ist voller Seelen. Wir sind hier alle zusammengepfercht und selbst wenn ich duschen wollte, würde ich mich unwohl fühlen, wenn ich zu ihnen in die Dusche steigen würde. Ich muss dieses Chaos in Ordnung bringen.

Was ist nur aus meinem Leben geworden? Ich frage

mich, ob die Elfen wissen, was ich wirklich bin, oder ob sie denken, dass sie die mythische Botin bekommen. Meine Lippen zucken. Verdammt, das wird ein Schock für sie sein. Ich bin ein Reaper. *Überraschung!* Was hatte der Grim Reaper in den Geschichten noch gleich? Meine Finger klopfen auf den kalten Marmor, während ich nachdenke. Eine Sense, eine magische Waffe, mit der ich auf sie einstechen kann. Ja, so eine hätte ich jetzt auch gerne.

Ein *Plopp* ertönt, und ich sehe schwarzes Fell. Plötzlich sind nicht mehr nur die Seelen und ich im Bad. Ich quieke vor Schreck, verfange mich mit den Beinen und gehe zu Boden, wo ich mit einem Knall in der Badewanne lande. Die Mini-Shampoos des Hotels folgen und knallen mir auf den Kopf, während ich benommen daliege.

»Eurus!« Ich krümme mich und halte mir den Mund zu. *O nein*, hat Corbin den Krach gehört? Als nichts passiert, beuge ich mich vor und spähe über den Wannenrand. »Was machst du denn hier?«, flüstere ich. Ich kann nicht glauben, dass Eurus gekommen ist, um mich zu suchen.

Der Beithíoch rümpft die Nase und starrt mich an, aber ... Ah, ich kann ihn nicht hören. Ich habe das Schnecken-Amulett nicht um.

»Tut mir leid, der Tiger hat mir das Amulett-Armband abgenommen, als er mich gekidnappt hat.« Ich winke mit meinem nackten Arm und ziehe meinen Ärmel hoch, um ihm die Runen zu zeigen. »Er hat mich verflixt noch mal von meiner Magie abgeschnitten. Hey, hey, warte mal kurz! Wie bist du hierhergekommen? Ich weiß, du hast gesagt, du würdest mich aufspüren, wenn du mich brauchst, aber ... Eurus, bist du hierhergeblinkt?«

Die Zunge des Wolfes flattert heraus.

Ich kann nicht glauben, dass der Beithíoch über so viel Magie verfügt. Ich bin beeindruckt. Sehr alte Fae, *mächtige* Fae, können blinken. Das ist vereinfacht gesagt magisches Teleportieren. Es ist eine seltene Gabe, und ich dachte, wenn eine Fae blinkt, muss sie irgendwo sein, wo sie schon einmal war. »Wow, du hast Glück, dass du nicht mitten in einer Wand gelandet bist.«

Eurus schüttelt den Kopf und wirft mir einen angewiderten Wolfsblick zu.

»Okay, schon gut.« Ich hebe unterwürfig die Hände und mein Arm mit dem hochgekrempelten Ärmel quietscht an der Badewanne. »Ich weiß überhaupt nichts.« Alles, was ich zu wissen glaubte, wurde durcheinandergebracht, warum also nicht auch diese Information? Aber mein Kopf tut weh von all dem, was hier passiert ist. »Du hast keine Ahnung, Eurus, was hier alles passiert ist.«

Es sieht so aus, als bräuchte der Beithíoch keine Hilfe, um in die Tunnel hinein oder aus ihnen herauszukommen, wenn er es geschafft hat, mir nach Irland zu folgen. Er hat gesagt, dass er mich finden kann. Er ist ein mächtiger Wolf.

Eurus stellt sich auf die Hinterbeine, streicht mit der

Vorderpfote über den Griff und die Badezimmertür schnappt auf. Er wackelt mit der Pfote und dann mit der Nase im Türspalt, schiebt sich hindurch und macht sich auf die Suche.

Panik überflutet mich. »Wo willst du hin?«, flüstere ich. »Eurus?« Ich rutsche und schlittere aus dem Bad und stolpere ins Schlafzimmer. Der Wolf ist in den Flur gegangen!

Mit großen Augen und rasendem Herzschlag folge ich ihm. Ich höre und sehe keine Spur von Corbin. Ich bin so besorgt, dass er uns erwischen könnte. Hat der Tiger mich allein gelassen? Der Mann denkt wahrscheinlich, dass ich ohne meine Magie nutzlos bin, und damit hätte er irgendwie recht.

Der Beithíoch schnüffelt in dem anderen Raum am Ende des Flurs.

Verdammt, er ist in Corbins Zimmer! Mein Inneres verdreht sich und ich gebe ein weiteres Quieken von mir, als Eurus' Kopf aus der Tür ploppt. Er gibt ein Kläffen von sich, dass ich ihm folgen soll. Ich schlurfe durch den Flur und stecke meinen Kopf in das Zimmer. Ich erschrecke, als ich sehe, dass sein ganzes Gesicht tief in Corbins Tasche steckt.

Oh-oh. »Eurus, er wird riechen können, dass du da drin warst.« Ich klammere mich an den Türrahmen, meine Nägel graben sich ins Holz und ich runzle die Stirn. Da ist etwas im Mund des Beithíochs. Eurus reißt seinen Kopf heraus, und das Ding klirrt, als es gegen die Tasche stößt.

Mit leuchtenden, triumphierenden Augen stapft er zu mir und überreicht mir das Amulett-Armband, das er mir direkt in die Hand spuckt.

Igitt. Ich ignoriere die Spucke und schiebe es grinsend an mein Handgelenk. »Komm schon. Lass uns wieder ins andere Zimmer gehen, bevor der Tiger zurückkommt.« Ich eile zurück durch den Flur. Eurus folgt mir, und ich schiebe die Schlafzimmertür vorsichtig zu. Das Amulett der Schnecke erwärmt sich sofort an meinem Handgelenk.

Ah, die Diebeskatze hat sich mit dir davongemacht, brummt Eurus in meinem Kopf. *Ich ahnte schon, dass er das tun würde, und habe dich vorgewarnt. Ich habe den ganzen Tag damit verbracht, nach deiner flüchtigen Präsenz zu suchen.*

»Eurus, ich kann nicht glauben, dass du mich gesucht und gefunden hast.«

Ja, ich habe Hunger.

Ein Lachen entweicht mir. »Ich kaufe dir das allerbeste Steak, Eurus.« Ich beuge mich vor und kraule ihm das Fell auf dem Kopf. »Danke.«

Sein Gesicht ist so mürrisch wie immer, aber seine flauschige schwarze Rute wedelt und er neigt den Kopf, damit meine Finger besser hinter seinem Ohr kraulen können. Ich komme dem Wunsch nach.

Morgen werde ich meinem Fleischhunger frönen, und du wirst mir ein erstklassiges Steak beschaffen. Er leckt sich über die Lippen und streckt seine Zunge mit einem wölfischen Lächeln heraus.

»Wenn ich kann, werde ich es tun. Das ist ein Versprechen. Hey, weißt du, was man mit den Runen macht?« Ich kraule immer noch sein Ohr und wackle mit meinem Unterarm voller Runen.

Er bewegt sich, und meine Hand fällt an meine Seite, während er weiter in den Raum und auf das Bett zugeht.

Die Barrieren, die deine Magie behindern, sind relativ einfach zu spalten, kommentiert er und lässt seinen Blick durch den Raum schweifen. *Diese Behausung übertrifft die Unzulänglichkeiten des kaputten Abwasserkanals. Es wäre klüger, wenn du dich stattdessen hier niederlassen würdest.* Er reibt sich an einem Stuhl in der Ecke. *Was das Runenbuch in der Metallkiste angeht, so sollte es das meiste enthalten, was du brauchst. Eine größere Herausforderung wird das Enträtseln des Gegenzaubers für die Runen sein, die deine* Reaper Magie *behindern, und die Entfernung der Todesrune ist eine gewaltige Aufgabe. Nur der Tod selbst ist in der Lage, sie auszulöschen.*

Mein Mund steht offen und ich schnappe nach Luft. »Eurus, du hast es gewusst! Du hast die ganze Zeit gewusst, dass ich ein Reaper bin, und du hast nichts gesagt.«

Natürlich, sagt der Beithíoch mit einem würdevollen Schniefen. *Hältst du mich für einen einfachen Welpen? Ich bin zweitausend Jahre alt, Kind.* Er verengt seine Augen und mustert mich mit einem prüfenden Blick. *Sei versichert, dass ich deine Geheimnisse nicht enthüllen oder deine Unvollkommenheiten hervorheben werde. Ein solches*

Verhalten wäre ungehobelt. Ich weiß, dass deine Verwandlung ins Stocken geraten ist, und es gibt keinen Grund, die Aufmerksamkeit auf mögliche Peinlichkeiten zu lenken.

Ich stöhne und reibe mir das Gesicht.

»Was ist mit Corbin?«

Er steht draußen und spricht in die Box.

»Box?« Box? »Ach so, er ist am Telefon.«

Komm mit, Kind. Wir haben alles Wesentliche, was du benötigst. Lass uns fortfahren.

»Fortfahren?« Jedes Mal, wenn ich den Mund aufmache, klinge ich dümmer, aber ich kann nicht anders, als seine Worte wie eine Geisteskranke zu wiederholen.

Soll ich mit dem Beithíoch gehen? Vielleicht sollte ich mich fragen, ob ich genug Vertrauen in Corbin habe, dass er mir helfen kann. Tief im Inneren glaube ich, dass der Tiger ein guter Mann ist. Aber er sendet eine ganze Reihe von Warnsignalen aus, die man aus Kilometern Entfernung sieht. Er hätte mich nicht wehrlos gemacht, wenn er wirklich nur mein Bestes im Sinn hätte, und es wäre nachlässig von mir, zu glauben, dass er das alles tut, um mir zu helfen. Es ist viel wahrscheinlicher, dass er sich selbst hilft.

Wenn ich beim Tiger bin, wird er mir vielleicht den Rücken freihalten, bis er bekommt, was er will, und es besteht eine kleine Chance, dass er die Runen, die meine Magie blockieren, entfernt, nachdem ich Tilly gerettet habe. Vielleicht kann ich die Informationen selbst aus einem der Elfen herausbekommen. Sie müssen sich mit

Runen auskennen, wenn sie einen Stapel davon in einer Tasche haben.

Vielleicht finde ich Corbin unglaublich attraktiv, aber wenn ich seine kleinen Nettigkeiten ignoriere, die mein dummes Herz höher schlagen lassen, weiß ich, dass ich für ihn nur ein Job bin. Die einzige Person, der ich vertrauen kann, bin ich selbst, und im Moment mache ich einen schlechten Job.

Ich bin es leid, mich zu verstecken und wegzulaufen. Ich denke, es ist an der Zeit, dass ich dieses Chaos selbst in Ordnung bringe. Wenigstens würde ich etwas Eigeninitiative zeigen, anstatt zu warten.

Zu warten, dass Tilly gerettet wird. Darauf zu warten, dass der Tod kommt und mich holt.

Verflixtes Warten.

Ich habe zwei Prioritäten: das Buch und Eurus' Wissen zu nutzen, um so viele Runen wie möglich zu entfernen, und meine Freundin zu retten.

Ich werde gehen.

»Warte, lass mich ...« Ich schalte den Fernseher ein. Das sollte die fehlenden Geräusche meiner Abwesenheit überdecken und hoffentlich verschafft uns das einen Vorsprung. Dann öffne ich die Tür, husche durch den Flur in die Küche, schnappe mir die Schachtel mit der Ananaspizza und stopfe eine Tüte mit Fleisch voll. Ein Steak, ein paar Burger und einige Stücke Hühnchen sollten Eurus' Hunger stillen. »Okay, los geht's!« Ich husche zurück ins Zimmer.

Eurus' Pfote berührt mein Knie, und gerade als ich

mir Sorgen um die Seelen mache und ob sie mich wiederfinden können, wird mir schwindelig. Oha, ich fühle mich, als würde ich auf magische Weise rückwärts durch eine Hecke gezogen werden. Die Luft um mich herum fühlt sich so dick wie Stein an, und meine arme Haut fühlt sich an, als würde sie mit einem Sandstrahler bearbeitet werden. Ich rieche den scharfen Duft von Ozon wie kurz vor einem Sturm.

Und dann bleibt alles stehen.

Kapitel Zwanzig

Ich öffne meine Augen. Wir stehen neben meinem Feldbett. Ich bin zu Hause. Wow, was für ein Trip! Das Blinken ist noch besser als die Portale.

»Danke, Eurus.« Ich lege die Pizza auf das Bett, kippe das ganze Fleisch in seine Schüssel und reibe mir über die seltsame Gänsehaut auf meinen Armen.

Gebratenes Fleisch ist gar nicht so schlecht, sagt der Beithíoch, während er seinen Kopf in die Schüssel steckt und das Essen hinunterschlingt.

Wow, der isst aber schnell. »Das ist gut zu wissen.« Ich lächle, schüttle den Kopf und schaue auf den Pizzakarton. Ich muss etwas essen. Seit einigen Tagen habe ich mich nicht mehr richtig um mich gekümmert, geschweige denn etwas Anständiges gegessen. Vor lauter

Sorge dreht sich mir der Magen um, wenn ich an Essen denke. Später. Ich werde versuchen, später etwas zu essen. Ich habe noch so viel zu tun.

Ich sollte mir lieber alles schnappen, was wir brauchen, um die Runen zu entfernen. Ich flitze zu den Regalen und finde den Medizinkoffer mit dem Runenbuch darin. »Okay, Eurus, welche?« Ich drehe mich mit der Hand über dem Buch zurück und sehe den Beithíoch in einem wölfischen Donut auf dem Boden. Er schläft. »Eurus?«

Mit dem Buch in der Hand schleiche ich auf ihn zu. Er schnarcht so laut, dass seine Lefzen flattern. Der Weg nach Irland und dann mit mir zurück muss ihn ganz schön erschöpft haben. Ich stupse ihn an und zucke schnell zurück. Ich fühle mich schrecklich, weil ich versucht habe, ihn aufzuwecken.

Mit einem Zähnefletschen wacht er auf und schnappt nach meiner Hand, woraufhin ich zurück stolpere. »Verdammt, Eurus, ich brauche deine Hilfe bei den Runen.«

Unverschämtes Kind, erinnere dich daran, dass ich erwähnt habe, dass das Buch der Runen Abhilfe schaffen wird. Aber ich habe nie behauptet, dass ich besagte Runen fachkundig anwenden kann. Ich bin ein Beithíoch, kein Elf. Erlaube mir meine Erholungszeit. Er bedeckt seine Nase mit der Rute, und innerhalb von Sekunden ist er wieder weg und schnarcht weiter.

Und was soll ich jetzt tun? Es ist nur eine Frage der Zeit, bis Corbin unsere List durchschaut und mich jagt, und er wird wütend sein, dass ich ihm entwischt bin. Ich schlucke. Okay, ich kann warten, bis der Beithíoch aufwacht, oder ich kann die Nachricht abholen, herausfinden, wo sich die Elfen treffen wollen, und gleich danach wieder zurückkommen.

Ganz einfach. Alles, was ich tun muss, ist, in ein Café zu gehen und eine Nachricht aus der Box zu holen. Dabei kann nichts schiefgehen.

Die Uhr tickt.

Wenn ich jetzt nicht aufbreche, wird das Café für die Nacht geschlossen. Und während ich dort bin, kann ich nach Tilly sehen. Sie arbeitet immer. Wenn ich zurückkomme, werde ich mich daran versuchen, die Runen zu entfernen. Nachdem ich den Lord of Winter beobachtet habe, werde ich das schon irgendwie schaffen.

Ich lege das Buch der Runen zurück ins Regal und halte kurz inne. Wenn etwas passiert und ich nicht mehr hierher zurückkomme, ist es dann klug, sie so offen liegen zu lassen? Meine Hand schwebt in der Luft. Nein, ich nehme die Runen und ein paar andere Dinge, die ich brauchen könnte, lieber mit, falls es brenzlig wird.

Um mich warm zu halten, schichte ich meine Klamotten übereinander, ziehe einen übergroßen Hoodie an – der schwarze Stoff reicht mir bis zu den Oberschenkeln – und richte meine Haare neu. Ich muss ja schließlich vorzeigbar sein. Da ich mich unbehaglich fühle, ziehe ich mir die Kapuze über den Kopf, um mein Gesicht zu verdecken, und schon kann es losgehen. Ein Troll zu sein, ist nicht ungewöhnlich. Fae gibt es in allen

Variationen, und niemand wird sich an meiner grünen Haut stören. Trotzdem fühle ich mich verletzlich. Ich bin faul im Umgang mit meiner Magie geworden und habe mich immer versteckt, weil das einfacher war.

Wenn ich alles noch einmal durchleben könnte, würde ich ein abenteuerlicheres Leben führen, mich auf die Straße wagen und mehr Freunde finden. Aber wenn Wünsche Pferde wären, hätte ich einen Stall voller Träume.

Ich mache mich auf den Weg in den Tunnel. Da wir nicht kommunizieren können, reagiert der Stein träge und unglücklich auf mich. Er kennt mich gut genug, um mir beim Gehen zu helfen, aber es dauert viel länger, bis ich in die Nacht hinauskomme. Draußen ist es dunkel. Schaumkronen auf dem Meer treiben im Wind. Der Sturm, der vorhin noch bedrohlich nah stand, ist vorbeigezogen und hat die Nacht kalt und feucht hinterlassen. Ich rümpfe die Nase, kauere und stopfe meine Hände in die Taschen. Unter meinen Klamottenschichten befindet sich ein kleiner Lederbeutel, der eng um meine Taille liegt und in dem sich das Buch der Runen, etwas Geld und ein paar Tränke befinden, die ich aus meinem Vorrat ausgegraben habe. Sie sind zwar nicht besonders hochwertig, aber für den Notfall reichen sie aus.

Ich hoffe, ich muss sie nicht benutzen.

Als ich näher an mein Ziel komme, sehe ich eine schwarz-graue Telefonzelle, und als ich daran vorbeigehen will, bleibe ich stehen. Ich taste meine Jeanstasche ab, höre ein Knittern von Papier und ziehe mit einem erleichterten Seufzer die Telefonnummer heraus, die Forrest mir gegeben hat.

In dieser Situation brauche ich Hilfe.

Die Tür der Telefonzelle sitzt fest und knarrt fürchterlich, als sie sich öffnet. Als ich hineinschlüpfe, weht mir ein starker Duft von Urin entgegen. Ekelhaft. Ich greife nach der Nummer und krame in der Tasche nach Kleingeld.

Ich rufe die Nummer an.

ES DAUERT WEITERE ZEHN MINUTEN, bis ich den Coffee Shop erreiche. Draußen duftet es nach Kuchen und Kaffee, während die Leute vorbei rauschen. Der Cafébetrieb neigt sich dem Ende zu, und die Auslage für die Nachtschwärmer, die sich über ein ganzes Schaufenster erstreckt und normalerweise bis zum Rand mit Leckereien gefüllt ist, ist fast leer.

Aber was noch übrig geblieben ist, lässt den meisten Leuten immer noch das Wasser im Mund zusammenlaufen, und tagsüber habe ich sogar schon viele Kinder gesehen, die ihre Nasen an die Scheiben gedrückt haben.

Die Glocke über der Tür läutet, als ich eintrete. Das gedämpfte Brummen leiser Gespräche vermischt sich mit dem gelegentlichen Klirren eines Teelöffels in einer Tasse, dem beruhigenden Aroma von frisch gebrühtem Tee, dem reichen Duft von gerösteten Kaffeebohnen und dem himmlischen Geruch von aufgeblühten Blumen.

Ein verzauberter Baum hängt an der Decke. Die großen rosafarbenen Blüten blühen das ganze Jahr über, und die funkelnden Lichter, die in den Zweigen verflochten sind, machen den Baum noch magischer.

Tillys Baum.

Meine Augen mustern die Äste.

Erleichterung durchströmt mich, als ich sehe, dass der Baum der Dryade immer noch makellos ist. Die Gesundheit des Baumes spiegelt die Gesundheit des Wesens wider, das ihn hütet, und Tillys Baum sieht großartig aus. Wenn ich ihn ansehe, weiß ich, dass sie noch am Leben ist. Gesund. Vielleicht hatte Corbin recht, und die Elfen haben geblufft. Ich hoffe es.

Tilly gehörte das Café schon lange, bevor ich durch die Tür gestolpert kam – sogar schon, bevor ich regelmäßig zu Erde gekommen bin. Als ich mich umdrehe, erblicke ich die Tafel mit den ausstehenden Speisen und Getränken an der hinteren Wand. Ich lächle und pure Nostalgie erfüllt mich. Die weißen Quittungen, die an der Tafel befestigt sind, flattern, wenn Kunden vorbeigehen. Ich habe schon so manche Mahlzeit von der Großzügigkeit dieser Tafel gegessen. Auf dem Schild an der Tafel steht:

Wenn eine Person (egal ob Kreatur oder Mensch) es sich nicht leisten kann, zu essen oder zu trinken, nimm dir bitte etwas, das jemand freundlicherweise im Voraus bezahlt hat.

Tilly hat kein Wort gesagt, als mein Kinder-Ich vor all den Jahren in ihr Café kam. Es war mein erster Tag im Reich, und der Heißhunger hatte mich hineingelockt. Ich wollte eigentlich nur aus der Kälte kommen und auf die Toilette gehen. Stattdessen kam ich rein und roch das Essen. Ich erinnere mich, dass ich die Sprache der Erde weder sprechen noch lesen konnte, und nachdem ich die Toilette benutzt hatte, fiel mir Tilly ins Auge.

In unserer Sprache hatte die Dryade sorgfältig erklärt, was die Tafel bedeutete. Ich konnte es nicht glauben. Wer verschenkt denn Essen? Als sie mich gefragt hat, was ich essen möchte, dachte ich, es sei ein Trick und konnte nicht antworten.

Also traf die freundliche Dryade die Entscheidung und nahm zwei Quittungen von der Tafel. Eine für ein Getränk und die andere für ein Sandwich. Sie reichte sie mir mit einem sanften Lächeln. Ich rannte mit meiner Beute sofort zur Tür hinaus, weil ich Angst hatte, sie würde es sich anders überlegen und sie mir wieder wegnehmen. Das Sandwich füllte meinen Bauch für zwei Tage.

Später dann, als ich den Clan verlassen hatte und für immer ins Reich zurückkehrte, dauerte es nicht lange, bis ich von den Schulen hörte. Die Magie, die ich akzeptiert hatte, sorgte dafür, dass ich unsichtbar und geschützt war, und deshalb aß ich in ihren Cafeterias. Es gab reichlich zu essen, und meistens war ich bis zum nächsten Tag satt. Eine Mahlzeit am Tag, so gut hatte ich noch nie gegessen, und manchmal, wenn ich schnell war, war sie sogar noch warm.

Ja, ich aß wie eine Königin. Die meiste Zeit schlief ich in der Schule, und manchmal ging ich mit anderen Kindern nach Hause – ich, die wahrhaft unsichtbare Freundin. Niemand wusste es, und alles, was ich brauchte, war ein warmes Plätzchen zum Ausruhen und Verstecken. Ich bekam ein Sofa, ein Gästebett oder sogar einen weichen Teppich, auf dem ich schlafen konnte. Es machte mir nichts aus, solange ich aus dem Weg war und niemand über mich stolperte.

Das war in Ordnung. Gut sogar. Aber ich hielt es für das Beste, nicht von ihren Lebensmitteln zu essen. Die Leute scheinen fehlendes Essen eher zu bemerken als das eine oder andere schmutzige Handtuch.

Die Wochenenden waren eine Herausforderung, aber die Schulferien waren am schlimmsten. Das war die Zeit, in der ich ein Problem hatte. Ja, Tillys Tafel hat mich ein oder zwanzig Mal gerettet.

Als die Dryade merkte, dass ich niemanden hatte, versuchte sie, mir eine sichere Unterkunft zu besorgen, aber das war zu viel Vertrauen für mich, um es ihr zu schenken. Ich war ein verwildertes Schlüsselkind und vertraute nicht leicht – und tue es immer noch nicht. Ich habe mit eigenen Augen gesehen, was mit erwachsenen Leuten auf der Straße passiert. Der falschen Person zu vertrauen, ist ein Todesurteil.

Aber Tillys Freundlichkeit ließ mich zurückkommen, und eines Tages, so versprach ich mir, würde ich genug Geld haben, um die Tafel mit Quittungen zu füllen. Keiner sollte hungern müssen. Als sie mich fragte, ob ich einen Job wolle, ergriff ich die Chance. Sie wusste, was ich konnte, und der Typ, den sie davor als Bote eingesetzt hatte, hatte ihr fristlos gekündigt. Ich glaube, er wurde wahrscheinlich umgebracht. Aber das habe ich Tilly gegenüber nicht erwähnt.

Damals erfuhr ich, dass die Dryaden einen kleinen Teil des Erlöses für die Tafel verwenden, und ich habe im Laufe der Jahre auch mein Bestes getan, um sie zu ergänzen. Darauf bin ich stolz.

Hinter dem Tresen schäumt ein Mädchen gekonnt Milch auf. Auf der Speisekarte, die mit Kreide handgeschrieben ist, stehen leckere Sandwiches und verlockende Desserts, von Blätterteiggebäck bis hin zu köstlichen Törtchen. Sie schenkt mir ein müdes Lächeln. »Was kann ich dir bringen?« Ich bin so gut darin, mich zu verstecken, dass mich nicht einmal die Angestellten erkennen.

»Ein Kännchen Tee, bitte.«

»Kein Problem.« Sie drückt die Knöpfe an der Kasse und nimmt das Geld.

»Behalte das Wechselgeld für die Tafel«, sage ich leise zu ihr.

»Danke.«

»Ähm, arbeitet Tilly?« *Bitte sei okay, bitte sei okay.* Ich richte meinen Körper auf und neige meinen Kopf, um in den Personalbereich zu schauen.

»Die Boss-Lady ist mit ein paar Freunden shoppen, obwohl ...« Sie blickt stirnrunzelnd auf die große runde

Uhr an der Wand. »... sie ist spät dran. Tilly hätte eigentlich schon zurück sein müssen, um beim Schließen zu helfen.«

Mein Herz setzt einen Schlag aus. *Das ist doch sicher nur ein Zufall.*

»Ach so.« Ich reibe meine Augenbraue. »Hat ... ähm ... hat sie dir das selbst gesagt? Hat sie gesund ausgesehen?« Oder wurde sie von gewalttätigen, bösen Elfen schreiend und tretend weggezerrt? Mit verschwitzten Händen halte ich mich an der Theke fest und lehne mich näher heran.

Das Mädchen zuckt zurück und macht einen erschrockenen Schritt nach hinten. Sie verschränkt die Arme unter ihren Brüsten und wirft mir einen besorgten Blick zu. »Sie hat eine Textnachricht geschickt. Wer bist du noch gleich?«, fragt sie, wobei ihre Stimme voller Misstrauen ist. »Warum willst du was über Tilly wissen?«

Gut gemacht, Pepper. Du benimmst dich wie ein richtiger Freak und erschreckst das Personal. Ich zwinge mich, meinen Oberkörper zurück auf meine Seite des Tresens zu bewegen und verschränke ach so lässig meine Knöchel in einer unbeholfenen Pose.

»Sie hatte letzte Woche eine furchtbare Erkältung und ich habe mir Sorgen gemacht. Ich bin froh, dass es ihr gut geht und sie sich amüsiert. Tilly arbeitet viel zu viel.« Zumindest ist das die Wahrheit. Als wir das letzte Mal miteinander gesprochen haben, ging es Tilly gar nicht gut. Ich lehne meinen Kopf zurück und schaue in die Äste des Baumes. »Armes Ding. Ich glaube, ihrem Baum ist sogar eine Blüte in das Getränk eines Kunden gefallen.«

»Ah, ja, ihre Erkältung.« Ihre Arme fallen und sie entspannt sich sofort wieder. »Ich erinnere mich an das Wimmern.« Wir grinsen uns gegenseitig an. Das Mädchen lehnt sich kichernd auf den Tresen, und ich lächle erleichtert zurück. Ich muss nicht rausgeschmissen werden, bevor ich die Nachricht erhalten habe.

Es wird alles gut werden. Tilly ist mit ihren Freunden beschäftigt, aber sie sollte bald zurück sein, und eines Tages werden wir über diese Sache lachen.

»Ich bringe dir deine Bestellung.«

Hinter mir warten schon Kunden. Ich lächle verlegen. »Danke.«

Ich schlängle mich zwischen den Holztischen hindurch und gehe nach rechts, um in den Gang mit den Toiletten zu schlüpfen. Ich habe meinen Schlüssel für den Briefkasten nicht dabei. Noch etwas, das ich an diese verflixten, diebischen Elfen verloren habe. Aber der Briefkasten ist aus billigem Metall, hat einen breiten Briefschlitz und genug Platz ...

Ich stecke meine Hand hinein und das Gelenk schrammt schmerzhaft gegen das Metall. Ich winkle meine Hand an, bis meine Fingerspitzen die Nachricht berühren, knicke das Papier unbeholfen ein und fische den versiegelten Umschlag heraus.

Geschafft!

Ich stecke die ungeöffnete Nachricht in meine Ledertasche, um sie später an einem sicheren Ort lesen zu können, und gehe zu einem leeren Tisch im hinteren Teil des Cafés, um zu warten. An der Rückwand stehen Regale voller Bücher. Ich setze mich direkt an das Fenster, mit dem Rücken zu den Regalen, und beobachte die dunkle Straße draußen.

Das große Fenster des Cafés rahmt die wenigen Passanten ein, die in dicke Mäntel gehüllt durch die frische Abendluft huschen. Die Kälte und der Sturm von vorhin halten heute Abend alle außer den mutigsten Seelen fern.

Hoffentlich sehe ich keinen wütenden Tiger die Straße hinaufstapfen.

Ich werfe einen Blick auf die Uhr. Ich sollte noch ein paar Stunden Zeit haben. Ich schaue mir die anderen Kunden an. In einer Ecke sitzt eine kleine Gruppe um einen Tisch herum und diskutiert angeregt; ab und zu hört man ihr Lachen. In der Nähe der Toiletten sitzt ein altes Ehepaar in einer gemütlichen Ecke, teilt sich eine Kanne Tee und wirft sich liebevolle Blicke zu.

»Pepper?« Einer der freien Stühle am Tisch schrammt über den Fliesenboden, als eine blasse Hand ihn wegzieht und ein großes Mädchen mit regenbogenfarbenen Haaren Platz nimmt.

Kapitel Einundzwanzig

Das muss die Frau sein, die ich aus der Telefonzelle angerufen habe, ein Mädchen mit Regenbogenhaaren. Das ist beeindruckend.

»Ja, Tru?« Es ist besser, solche Dinge zu überprüfen, bevor man eine völlig fremde Person um Hilfe bittet.

Sie nickt. Ich lächle.

»Danke, dass du so schnell gekommen bist. Forrest hat mir gesagt, dass ich dich anrufen soll, wenn ich Hilfe brauche. Wie ich schon am Telefon erklärt habe, stecke ich in einem echten Schlamassel.«

Eine Fee mit wunderschönen rosé-goldenen Flügeln flattert auf den Tisch zu. Sie muss sich in der Masse von Trus bunten Haaren versteckt haben. Nein, keine Fee. Ich verenge meine Augen. Das saphirblaue Wesen ist eine

Pixie – eine Pixie mit Feenflügeln, na, so was. Na, das nenne ich mal ein gutes Zeichen. Das beweist, dass Tru vorausschauend ist.

»Hi.« Ich grinse und wackle mit den Fingern vor der Pixie.

Sie lächelt mich an und wackelt ebenfalls mit den Fingern. »Hi, Pepper«, sagt sie mit einer singenden Stimme. »Ich bin Story.«

»Hi, Story. Schön, dich kennenzulernen. Es ist schön, euch beide kennenzulernen. Vielen Dank, dass ihr euch so kurzfristig mit mir treffen konntet.« Ich lecke mir über die Lippen, senke meine Stimme und beuge mich vor. »Wie ich am Telefon schon gesagt habe, arbeite ich an einem Problem mit Sklavenhändlern. Elfen. Sie haben mich in Faerie gefangen genommen, mich verprügelt und mit einer Sklavenrune markiert, bevor ich entkommen konnte.« Ich wackle mit meinem immer noch bedeckten Arm – kein Grund, sie zu zeigen oder mit den anderen Runen herumzufuchteln. »Ich habe die Rune entfernen lassen, aber sie haben mich durch das Blut, das ich am Tatort hinterlassen habe, aufgespürt.«

Peinlich berührt von so einem Anfängerfehler, verziehe ich das Gesicht. Ich öffne den Mund, um fortzufahren, aber in dem Moment kommt das Mädchen hinter der Kasse und stellt eine Kanne mit Tee und anderem Teezeugs vor mich hin. »Danke.«

»Tut mir leid, dass es so lange gedauert hat. Ich hatte einen kleinen Ansturm und bin heute Abend allein hier.« Sie schiebt Tru eine heiße Schokolade vor die

Nase. »Bitte sehr, Tru. Bist du sicher, dass du nichts willst, Story?«

Die Pixie hat ihren Blick nicht von mir abgewandt. Sie winkt mit einer saphirblauen Hand. »Nein, danke, Jen. Ich brauche nichts.«

Jen lächelt und geht weg.

»Bestellst du dir ein Stück Kuchen?«, fragt Story.

»Ich? O nein. Ich, ähm, ich mag Kuchen nicht so wirklich.«

Story schnappt beleidigt nach Luft und Tru lacht in ihr Getränk. »Nimm es ihr nicht übel. Sie dekoriert Hochzeitstorten, also hat sie eine Vorliebe für Biskuit, Buttercreme und Fondant.« Trus Augen funkeln, während sie ihre Freundin neckt, dann werden sie hart, als sie mich wieder ansieht.

Ich ziehe mich auf meinen Platz zurück.

»Also diese Elfen?«

Okay, die Regenbogen-Lady ist irgendwie gruselig. »Sie haben herausgefunden, wo ich arbeite und mir eine E-Mail mit einer Drohung geschickt. Sie haben gesagt, sie würden meiner Freundin etwas antun, wenn ich mich nicht ausliefere. Sie haben mir vierundzwanzig Stunden Zeit gegeben, um eine Nachricht mit weiteren Anweisungen für ein Treffen mit ihnen zu empfangen. Ich habe nicht mit meiner Freundin gesprochen, aber das Mädchen an der Kasse sagte, dass es ihr gut geht und sie gerade shoppen ist. Sie müsste jeden Moment zurück sein.« Ich schaue auf die Uhr und fummle am Henkel der Teekanne herum. »Tilly ...«

Story schnappt nach Luft und Tru hält mir die Hand hin, damit ich aufhöre zu reden. »Tilly, wie die Dryade, der dieser Laden gehört?« Sie stupst mit ihrem Zeigefinger auf den Tisch und ihr Tonfall lässt die Härchen in meinem Nacken zu Berge stehen. Habe ich etwas Falsches gesagt? Vielleicht denken sie, dass ich ihre Zeit vergeude?

Ich wackle auf meinem Stuhl und nicke. »Ja, und sie ist eine sehr liebenswerte Person.« *Wirklich sehr liebenswert. Bitte helft mir.*

Tru verengt ihre Augen. »Diese Sklavenhändler, was wollen die von dir?«

»Zuerst wollten sie eine exotische Bettgefährtin für den Lord of Spring haben.«

Trus Oberlippe verzieht sich zu einem boshaften Lächeln, das ihre langen Eckzähne zum Vorschein bringt. Ah, ein Vampir, was? Ich konnte es nicht erkennen.

»Als sie mich dann gejagt haben, haben sie herausgefunden, dass ich ein Bote bin. Ich überbringe Nachrichten von und nach Faerie. Tilly ist meine Kontaktperson. Meine Freundin.« Den nächsten Teil möchte ich nicht sagen.

Was ich jetzt, ohne jegliche Magie, vorschlage, ist Selbstmord. Aber ich werde es für meine Freundin tun. Ich schlucke, fummle an dem Teelöffel herum und komme mit einem tiefen Atemzug darauf zurück, was ich sagen wollte. »Hört zu, ich will ehrlich sein. Ich werde zu den Elfen gehen, aber ich brauche jemanden, der auf Tilly aufpasst, wenn ich das tue.«

Tru holt ihr Handy heraus und ihre Daumen tippen schnell über die Tastatur. Story springt in die Luft und wirbelt Feenstaub auf, der den Tisch besprenkelt, bevor sie auf Trus Schulter landet.

Ich sitze unbeholfen da. Ich habe es vermasselt. Tru will wohl nicht mit mir arbeiten – oder schlimmer noch, sie glaubt mir nicht. Um etwas mit meinen Händen zu tun, gieße ich den Tee mit einem traurig klingenden Seufzer ein.

Nach ein paar Sekunden klingelt Trus Telefon und sowohl sie als auch Story lesen die Antwort. Sie tippt auf den Bildschirm und begegnet dann meinem Blick. »Tilly ist verschwunden.«

Mir rutscht das Herz in die Hose. Tilly ist verschwunden. Ich schließe meine Augen vor dem Grauen. Tilly steckt meinetwegen in Schwierigkeiten.

»Ihr Gefährte ist ein Wandler, und er sucht nach ihr. Er hat einen Hellhound bei sich. Weißt du irgendwas darüber?«

Ich rühre mich nicht.

»Ich habe ihm gesagt, dass ich mich um das Café kümmere, darauf warte, dass Jen schließt, und einen starken Schutzwall aufstelle, damit diese Elfen Tillys Baum nicht anfassen können.« Tru schlägt auf den Tisch. »Wann und wo triffst du diese Elfen?«

Die Tasse und die Untertasse vor mir klappern, und Teetropfen spritzen auf die Tischplatte. Ich wische sie mit einer Serviette auf und nehme einen Schluck von dem schwarzen Tee – die Tasse zittert. »Ich weiß es nicht.

Ich habe die Nachricht noch nicht geöffnet. Ich wollte erst mit dir sprechen.«

Tru wirft mir eine *Jetzt-mach-schon*-Geste zu.

Ich nicke. Die Tasse klappert und scheppert, als sie auf die Untertasse stößt, und ich ziehe den Umschlag aus der Tasche und benutze den gereinigten Teelöffel, um die Lasche zu öffnen. Der Brief ist nicht in meiner Sprache, sondern in einer von der Erde geschrieben.

Botin,

Inzwischen hast du gemerkt, dass du deine Freundin nicht erreichen kannst. Das liegt daran, dass sie in unserer Gesellschaft ist. Verderbe die Sache nicht, indem du jemanden um Hilfe bittest, sonst stirbt die Dryade. Wenn du uns zu früh aufsuchst, stirbt die Dryade auch. Du wirst uns am Donnerstag um sieben Uhr abends auf dem Parkplatz des Fußballplatzes Bloomfield Road treffen. Allein. Wenn du nicht allein kommst, ja, du hast es erraten, stirbt die Dryade.

Sei ein braves Mädchen,

Vivanti

Das muss der Name von dem blonden Anführer sein, Vivanti. Ich reiche den Zettel weiter, und Story lehnt sich an Tus Wange, während sie ihn lesen.

»Sei ein braves Mädchen. Was für ein Arschloch«, knurrt Tru. Ich nicke zustimmend. »Wir haben also bis morgen Abend Zeit, bevor wir uns mit diesen Idioten treffen.«

»Wir? Aber auf dem Zettel steht doch ...«

»Dass du allein kommen sollst. Jaja. Nur werden wir

das nicht tun. Sie werden Tilly auf keinen Fall gegen dich austauschen. Diese Art zu denken ist totaler Humbug. Das sind *Sklavenhändler,* und diese Elfen werden sie nicht gehen lassen. Wenn wir Glück haben, müssen sie sie erst noch in Faerie abladen. Aber wenn du nach ihren Regeln spielst und allein gehst, seid ihr beide verloren.«

Sie beugt sich vor und zeichnet geistesabwesend das Wort Liz nach, das irgendein Idiot in den Tisch geritzt hat. »Pepper, hast du dich nicht gefragt, woher ich die Telefonnummer von Tillys Gefährten habe?«

Ich blinzle sie an, weil ich mich nicht sehr helle fühle. Das ist mir gar nicht aufgefallen. Ich brauche wirklich etwas zu essen und ein paar Stunden Schlaf.

»Ich kenne die Nummer, weil Tilly mir geholfen hat. Sie hat uns beiden geholfen.« Mit einem sanften Lächeln nickt sie Story zu. »Tilly ist auch unsere Freundin. Und ich denke, Story wird mir zustimmen, wenn ich sage, dass wir nicht zulassen werden, dass Tilly oder ihre Botin verletzt werden. Sie hat von dir gesprochen, weißt du. Als wir Kinder waren, war sie so besorgt um dich. Sie wollte sogar, dass mein Opa und ich dir ein Zuhause geben, aber am Ende hast du für dich selbst gesorgt. Scheiße, du bist die Botin. Das respektiere ich, Pepper. Ich respektiere dich, auch wenn wir uns gerade erst kennengelernt haben. Du bist eine gute Person und ich möchte, dass du weißt, dass niemand dir die Schuld dafür geben wird, was passiert ist. Das ist wirklich nicht deine Schuld.«

Eine Träne kullert an meiner Nase herunter. Ich wische sie mit meinem Ärmel weg. Tru hat keine

Ahnung, wie sehr ich das hören musste, aber ich kann trotzdem nichts gegen meine Schuldgefühle tun. »Ich hätte sie vorwarnen sollen, als ich zurückgekommen bin.«

»Du wurdest verprügelt und hattest ein paar gebrochene Knochen?«

Ich nicke.

»Am Telefon hast du gesagt, dass du gerade erst aufgewacht bist, nachdem du vier Tage in einem heilenden Schlaf gelegen hast. Und trotzdem bist du jetzt hier und bereit, dich für sie zu opfern. Hör zu, Tilly wird wütend sein, wenn wir dir nicht helfen, und um ehrlich zu sein, ich auch.«

Ich tupfe mir unauffällig die Augen ab. Ich gebe den Runen, die meine Sinne überwältigen, die Schuld daran, dass ich so weinerlich bin. Story huscht von Tru zu mir und setzt sich auf meine Schulter, wobei ihr Gewicht fast gar nicht zu spüren ist. Ich lächle, als sie meine Wange mit einer mütterlichen *Es-wird-alles-gut*-Geste tätschelt.

»Trink deinen Tee«, sagt sie freundlich.

»Die Elfen haben jede Menge Tricks und Magie«, brummt Tru.

Magie. Irgendetwas in mir singt; ich weiß sofort, was ich tun kann, um zu helfen. Ich muss Tru ein Amulett geben, um sie zu beschützen. Um meinen Gedanken noch deutlicher zu unterstreichen, wird das Amulett, an das ich denke, sofort heiß. Ich muss es nicht einmal vom Armband abziehen, denn das Ding springt von selbst ab und fällt in meine Handfläche. »Hier, ein Geschenk.«

Ich schiebe Tru das schwarze Katzen-Amulett mit den Spiegelaugen zu. »Das Amulett möchte bei dir sein. Bitte nimm es als Dankeschön dafür, dass du mir hilfst. Es ist ein Amulett von Gary Chappell, das Magie reflektiert.«

»Danke.« Tru nimmt mir das Amulett behutsam ab. »Du musst mir nichts schenken, damit ich dir helfe.« Sie hält es gegen das Licht des Cafés, um es zu betrachten. Auch wenn ich meine Magie nicht nutzen kann, spüre ich das zufriedene Brummen des Amuletts von der anderen Seite des Tisches.

Die schwarze Steinkatze mag mich nicht. Ich bin mir sicher, dass sie meine Steinmagie nicht mag, aber ich habe das Gefühl, dass sie bei Tru glücklich sein wird, sie beschützen und ihr zweifellos das Leben retten wird. Ich denke, die Katze wird ein gutes Zuhause haben.

Tru wackelt mit der Nase, zuckt mit den Schultern und lässt das Katzen-Amulett in ihre Tasche fallen. »Hast du eine Telefonnummer?«

»Nein. Ich konnte mir noch kein neues Handy zulegen.«

»Hier, nimm das!« Tru gibt mir eine matte Zauber-kugel. Sie hat die Größe einer gewöhnlichen Murmel. »Da du kein Handy hast, wird das zur Not auch reichen. Es ist ein einfacher Kommunikationszauber. Sie leuchtet in einem klaren Licht auf, wenn es Zeit ist, sich auf den Weg zum Austausch zu machen.«

Es ist nicht länger ein Treffen, sondern ein Gefange-nenaustausch. Ich beiße mir auf die Innenseite meiner Lippe.

»Wenn es rot wird, komme ich zu dir. Blau heißt, bleib, wo du bist, ich habe Tilly.«

Ich nicke.

»Wiederhole es für mich.«

»Leuchtet es klar, geh zu den Elfen. Rot, du kommst zu mir. Blau, Tilly ist in Sicherheit. Bleib, wo du bist.«

Sie nickt. »Gut. Ich werde mein Bestes tun, um diese Elfen zu töten und dich und Tilly in Sicherheit zu bringen.«

»Danke.« Ich schiebe die Kommunikationskugel in meine Tasche.

»Ich schätze, du kannst mich immer sonst auch noch von einer Telefonzelle aus anrufen. Ich muss mich beeilen und die Elfen vor dem Morgen aufspüren.« Tru reibt sich das Gesicht.

»Würde irgendetwas, das mal ihnen gehört hat, helfen?«, frage ich. »Für einen Zauberspruch?«

Trus bernsteinfarbene Augen weiten sich. »Ja.«

Während Tru zusieht, winkle ich meine Hüften an und krame wieder in der Tasche. Sie sollte ganz unten sein. Story erhebt sich in die Luft, damit sie einen besseren Blick auf das werfen kann, was ich tue. Die Aufmerksamkeit bringt mich dazu, die Finger und Daumen schneller zu bewegen.

Nach einer kleinen Panikphase – *bitte, bitte sag mir nicht, dass ich es verloren habe* – ziehe ich einen kleinen Plastikbeutel mit Reißverschluss heraus. Darin befinden sich ein paar lange blonde Haare. Ich fühle mich ein wenig wie ein Drogendealer, während ich die Ware über den Tisch zu Tru schiebe. Die kleine Tüte bleibt an dem alten, zerkratzten Namen hängen.

Tru lehnt sich nach vorn und konzentriert sich auf das Tütchen. »Sind das Elfenhaare?«, flüstert sie fast ehrfürchtig.

Ich tippe auf den Tisch neben der Tüte. »Das sind die Haare vom Anführer.«

»Heilige Mutter Natur«, sagt Story und flattert mit ihren Flügeln herum. »Das ist ja unglaublich. Gut gemacht, Pepper!«

»Woher hast du die?« Der Vampir ist zu Recht misstrauisch.

»Der Elf trägt seine Haare offen, und als er mich geschlagen hat, müssen sich ein paar Strähnen im obersten Knopf meiner Tunika verfangen haben.« Ich tippe mir an die Kehle und ziehe einen Kreis mit dem Zeigefinger. »Als ich nach Hause gekommen bin, habe ich sie bemerkt und aus irgendeinem Grund aufbewahrt, anstatt sie wegzuwerfen. Ich habe darauf geachtet, die Haare nicht mit meinem Blut zu verunreinigen, aber es könnten noch Spuren vorhanden sein. Meinst du, die Haare eignen sich noch für einen Ortungszauber? Das heißt, falls du eine begabte Hexe kennst.«

»Ist das mein Geburtstag? Zwei Geschenke und alles, was du bekommen hast, war eine lausige Kommunikationszauberkugel. Wir kennen eine Hexe, die uns helfen wird«, sagt Tru.

»Jodie?«, fragt Story.

»Jodie.« Tru hämmert auf ihr Telefon und ihre

Augen funkeln mit dem Versprechen auf bevorstehende Rache. »Erledigt. Ich kann Jen beim Schutzwall helfen und dann treffen wir uns mit Jodie im Laden, um einen Verfolgungszauber zu sprechen, der es in sich hat. Dreißig Minuten.«

Ein lilafarbener Mantel schlägt gegen die Lehne des freien Stuhls neben mir, was mich aufschrecken lässt, bevor eine riesige Hand hinterherfliegt, um ihn an Ort und Stelle zu halten.

Der Tiger hat mich gefunden.

»Du hast deine neue Jacke vergessen«, knurrt er, während er sich über mir und dem Tisch aufbaut und mich mit seinen dunkelblauen Augen anstarrt.

Verflixte Scheiße! Ich weiß nicht, wie er sich an uns herangeschlichen hat.

Tru zeigt auf ihn. »Du hörst sofort damit auf. Entweder setzt du dich hin oder du gehst weg.« Ihrem unbekümmerten Gesichtsausdruck nach zu urteilen, wusste sie bereits über ihn Bescheid. »Gehört der zu dir?«

Ich nicke erst, dann schüttle ich den Kopf. Ich weiß nicht, was ich sagen soll.

KAPITEL ZWEIUNDZWANZIG

ICH HEBE meinen Blick zu ihm. »Sie haben Tilly«, sage ich in einem seltsamen, quietschenden Flüsterton.

»Ich weiß. Das mit deiner Freundin tut mir leid, kleine Diebin. John hat mich angerufen, bevor du verschwunden bist. Er arbeitet mit dem Gefährten von Tilly zusammen, um sie zu finden.« Corbin lehnt sich so nah an mich heran, dass seine Gesichtsbehaarung an meiner Wange kitzelt. »Glaube ja nicht, dass wir nicht darüber reden werden, dass du dich in Luft aufgelöst hast.«

Seine geflüsterten Worte kitzeln an meinem Ohr und lassen mich erschaudern, woraufhin mein armes, überanstrengtes Herz einen Schlag aussetzt.

Er weicht zurück, aber er ist immer noch viel zu

nah. »Was hast du getan, um die hohen Tiere vom Rat der Kreaturen zu überzeugen, hier mitzumachen?« Corbins Stimme ist anklagend, aber aus irgendeinem Grund glänzen seine Augen zustimmend. Der Tiger ist ein wandelnder Widerspruch. Er schiebt den nagelneuen Mantel über die Lehne meines Stuhls und setzt sich – der Holzstuhl ächzt unter seinem muskulösen Gewicht.

Trus Augen flackern zwischen uns hin und her, als würden wir Tennis spielen, und Story hat dieses seltsame Grinsen im Gesicht. »Die Elfen wollen Pepper morgen um sieben Uhr auf dem Fußballplatz zum Austausch treffen.«

Corbin hebt sein Kinn, um Trus Worte zu bestätigen, aber während er mich weiter anstarrt, pocht ein Muskel in seinem Kiefer.

Ich wackle auf meinem Sitz und fühle mich wie ein ungezogenes Schulmädchen.

»Du hast die Nachricht also erhalten. Das ist *großartig*.« Er lächelt mich an, während seine Augen *Lügen, Lügen, das gibt eine Rüge* schreien. »Ich muss das falsch verstanden und die Uhrzeit verwechselt haben.«

Manno. Ich fühle mich ohne guten Grund schlecht. Ich bin dem Entführungstiger nichts schuldig. Ich schätze, es ist zu spät, den Mädchen meinen Arm voller magieunterdrückender Runen zu zeigen und ihnen zu erzählen, dass er mir ein Nullband verpasst und mich nach Irland verfrachtet hat.

»Tru, Story. Das ist Corbin«, sage ich, anstatt

meinen Kopf auf den Tisch zu schlagen. Ich stelle sie höflich vor, senke den Blick und hebe die Teetasse hoch.

»Corbin, bist du hier, um zu helfen?«, fragt Tru.

»Ja.«

»Gut. Freut mich, dich kennenzulernen. Wie ich gerade sagen wollte, hat Pepper genug elfische Haare für einen Ortungszauber. Wir sollten das Chaos also noch heute Abend in den Griff bekommen.«

»Haare für einen Ortungszauber«, wiederholt Corbin.

Ich schaue ihn an und sehe, dass seine Augen mich nicht verlassen haben und sein Kiefer sich verkrampft.

»Reizend.«

Als ob ich ihm irgendwas sagen würde.

»Wenn ihr uns entschuldigt, wir müssen Jen beim Schließen helfen.« Tru kippt den Rest ihrer heißen Schokolade hinunter, bevor sie und Story mich mit einem wütenden Tiger allein lassen.

Ich beobachte, wie Tru ein Tuch aus dem Personalbereich holt und die umliegenden Tische abwischt. Sie ist schnell, als hätte sie den Job schon eine Million Mal gemacht.

»So, wie du abgehauen bist, hättest du verletzt werden können. Ich habe einen Wolf gerochen; er war in meinem Zimmer und hatte seine schmutzige Nase in meinen Sachen. Wer war es?« Corbin spricht mit zusammengebissenen Zähnen und seine Stimme rumpelt vor kaum unterdrückter Wut.

Ich glaube nicht, dass es schadet, wenn ich ehrlich

bin. »Eurus. Er ist ein Beithíoch.« Ich brauche ihm nicht zu sagen, dass wir geblinkt sind.

»Ein Beithíoch? Also lass mich das mal kurz klarstellen! Du spielst nicht nur mit dem Lieblingseinhorn vom Rat der Kreaturen, sondern schuldest jetzt auch noch einer unbekannten, gefährlichen Kreatur einen Gefallen. Hast du das alles erst in den letzten paar Stunden geschafft, oder hast du das schon seit Wochen geplant?«

»Einhorn? Wer ist das Einhorn?«

Corbin wirft mir einen *Willst-du-mich-verarschen*-Blick zu, schmeißt beide Hände in die Luft und lässt sich auf seinem Stuhl zurücksinken, während er seinen Blick zur Decke richtet.

Ich fühle mich, als wüsste ich rein gar nichts. Ich lächle nervös mit einem überbreiten Grinsen und zucke mit den Schultern.

Er stöhnt und reibt sich das Gesicht. »Also in den letzten paar Stunden.« Er stößt ein seltsames Glucksen aus. »Scheiß auf mein Leben! Ich muss verrückt sein, dich zu mögen.« Der Tiger kratzt sich an den Stoppeln seines Kiefers und lässt seine Hand auf den Tisch fallen.

Er *mag* mich?

»Okay. Tru, die Kleine mit den Regenbogenhaaren, arbeitet für den Rat der Kreaturen. Sie ist eine Halb-Vampirin-halb-Einhorn-Wandlerin.«

»Wow. Tru ist ein Hybrid, und sie lebt? Ein gesunder Hybrid, der für den Rat der Kreaturen arbeitet. Das ist so cool. Jetzt schießt meine Wertschätzung für ihre Stärke direkt durch die Decke.«

Auf der anderen Seite des Raumes hält Tru mit dem Putzen inne und lächelt. Dann erscheint Jen mit einem Teller, der mir die Sicht versperrt. In der Mitte liegt ein riesiger Toastie, aus dem der Käse trieft. Sie stellt den Teller vor mir ab.

»Ich habe nichts beste…«

»Ich habe es für dich bestellt«, brummt der Tiger.

»Oh, okay.« Ich lächle Jen an und bedanke mich. Jen schaut Corbin mit großen Augen an, zwinkert mir zu und huscht dann schnell weg, um weiter zu putzen. Ich habe keine Ahnung, was das zu bedeuten hat.

»Du hast seit Tagen nichts anderes als Ananas gegessen«, sagt er. »Ich konnte deinen Magen von der anderen Seite des Raumes aus knurren hören. Du nimmst ab. Bitte iss das Sandwich! Du bist für niemanden gut, wenn du vor Hunger ohnmächtig wirst.«

»Okay, danke.« Ich hebe das Toastie hoch, das so schwer wie ein Ziegelstein ist, und nehme einen großen Bissen. Heiß und lecker. Ich vertilge das Sandwich in einem Dutzend riesiger Bissen. Während ich mir die Finger abschlecke, schaue ich auf und entdecke Corbins sanftes Lächeln.

Der Tiger beobachtet mich wieder beim Essen.

»Was?«

»Nichts.« Er grinst und reicht mir eine Papierserviette.

Ich muss gegessen haben wie ein Schwein. Ich tupfe

mir den Mund mit der Serviette ab und nehme einen Schluck von dem inzwischen lauwarmen Tee.

Corbin lehnt sich über den Tisch. »Was genau war eigentlich dein Plan? Hm? Dich den Elfen ausliefern, die dich verletzt haben?« Als ich nichts sage, um seine Worte zu widerlegen, lässt der Tiger eines seiner tiefen Knurren los. »Pepper, das ist Selbstmord.«

Ich lehne mich ebenfalls nach vorn und komme ihm über den Tisch entgegen, bis wir uns so nahe sind, dass ich seinen Atem auf meinen Lippen spüren kann. »Denkst du, ich weiß das nicht?«, flüstere ich rau. Es ist mir egal, dass er eine Nase voll von meinem käsigen Atem bekommt. »Aber welche Wahl habe ich denn? Sie haben meine Freundin entführt, und dank dir bin ich von meiner Magie abgeschnitten.« Ich knalle meinen Arm auf den Tisch, um meinen Standpunkt klarzumachen. »Was soll ich deiner Meinung nach tun, Corbin? Ich werde nicht zusehen, wie sie meine Freundin in eine Sklavin verwandeln. Sie verletzen ...« Meine Stimme bricht.

»Du willst also stattdessen die Bettgefährtin vom Lord of Spring sein?«, zischt er.

Ich werfe ihm einen bösen Blick zu. Wie lange hat der hinterhältige, neugierige Tiger schon unser Gespräch belauscht?

»Ich werde dir helfen.« Er stochert mit seinem Zeigefinger auf dem Tisch herum, um seine Worte zu unterstreichen.

»Klar, so wie du mir bei den Runen geholfen hast?

Die Guten sehen nicht einfach nur zu ... nein, sie schauen nicht zu. Sie *helfen*. Die Guten blockieren nicht die Magie anderer Leute und lassen sie schutzlos zurück. Ich habe dir nichts angetan, Corbin. Ich habe niemanden verletzt. Ich habe sogar versucht, dir mit den Wandlern zu helfen, und trotzdem hast du mir das angetan. Ich vertraue dir nicht und ich brauche deine *Hilfe* nicht. Du hast schon genug angerichtet.«

»Ich habe dein Leben gerettet.«

Ich stoße ein ungläubiges *Pfff* aus. »Ach ja? Wann? Wann hast du mir das Leben gerettet?« Wir sind uns so nah, dass ich Gefahr laufe, ihn mit meiner Nase zu stoßen. »Nur zu, ich höre.«

»Ob du es mir glaubst oder nicht, Pepper. Ich habe dir das Leben gerettet. Hättest du es mich einfach erklären lassen, bevor du mit deinem Wolf abgehauen bist, hätten wir dieses Gespräch schon vor Stunden führen können. Es wäre einfacher gewesen und du wärst nicht durch die Stadt gerannt und hättest dich noch mehr in Gefahr gebracht. Bring mich bitte nicht dazu, dich zum Zuhören zu zwingen.«

»Schon wieder diese Drohungen. Das ist alles, was du kannst: drohen und zwingen«, fauche ich. »Ich habe gesagt, dass ich bereit bin, zuzuhören, also spuck's aus! Und ich hoffe, es ist gut.« Ich weiß nicht, woher diese Courage kommt, aber ich genieße es, ihm die Meinung zu sagen und ihn zur Verantwortung zu ziehen. Er weckt ein Feuer in meiner Brust.

Corbin senkt seine Stimme zu einem flehenden

Tonfall, aber es ist sein verletzter Gesichtsausdruck, der mich schließlich den Mund halten lässt. »Du hast Madán Angst gemacht.«

Ich? Ich habe dem Elfenkrieger Angst gemacht? Mit einem ungläubigen Lachen lasse ich mich auf den Stuhl zurückfallen. Er kann sehen, dass ich verdutzt bin. Warum interessiert das den Tiger überhaupt?

»Du verstehst das nicht.« Er streckt die Hand aus und ergreift meine. »Die Magie des Lord of Winter ist fast omnipotent. Der Mann ist eine der mächtigsten Kreaturen in den Reichen, aber du machst ihm eine Scheißangst.« Er wartet einen Moment, um das sacken zu lassen. »Wie kannst du nicht sehen, dass das ein großes Problem ist? Ich habe seine Angst gerochen, als er von dir erfahren hat.«

»Aber wie? Und warum? Du hast recht. Ich verstehe nicht, wie jemand, der so viel Macht hat, Angst vor mir haben kann.« Ich schaue an mir hinunter, gekleidet in einen Hoodie und mehrere Schichten, damit ich nicht friere. Eine lose Haarsträhne kitzelt mich an der Wange. »Ohne Almosen kann ich mich nicht einmal warm halten.«

Ich schnippe gegen den Ärmel des neuen, hübschen lila Mantels. Ich werde nicht einmal darüber nachdenken, dass der Tiger losgezogen ist und mir eine Jacke in meiner Lieblingsfarbe gekauft hat. Wenn ich das täte, würde mir die Verwirrung den Kopf verdrehen.

Immer noch meine Hand haltend, lehnt sich Corbin über den Tisch, streicht die Haarsträhne hinter eins meiner spitzen Ohren und reibt mit seinem Daumen über meine Wange.

»Dir einen Mantel zu kaufen, sind keine Almosen. Ich wollte es. Ich mag es nicht, wenn du frierst. So wie ich dich nicht verletzt sehen will. Dass ich dir die Runen aufgesetzt habe, hat einem sehr mächtigen Mann geholfen, Luft zu holen. Ich habe Madán ermutigt, dich persönlich kennenzulernen, damit er mit eigenen Augen sehen kann, was für eine Person du bist und dass du keine Bedrohung für ihn darstellst.«

Er atmet einmal tief ein und fährt dann fort. »Pepper, es gibt immer nur einen Reaper. Nicht Hunderte von ihnen, die alle zur Reaper-Schule gehen, um zu lernen, wie ihre Magie funktioniert. Du bist dieser Reaper. Du bist vom Tod berührt. Die Auserwählte des Todes. Einzigartig. Besonders. Madán hat Angst, weil es noch nie einen Fae-Reaper gegeben hat und er nicht weiß, was du tun wirst. Wenn du dich an deinem Clan rächen willst, an Faerie ...«

»Ich will keine Rache«, stammle ich, lasse seine Hand los und schiebe mich vom Tisch weg und drücke mich in die Lehne des Stuhls. »Warum hat er mich nicht einfach gefragt? Die Antwort wäre nein. Ich will niemanden verletzen.«

»Ich weiß. Ich weiß. Ich habe fünf Minuten mit dir verbracht und wusste das. Mir ist es lieber, dass du mich hasst, als dass du für etwas getötet wirst, das du nicht beeinflussen kannst.«

»Du hast also meine Magie zu meinem eigenen

Besten blockiert, weil ich den Lord of Winter mit meinen abgefahrenen Reaper-Kräften erschrecke. Kräfte, von denen ich keine Ahnung habe, wie ich sie kontrollieren kann und von denen ich nicht einmal wusste, dass sie existieren, bis er es mir vor ein paar Stunden erzählt hat. Und jetzt willst du mir sagen, dass er mich töten will, weil ich ihm Angst mache. Er will mich tot sehen.«

Fabelhaft.

Ich ziehe meine Unterlippe zwischen die Zähne. Das ergibt irgendwie einen Sinn. Der Tiger ist so verwirrend; was kümmert es ihn, wenn Madán mich tötet? »Warum interessiert dich das?«

»Diese Frage habe ich mir heute mindestens hundertmal gestellt und bin zu dem Schluss gekommen, dass ich dich *mag*.«

»Du magst mich?«

Corbin lässt sein Kinn sinken und schenkt mir ein wunderschönes Lächeln, das sein Gesicht vollkommen verändert und mir den Atem raubt.

Oh-oh.

»Ich mag dich, trotz des verrückten Ballasts, dass du der Reaper bist. Ich bin bereit, Fae Lords zu überlisten und dem Tod in den Arsch zu treten, damit ich dich kennenlernen kann.«

Er mag mich. Er muss Witze machen.

Ich weiß nicht, was ich sagen soll. Ich bin nicht erfahren genug, um damit umzugehen. Ich puste meine Wangen mit einem zittrigen Atemzug auf. Der Tiger wirkt aufrichtig. Oder?

»Ich, ähm ... mag dich auch.« Mein Gesicht erhitzt sich. »Ich weiß nicht, warum. Vielleicht ist es auch nur dein Gesicht.« Ich winke mit einer flatternden Hand, um ihn zu umgarnen. »Diese Gefühle werden wahrscheinlich wieder verschwinden, und ich muss hinzufügen, dass sie gegen meinen gesunden Menschenverstand verstoßen. Weißt du was? Es ist so viel passiert, mit dem Nullband, der Entführung und den Runen, ach und dem Stalking ... Können wir uns später darüber unterhalten? Bitte?«

Der Tiger lächelt weiter.

»Okay. Aber jetzt musst du mich meine Freundin retten lassen.«

»Pepper.« Er nimmt meine Hände. Sie sehen so klein und grün aus in seinem massiven Griff. »Du hast ein Team von ausgebildeten Fachleuten, die deine Freundin retten wollen. Qualifizierte Leute werden den Job erledigen, wenn du ihnen aus dem Weg gehst. Wenn du dich einmischst, wird wahrscheinlich irgendjemand – Tilly oder vielleicht du selbst – getötet.« Wieder macht er diese seltsame Pause und lässt die Worte zwischen uns wirken.

Tief drinnen weiß ich, dass er recht hat, aber wie kann ich zu Hause warten, während alle in Gefahr sind? Sollte ich nicht helfen, mein eigenes Chaos aufzuräumen? Aber warum sollte ich die Gewohnheit eines ganzen Lebens ändern? Warten ist das, was ich am besten kann. Es ist ja nicht so, dass ich eine ganze Reihe von Kreaturen habe, die mir die Tür einrennen, um lustige Dinge zu tun, wie Sklavenhändler-Elfen zu jagen.

Ich runzle die Stirn. Ja, er hat recht. »Okay.«

»Ich werde mein Bestes tun, um Tilly zu retten, aber ich kann meinen Job nur machen, wenn du versprichst, *sicher* zu Hause zu bleiben.«

Sicher.

»Okay.« Ich rutsche auf dem Sitz nach vorn und streichle sanft seine Hand. »Wenn wir also davon sprechen, dass ich sicher bin, wann kann ich dann meine Magie wiederhaben?« Der Tiger senkt seinen Blick auf den Tisch und atmet tief ein.

Oh, das ist nicht gut.

»Damit du nicht ausflippst, habe ich dir vorhin gewissermaßen einen falschen Eindruck vermittelt, als ich gesagt habe, dass ich die Runen abnehmen kann.«

Ich schüttle langsam den Kopf. »Du hast gelogen«, flüstere ich. *Mir ist schlecht.* Ich reiße meine Hände aus seinem Griff.

Er reibt sich die Augenbraue. »Madán hat die Umkehrzauber, und sobald wir mit den anderen Elfen fertig sind, werde ich mit ihm sprechen. Ich gebe dir mein Wort. Es ist vielleicht das Beste, wenn du ihm Zeit gibst, zu realisieren, dass du keine Bedrohung bist. Ich habe ihm nicht einmal gesagt, dass du Irland ohne mich verlassen hast.«

Und so werden Schurken und Rebellen geboren. Wenn die Mächtigen Angst bekommen und ihrer Fantasie freien Lauf lassen, handeln sie nicht mehr mit gesundem Menschenverstand. Sie bestrafen die Leute, die es nicht verdient haben und die nicht ihre Feinde sind. Doch sie machen sie zu ihren Feinden. Auf diese Weise schaffen sie ihren eigenen Untergang.

Meine Hände gleiten auf meinen Schoß und ruhen auf dem Klumpen der Ledertasche, der Tasche mit dem Runenbuch. Hoffentlich kann ich mich retten und muss nicht auf die Gnade eines übervorsichtigen Tigers und eines verängstigten Elfen warten.

Kapitel Dreiundzwanzig

Wir bieten unsere Hilfe an, aber sie winken uns ab, während sie um uns herum aufräumen. Es dauert nicht lange, dann wischt Tru den Boden und moppt dabei fast über Corbins Füße, während sie ihn anstarrt.

»Okay, ihr zwei, raus mit euch! Wartet auf der Straße und gebt mir dann einen Moment, um das hier zu beenden, abzuschließen und den Schutzwall zu aktivieren.«

»Ich werde Pepper nach Hause begleiten.«

»Nein, das wirst du nicht. Ich brauche sie für etwa zehn Minuten. Jodie, die Hexe, die den Ortungszauber durchführt, muss sicherstellen, dass die Probe nicht mit Peppers Blut verunreinigt ist. Höchstens zehn Minuten. Dann kannst du sie zu Hause absetzen.«

Corbin brummt.

Wir warten draußen. Corbin zieht mir den Reißverschluss der neuen Jacke bis zum Kinn hoch und hält meine Hand fest, als ob ich gleich losrennen würde. Wenn ich nicht so besorgt um Tilly wäre, würde ich das auch tun. Es dauert nicht lange, bis Jens Freund kommt und sie abholt. Tru schließt die Tür ab und wirft, ohne einen Zauberspruch zu sprechen, ein Fläschchen gegen die Wand. Das Glas zerbricht, als der Zauber sich entzündet, und der teure Schutzwall springt an seinen Platz.

Story huscht zwischen uns hin und her, während wir alle um die Ecke zu TINKTUREN UND TONIKA laufen. Ah, das muss Jodies Laden sein. Ich bin aufgeregt, endlich einen Blick hineinwerfen zu können. Der Laden ist für den Abend geschlossen, die Lichter sind aus und die Tür ist verschlossen. Tru klopft kräftig auf das Holz und von drinnen höre ich herannahende Schritte.

»Eine Sekunde«, ertönt eine gedämpfte Stimme.

Das Schloss klickt und dreht sich, und etwas, das sich wie zwei Riegel anhört, einer oben und einer unten, gleitet zur Seite.

Als die Ladentür aufschwingt, erfüllt ein betörender Duft die Luft – der Geruch von getrockneten Kräutern, alten Büchern und mystischen Tränken. Ich spüre die Magie. Sie beißt sich in meine Haut, aber sie ist bei Weitem nicht so stark wie sonst, wenn ich vorbeigehe.

Die blöden Runen. Es fühlt sich so an, wie ich mir eine menschliche Erkältung vorstellen würde. Eine magische Erkältung, bei der alles verstopft und gedämpft ist. Dennoch scheinen die Wände vom Echo unzähliger

Zaubersprüche und gebrauter Tränke zu summen. Ich lasse Corbins Hand los und reibe über die Gänsehaut auf meinen Armen.

»Tru, Story! Kommt rein, kommt rein! Corbin, es ist schön, dich zu sehen.« Die hübsche dunkelhaarige Hexe strahlt ihn an.

In mir brodelt die Eifersucht, aber ich lächle höflich. Corbin schaut zu mir herunter und grinst. Ich verziehe das Gesicht vor ihm. Eifersucht hat einen Duft, das ist doch einfach nur großartig.

»Oh, und wer ist das?« Jodie lächelt wieder – dasselbe Lächeln, mit dem sie den Tiger angesprochen hat – und jetzt fühle ich mich wie eine Vollidiotin.

»Hi, Jodie, ich bin Pepper. Es ist schön, dich kennenzulernen. Vielen Dank, dass du uns so spät noch hilfst.«

»Kein Problem. Tilly ist meine Freundin und ich freue mich auch, dich kennenzulernen. Kommt rein! Bitte kommt rein!«

Wir schlurfen alle in den Laden, und Corbin schließt die Tür hinter uns. Der alte Holzboden knarrt unter meinen Füßen. Die Hauptbeleuchtung des Ladens ist ausgeschaltet, aber über unseren Köpfen wackeln kugelförmige Hexenlichter – zusammen mit dem mittlerweile feinen Nebel der Seelen – und erleuchten unseren Weg.

Jodies Laden ist vollgepackt mit magischen Gegenständen. Die Regale an den Wänden scheinen endlos zu sein und sind schwer beladen mit Gläsern voller exotischer Zutaten, Zaubertränken und Zauberbüchern –

jeder Gegenstand flüstert Geschichten über sein magisches Potenzial.

Manche Regale sind so hoch aufgetürmt, dass ich glaube, ich würde eine Lawine auslösen, wenn ich auch nur versuche, etwas zu greifen, während in anderen schicke Vitrinen stehen, in denen nur ein einziger Gegenstand ausgestellt ist.

Wo sollte man denn hier bloß anfangen? Der Versuch, hier drin etwas zu finden, würde mir Kopfschmerzen bereiten, und ein Anflug von Angst zwingt mich, wegzusehen.

In einer Ecke führt eine offene Tür in einen gemütlichen grünen Raum, in dem ein Kessel sanft auf dem Herd blubbert und eine Reihe bunter Kerzen auf einem langen Holztisch flackern – jede von ihnen mit einem eigenen Zauber belegt. Die Flammen scheinen auf die Magie zu reagieren, die in der Luft liegt.

»Ist alles okay mit dir? Wenn du dein pelziges Problem loswerden willst, könnte ich ihn wahrscheinlich ausschalten.« Tru grinst mich an, während Story mit den Augen rollt.

»Jodie wird einen Trank haben, um ihn auszuschalten. Das kriegen wir schon hin«, sagt Story. »Er wird umfallen wie ein Baum.«

Tru macht ein Geräusch wie ein fallender Baum und die passende Geste mit dem Arm und endet mit einem Knall und einem Wackeln ihrer Finger. Beide grinsen. Ich starre sie an, ein bisschen erschrocken, denn sie sind nicht einmal leise. Der Tiger hat alles gehört und grinst mich von der anderen Seite des Ganges an. Tru zeigt ihm zwei Daumen hoch. Und dann erwartet er von mir, dass ich glaube, dass sie zusammenarbeiten können?

»Ich habe alles für den Ortungszauber vorbereitet. Tru, hast du gesagt, dass du Haare hast?«, fragt Jodie diplomatisch und lenkt das Gespräch in eine andere Richtung.

»Ja, aber die Haare könnten Spuren von Peppers Blut enthalten. Deshalb ist sie hier, falls du etwas tun musst, um sie auszuschließen.« Tru übergibt die Tüte mit den Haaren.

»Okay. Dann lass uns mal nachsehen!« Jodies langer Rock schwingt mit ihren Hüften, als sie auf die andere Seite der Ladentheke geht, und mit einer Handbewegung senkt sich eine Kugel, um ihr mehr Licht zu spenden.

Dann setzt Jodie eine dicke Brille auf und zieht dünne, latexartige Handschuhe an, als würde sie ein wissenschaftliches Experiment durchführen. Sie öffnet den Beutel und zupft mit einer Pinzette vorsichtig die Haare heraus.

»Ich sehe das Blut, aber es hat die Probe nicht beeinträchtigt. Ich habe einen klärenden Trank, der die Haare wieder in Ordnung bringt.« Sie blickt mich über die Brille hinweg an. »Gut gemacht, Pepper! Es war eine gute Idee, die Haare in einen luftdicht verschlossenen Beutel zu stecken. Ich kann mit Freude sagen, dass es perfekt für unseren Ortungszauber sein wird.« Sie legt die Haare vorsichtig in einen Becher und fügt eine Lösung hinzu. »So. Es braucht nur fünf Minuten.«

Stirnrunzelnd nimmt Jodie ihre Brille ab, legt sie auf ihren Schreibtisch und wirft die Handschuhe weg. Sie schaut wieder zu mir. »Pepper, kann ich dich kurz sprechen?« Sie winkt mich heran und ich schlurfe zu ihr.

Mit sanfter, fürsorglicher Stimme fragt Jodie: »Geht es dir gut?« Ich nicke. Sie tätschelt meinen Arm. »Es tut mir so leid, dass diese Kreatur dich verletzt hat. Tru und Corbin werden das Chaos beseitigen und verhindern, dass diese gefährlichen Elfen noch mehr Leute verletzen. Wenn jemand unsere Tilly zurückholen kann, dann sind sie es. Mach dir keine Sorgen. Was ich sagen wollte: Ein Trauma trifft uns alle unterschiedlich. Wenn du mal jemanden zum Reden brauchst, bist du hier jederzeit willkommen. Ich bin Krankenschwester und habe eine Ausbildung in psychischer Gesundheit. Ich bin eine gute Zuhörerin und«, sie lächelt strahlend, »ich mache wunderbaren Tee.«

»Danke. Das ist sehr nett.«

»Das Amulett an deinem Handgelenk. Du solltest es heute Nacht benutzen, um etwas Schlaf zu bekommen.«

»Oh.« Mein Amulett-Armband ist unter unzähligen Schichten versteckt, aber nicht vor dieser mächtigen Hexe. »Wäre es möglich, dass du mir zeigst, welches Amulett das ist? Ich habe sie erst seit ein paar Tagen und ich weiß nicht, was sie können. Jedenfalls nicht alle, und da sie an meinem Handgelenk sind, wäre es praktisch, das zu wissen.«

»Ja, sehr gern.« Jodie wackelt mit den Fingern und vertrauensvoll krame ich das Armband heraus, streife es über mein Handgelenk und lege es in ihre wartende Handfläche. Sie schnappt nach Luft. »Es ist selten, dass ich solch meisterliche Handwerkskunst zu sehen bekomme.« Mit einem begeisterten Grinsen schaut sie auf. »Die Amulette singen mir ihre Magie vor, also kann ich dir sogar die Beschwörungsformeln aufschreiben, wenn du willst.«

»Ja, bitte. Das wäre sehr hilfreich.«

»Kein Problem. Aber bei diesen Amuletten kommt es weniger darauf an, was du sagst, sondern mehr auf deine Absicht. Du hast Tru eins gegeben?«, fragt sie mit einem kleinen Stirnrunzeln. Ich nicke. »Ich kann es in ihrer Tasche spüren, ein Amulett mit magischer Reflexion. Das war *sehr* großzügig von dir.«

»Ich hatte das Gefühl, dass das Amulett ihr das Leben retten würde, und es mag merkwürdig klingen, aber das Amulett mag mich nicht.«

»Das klingt ganz und gar nicht merkwürdig. Magie kann ein Eigenleben entwickeln.«

Ich lächle dankbar. »Es passt nicht zu meiner Steinmagie, und das Amulett schien mir nicht zu trauen, dass ich es nicht wieder auflöse. Ergibt das einen Sinn?«

»Ja, das tut es. Du hast etwas Gutes getan, und so wie das Mädchen Ärger anzieht, denke ich, dass du recht hast, wenn du sagst, dass das Amulett ihr Leben retten wird.« Jodie schaut sich das erste Amulett an. »Der Fisch ist hochgradig illegal. Er soll das Gedächtnis verwirren, also würde ich ihn an deiner Stelle gar nicht benutzen. Schnecke, das ist ein gutes Amulett; es ist für die

Kommunikation. Du kannst mit Tieren sprechen, Menschen in anderen Sprachen verstehen und von Geist zu Geist sprechen. Der Regenschirm ist für mächtige Schutzwälle und ein schwer zu verwendendes Amulett. Ah, da ist es ja. Das Amulett für den Schlaf ist das Kopfkissen. Das wird dir helfen, den Kopf freizubekommen und dir einen albtraumfreien Schlaf zu verschaffen, ohne dass deine Sicherheit darunter leidet, und du wirst ganz natürlich aufwachen, ohne groggy zu sein. Die Brille«, Jodie senkt ihre Stimme und schaut sich kurz um; Corbin unterhält sich mit Tru und Story auf der anderen Seite des Ladens, »hilft dir, versteckte Zaubersprüche und magische Texte wie Beschwörungsformeln auf Runen zu sehen.« Sie schaut auf meinen Oberkörper, wo der Lederbeutel mit dem Runenbuch sitzt.

Ich verstehe, was sie sagen will. Ich grinse. Mit dem Amulett für die Brille kann ich vielleicht einige der Runen auf meinem Arm entfernen, wenn auch nicht alle.

Als Jodie sicher ist, dass ich verstanden habe, was sie meint, fährt sie fort: »Das Seepferdchen hilft dir, unter Wasser zu atmen, und die Fliege ist ein Fliege-an-der-Wand-Amulett. Du kannst sie schicken, um Mäuschen zu spielen und Gespräche mitzuhören. Ha, vielleicht hätte es dann lieber eine Maus sein sollen, was?«, sagt sie lachend, bevor sie fortfährt. »Aber du musst nah dran sein, sonst bekommst du sie vielleicht nicht zurück. Immerhin sind das lästige kleine Viecher. Die Karotte – die übrigens sehr viel Spaß macht – hilft dir, in völliger

Dunkelheit zu sehen. Der Blitz, sei vorsichtig mit ihm. Er ist zwar nicht illegal, aber wenn ein Jäger ihn sieht, wird er konfisziert. Das Amulett gibt dir einen Schub an Konzentration und Energie. Er verbrennt Kalorien und natürliche Energiereserven auf unvorstellbare Weise und sollte nur als letzter Ausweg benutzt werden, denn wenn du ihn benutzt, schläfst du eine Woche lang und wirst dich fühlen, als hättest du eine menschliche Grippe.«

Kreaturen können krank werden, wie Tilly mit ihrer Erkältung, aber bei Dryaden liegt es in ihrer Natur, dass sie von Umwelteinflüssen beeinflusst werden. Ich hatte noch nie eine Erkältung. Trolle sind eine robuste, gesunde Rasse, daher klingen die Nebenwirkungen der menschlichen Grippe schrecklich und sind nichts, womit ich mich herumschlagen möchte.

»Und zu guter Letzt. Die Feder – so leicht wie eine Feder. Ich muss dir leider sagen, dass sie dich nicht fliegen lässt, aber sie kann dich schweben lassen oder jemanden, der schwer ist, leicht genug machen, damit man ihn bewegen kann. Die Schwebekraft ist perfekt, wenn ein gewandelter Freund, der aber so groß wie ein Pony ist, Hilfe braucht. Was für eine wunderbare Sammlung! Danke, dass ich sie mir ansehen durfte. Ich bin ganz schön neidisch.« Ihre Augen funkeln vor Freude und tief sitzender Freundlichkeit. »Ich würde keines davon mehr verschenken oder verkaufen und sie alle außer Sichtweite aufbewahren. Du hast genug unbezahlbare Magie an deinem Handgelenk, um ein attraktives Ziel zu sein.«

Sie gibt mir das Armband zurück. Ich bin etwas überwältigt. Ich hätte nicht gedacht, dass die Amulette so viel bewirken. Wirklich unbezahlbar. »Vielen Dank für deine Hilfe.«

Jodie schnappt sich einen Stift und ein paar Haftnotizen mit ihrem Logo. »Lass mich die Beschwörungsformeln aufschreiben. Sie sind einfach und geben dir eine Vorstellung davon, wie du sie anwenden kannst. Aber wie ich schon sagte, du wirst das gut hinbekommen, denn es geht nur um die Absicht. Jetzt, wo du weißt, was die einzelnen Sachen bewirken, solltest du keine Probleme mehr haben.« Der Stift fliegt über das Blatt, und innerhalb weniger Minuten habe ich ein Dutzend hilfreicher Notizen. »Oh, gib mir den von der Katze zurück, dann gebe ich ihn Tru.«

»Danke.«

Ein warmer Arm stupst mich in die Seite. »Du hast also alles, was du brauchst?«, fragt der Tiger Jodie.

Jodie wirft einen plötzlich panischen Blick auf ihr vergessenes Glas mit den Haaren und schwenkt den Becher. »Jaja, ich habe alles, um den Zauber zu sprechen. Ich habe den Kessel schon vorbereitet.« Sie kommt mit den Haaren um den Tresen zurück und geht ins Hinterzimmer. »Komm nach hinten, wenn du zuschauen willst, Pepper. Es macht mir nichts aus. Ich genieße die Gesellschaft.«

Da ich Jodie bei der Arbeit zusehen möchte, schaue ich den Tiger mit großen Augen an und werfe ihm einen Welpenblick zu. »Bitte?« Er schüttelt den Kopf, aber er hält mich nicht auf, als ich zu Jodie in das Hinterzimmer husche.

Ich komme an einem großen Lagerraum auf der linken Seite vorbei und seufze fast vor Erleichterung darüber, wie ruhig es hier im Vergleich zum Laden ist. Das ist schön.

Jodie zeigt auf den Tisch. Ich nehme den nächstgelegenen Platz, stütze meine Ellbogen auf die Tischplatte und lege das Kinn in meine Hände. Ich beobachte, wie Jodie ihre Hände gründlich wäscht und mit einem Papiertuch abtrocknet, bevor sie ein weiteres Paar Handschuhe anzieht.

»Hast du schon mal so eine Magie gesehen?«, fragt sie, während sie eine Flasche Hexenwasser aufknackt und ein paar Schlucke in einen anderen Becher schüttet.

»Ja, das habe ich.« Meine Augen sind auf ihre Bewegungen fixiert. Ich will nicht sagen, dass ich jahrelang unsichtbar in der örtlichen Akademie herumgehangen und den jungen Hexen dabei zugesehen habe, wie sie Dinge in die Luft jagen, während ich das Essen verdrückt habe, für das Jodies Familie wahrscheinlich bezahlt hat.

Aber Jodie drängt mich auch nicht weiter. Sie lächelt wieder und benutzt eine saubere Pinzette, um die Haare zu entfernen und sie in das Hexenwasser zu legen. Ihre Bewegungen sind präzise, und es ist ein Vergnügen, ihr bei der Arbeit zuzusehen. Ich kann gut verstehen, warum ihre Zaubertränke so hochgeschätzt werden.

Sie summt vor sich hin, während sie den Kessel überprüft, und mit einem Nicken taucht eine neue Pinzette auf. Sie nimmt die Haare der Elfe und wirft sie in den Kessel. Eine Sekunde lang schwimmen sie an der Oberfläche, und genau in dem Moment, in dem sie sinken, leuchtet der vorbereitete Zaubertrank in einem hellen Violett auf.

»Perfekt«, murmelt sie.

Die beiden Pinzetten und der gebrauchte Becher kommen in eine Salzwasserlösung auf der anderen Seite des Raumes, damit nichts verunreinigt wird.

Jodie nimmt den Kessel vom Herd, wäscht und trocknet sich die Hände und zieht die Handschuhe wieder an.

Eine durchsichtige Glaskugel steht auf dem Tresen; Jodie nimmt sie aus ihrer sterilen Verpackung und lässt die leere Kugel in die Kühlflüssigkeit fallen. Dann hält sie ihre behandschuhten Hände über den Topf und fängt an zu rezitieren.

Der Zauber ist komplex und die Sprache wunderschön. Die Kerzen auf dem Tisch flackern mit der aufsteigenden Kraft, und alle Flammen zeigen in Jodies Richtung. Das Violett im Kessel verblasst nach ein paar Augenblicken und dann verschwindet die gesamte Flüssigkeit darin.

Ich lehne mich über den Tisch und schaue hinein. Die klare Glaskugel ist jetzt lila und ruht auf dem leeren Boden des Kessels. Sie leuchtet genau wie die Flüssigkeit. Jodie taucht ihre Hand hinein und holt sie selbstbewusst wieder heraus. Sie hält die Kugel gegen das Licht. »So. Perfekt. Tru?«

Tru kommt herein und schenkt mir ein Lächeln, das ich erwidere, bevor ich anfange zu gähnen. Mein Kiefer knackt und lässt meine Augen tränen. Jodie übergibt Tru die Zauberkugel. »Das ist perfekt, Jodie. Das ist bisher die beste. Damit kann ich ihn problemlos aufspüren und Tilly nach Hause bringen.«

Jodie tätschelt ihre Hand. »Mach du das.«

Ich gähne wieder, und eine warme Hand berührt meinen Arm. »Komm schon, Pepper, lass uns dich sicher nach Hause bringen.«

Ich runzle die Stirn.

»Hör zu, du bist nicht die Einzige, die sich den Elfen nicht entgegenstellt. Story kommt auch nicht mit.«

Am liebsten würde ich ihm sagen, dass er unrecht hat und ich nicht schlafen muss, aber ich kann nicht aufhören zu gähnen. Ich bin so müde, dass ich mich besonders kalt und schlapp fühle, was nicht gut ist. »Danke, dass ich dir bei der Arbeit zusehen durfte, Jodie.«

»War mir ein Vergnügen.«

Corbin lenkt mich aus dem Raum, durch den Laden und zur Tür, während Tru und Story mir freundlich »Auf Wiedersehen« zurufen.

»Wenn Tilly zu Hause ist, müsst ihr beide zum Tee vorbeikommen!«, ruft Jodie, als wir gerade durch die Tür gehen wollen.

»Das werden wir. Gute Nacht!« Ich hoffe, das werden wir.

Kapitel Vierundzwanzig

Ich kehre nach Hause zurück und stolpere in die stinkende Seitenstraße vom Fish-and-Chips-Laden mit ihren verrotteten Kartoffelkübeln und fauligen Pfützen. Corbin wartet an der Einmündung der Straße. Verletzlich und mit klopfendem Herzen stehe ich fünf Minuten lang wie angewurzelt in der Dunkelheit, während ich mir den Kopf zerbreche, wie ich mit dem Stein kommunizieren kann. Es klappt nicht. *Oh-oh, bin ich ausgesperrt?*

»Alles in Ordnung, Pepper? Warum dauert das so lange?«

Ich winke mit der Hand, damit er weggeht, und natürlich kommt er noch näher. Ich knirsche mit den Zähnen. *Sei nett, sei nicht unhöflich, sei nett!* Das wird zu einem kleinen Mantra, um mein Temperament im Zaum zu halten.

»Pepper, was ist los?«, fragt der verdammte Tiger und kommt noch ein bisschen näher.

»Nur eine Minute. Ohne meine Magie ist es schwer, sich zu verständigen.«

»Oh, daran habe ich nicht gedacht. Es tut mir leid.«

»Jaja«, murre ich.

Der Stein unter meinen Füßen rührt sich, als ob er meine Stimme erkennen würde. Natürlich! Ich habe viel Zeit in seinen Tiefen verbracht, meine Magie in die Wände eingespeist und viel geredet. Mit wem sollte ich denn auch sonst reden?

Ich drehe mich um. »Ich hab's geschafft. Es klappt. Bitte pass auf dich auf! Wir sehen uns morgen.« Ich winke Corbin zu und richte dann alle positiven Absichten, die ich aufbringen kann, auf den Boden. Mit gesenkter Stimme flehe ich. »Ich bin's. Kannst du mich bitte reinlassen?« Ich tippe mit der Spitze meines Stiefels auf den Asphalt, um ihn ein wenig zu ermutigen.

Die Magie ist träge und unwillig, und für einen Moment befürchte ich, dass ich für immer ausgesperrt sein werde. Aber zu viel Kraft, zu viel von mir, ist in diesen Boden geflossen.

Ich werde durchgelassen.

Als ich in mein Zimmer zurückkehre, kann ich meine Füße kaum noch heben. Mein Körper ist so müde, doch mein Magen dreht sich vor Nervosität und Sorge um meine tapferen neuen Freunde und ihre bevorstehende Mission, Tilly zu retten und die Elfen zu verhaften.

Ah, du bist zurück. Leider besteht meine Hungersnot weiter, und dein Unterfangen hat keine schmackhaften Snacks hervorgebracht, um meinen Appetit zu stillen, sagt ein mürrischer Wolf, gefolgt von einem kräftigen Schniefen.

»Tut mir leid, Eurus, ich habe nicht daran gedacht. Wir haben Pizza ...« Was ich sagen wollte, verfliegt, als ich den zerfetzten Pizzakarton und die mit Käse überzogenen Pappstücke auf dem Bett sehe. Oh, supi.

Ich habe die Käsescheibe gegessen.

»Das sehe ich. Es tut mir leid, dass ich nicht daran gedacht habe, dir mehr mitzubringen. Die Elfen haben meine Freundin Tilly entführt, deswegen ist mein Kopf ganz durcheinander.«

Der verweilende Geruch des Tigers haftet an dir. Ist er dir womöglich während deiner Abwesenheit über den Weg gelaufen?

»Ja.«

Aber dieses Mal hat er deine Rückkehr gestattet. Es scheint, als würdest du in deinem Training bemerkenswerte Fortschritte machen. Er nickt und sein zotteliger Kopf signalisiert Zustimmung. *Jedes Männchen profitiert von der unerschütterlichen weiblichen Führung, um sich vor gefährlichen Entwicklungen zu bewahren. Ich gehe auf die Jagd nach einem Snack und werde morgen früh zurückkehren.* Dann verschwindet Eurus.

Ich wette, er geht an einen schönen Ort. Ich hänge

meinen neuen Mantel auf, rümpfe die Nase und räume den mit Käse und Spucke bedeckten Karton vom Bett. Dann ziehe ich mir eine bequeme Jogginghose und ein langärmeliges T-Shirt an. Mit meiner schicken neuen Elfendecke brauche ich zum Schlafen keine weiteren Schichten mehr zu tragen, denn sie wird meine Körpertemperatur traumhaft genau regulieren.

Ich schnappe mir den Lederbeutel, hole die Kommunikationskugel heraus und lege ihn auf das nächstgelegene Regal, damit ich ihn vom Bett aus sehen kann. Tru hat gesagt, es würde auch klingeln. Mit müden Augen zwinge ich mich, noch eine Sache zu tun. Ich hole das Buch der Runen hervor und lege es vorsichtig auf meinen Schoß, während ich mich setze.

Ich drehe und schwenke mein Handgelenk, bis das Amulett in Form einer Brille in meiner Handfläche liegt. Dann flüstere ich die Beschwörungsformel. Ein Kribbeln der Magie saust meinen Arm hinauf und in meinen Schädel, wo es sich hinter meinen Augäpfeln in einem Strudel von Schmerz niederlässt. Ich blinzle schnell, weil sich meine Augen trocken anfühlen, aber als ich wieder auf das Papier schaue, bemerke ich, dass die oberste Rune des Buches zwei saubere, handgeschriebene Beschwörungsformeln enthält – eine, um die Magie zu platzieren, und die andere, um sie zu entfernen.

Das Amulett funktioniert. Ich lächle.

Während ich in dem Buch blättere, lege ich meinen Arm mit der Runenseite nach oben auf mein Bein. Ich gähne. Meine Augen brennen. Ich bin zwei Runen weiter als die Rune, die ich brauche, als mein Gehirn aufholt und ich merke, dass ich die erste Rune übersehen habe. Ich blättere zurück, und da ist sie.

Vorsichtig vergleiche ich die Rune mit meinem Arm, und sie stimmt überein. Sie passt perfekt zu der Markierung in der Beuge meines Ellbogens.

Ich brauche etwas, um die Seite zu fixieren. Mein Blick schweift durch den Raum und fällt auf die Regale. Ich springe auf, löse ein Etikett von einer Dose Ananas, um es als provisorisches Lesezeichen zu benutzen, und setze meine Suche dann mit mehr Elan fort.

Das Überraschungsmoment hat mich wachgerüttelt und mit neuer Entschlossenheit finde ich schließlich drei weitere Runen.

Vier Runen sind gar nicht so schlecht. *Soll ich jetzt versuchen, sie zu benutzen?* Mein Magen dreht sich. Als Corbin mir die Runen verpasst hat, war ich bewusstlos, aber bei der Sklavenrune, die mir die bösen Elfen aufgedrückt haben, war ich hellwach und ich habe zugesehen, wie Madán sie entfernt hat. Wenn ich mich an die geschriebene Beschwörungsformel halte, sollte es nicht so schwer sein. Man muss die Magie dafür lieben, dass sie konsequent ist.

Manche Praktizierende zeichnen mit einem Stift auf die Haut, andere können im Geiste beschwören und die Haut, so wie Madán es getan hat, mit nur einer Fingerspitze nachzeichnen. Ich habe auch schon gehört, dass faule Kreaturen das Papier nass machen und die Runen mit der Tintenseite nach unten auflegen – als wäre es eines dieser unechten Tattoos – und anschließend rezitieren und damit die ganze Sache für zukünftige Zwecke ruinieren. Das sollte niemand tun.

Ich habe sichtbare, saubere Spuren; Corbin muss auch einen Marker benutzt haben, um die Tinte in meine Haut einzuprägen. Aber um es rückgängig zu machen, muss ich nur die Umrisse nachzeichnen und die Umkehrwörter sagen. Ganz einfach.

Es sollte einfach sein. Ich wackle, und das Feldbett ächzt und knarrt, was verdeutlicht, dass das eine schlechte Idee ist.

Das erste Problem besteht darin, dass ich nicht weiß, ob die Runen aufeinander aufgebaut sind, wie bei einem Jenga-Spiel. Ich weiß also nicht, was passiert, wenn ich die falsche Rune zur falschen Zeit entferne. Es könnte sein, dass die Magie auf mich herabstürzt und mein Gehirn frittiert. Jupp, das wäre ein Spaß. Ich starre auf meinen Arm. Ich hoffe, dass das nicht der Fall ist und sie unabhängig voneinander arbeiten. Das würde den meisten Sinn ergeben.

Ich stupse meinen Arm an und schaue dann wieder auf das Buch. Ein tiefer, schulterbewegender Seufzer verlässt meine Lippen. Ich habe schon immer gerne nach Gefühl gehandelt, warum sollte ich jetzt damit aufhören?

Mein Oberschenkel wackelt. Ich bin es gewohnt, mich selbst zu retten, und die endlosen Lektionen, die ich in der Hexen-Akademie beobachtet habe, müssen ja auch für irgendetwas gut gewesen sein. Der logischste Weg, die Runen zu entfernen – ohne sie wahllos zu pflücken –, ist, mit der Rune zu beginnen, die meinem Handgelenk am nächsten ist, und den Arm entlang nach oben zu gehen. Ich blättere mit meinen abgerissenen Ananas-Etiketten durch das Buch und finde die Rune, die meinem Handgelenk am nächsten ist.

Ich könnte mich in einen Frosch verzaubern. Ich reibe mir das müde Gesicht und mache mich an die Arbeit.

Mit der Rune in der Hand spreche ich den Zauber immer wieder in meinem Kopf, bis ich den Rhythmus des Spruchs sicher beherrsche. Ich lege den Finger auf meinen Arm und spreche leise die Worte. Die Sprache ist älter als dieses Reich. Sie tanzt auf meiner Zunge, und mit jedem rollenden Wort zeichne ich die Umrisse der Rune nach und füge der Magie meinen Willen hinzu.

Entfernen, entfernen, entfernen.

Die Haut auf meinem Arm brennt und die Rune verblasst, bis nur noch der Tintenumriss übrig bleibt. »Au!« Mein Atem zittert, als ich ihn ausstoße und mit dem Arm über den Angstschweiß an meinem Haaransatz wische, bevor ich mit den Schultern wackle.

Ich ignoriere das Kribbeln der Magie auf meiner Haut absichtlich und schotte mich von allen magischen Veränderungen, die in mir stattfinden, ab. Ich brauche keine Ablenkungen.

»Wow. Jetzt bin ich definitiv nicht mehr müde.« Mein Herz klopft gegen meine Rippen und ich bin so aufgedreht vor Angst und Adrenalin, dass ich die Promenade hinunter und zurückrennen könnte. Das werde ich aber nicht. Das wäre eigenartig.

Ich atme noch einmal tief durch und schlage die Seite mit der nächsten beschrifteten Rune auf. Ich singe und zeichne nach, zwinge mich, nicht übermütig zu werden, und bleibe im gleichen ruhigen, vorsichtigen Tempo. Das Gleiche mache ich mit der nächsten Rune und der nächsten, bis die letzte der vier verblasst.

Ich habe es geschafft.

Im Geiste lasse ich das Amulett der Brille wieder los, und die verborgene Schrift verschwindet im Nichts. Das hilfreiche Adrenalin wurde längst von meinem Körper absorbiert, und jetzt bin ich nur noch zittrig und erschöpft. Mein Kinn sinkt auf meine Brust und ich sacke für einen Moment zusammen. Dann setze ich mich in Bewegung, lege das Buch zurück in die Schachtel und schiebe alles zurück ins Regal. Morgen früh werde ich das Buch noch einmal durchgehen, falls ich eine Rune übersehen habe.

Als Vorsichtsmaßnahme und inspiriert durch Jodies Arbeit nehme ich eine Flasche und einen Lappen und wische mir eine Salzwassermischung über den Arm, um alle verbliebenen Zauberfragmente und alle Tintenreste zu entfernen. Ich starre auf die schreckliche Sammlung hinunter. *Ich muss noch zehn weitere Runen finden.* Mit einer Packung Reinigungstücher wasche ich mir Gesicht und Hände. Ich fühle mich besser und selbstbewusster – so gut wie seit Tagen nicht mehr.

Die neu freigesetzte Magie lasse ich aber vorerst in Ruhe. Ich habe zu viel Angst, um es zu versuchen, und bin zu müde, um noch mehr Schmerzen zu ertragen. Als ich zurück ins Bett klettere und noch bevor ich meinen mit Socken bekleideten Fuß vom Boden hebe, streift die Steinmagie meine Zehen und die Kraft schießt mein Bein hinauf. Vor Überraschung stoße ich ein lautes Keuchen aus und meine Kehle schmerzt aufgrund des rauen Klangs.

Sie ist wieder da! Die Steinmagie ist wieder da! Ich habe Zugang zu einem Teil meiner Magie, und der Stein möchte mit mir kommunizieren. Vorsichtig öffne ich mich schrittweise für die Steinmagie. Jetzt, wo sie gehört wird, strömt sie durch mich hindurch und verursacht ein kribbelndes Gefühl in meinen Händen und Füßen.

Dann durchflutet sie meinen Geist.

Ohne Schmerzen, glücklich und dankbar, einen so großen Teil von mir selbst zurückzuhaben, kuschle ich mich ins Bett, während die begeisterte kindliche Magie mich mit Informationen bombardiert. Ich lasse sie einfach fließen, ohne mich daran zu stören. Sie kann schreien, so viel sie will.

Als die Magie auf ein Rinnsal reduziert ist, nehme ich das Kissen-Amulett in die Hand, und kurz bevor ich den Zauberspruch flüstere, bitte ich Mutter Natur, alle meine neuen und alten Freunde vor Schaden zu bewahren.

KAPITEL FÜNFUNDZWANZIG

EIN UNGEWOHNTES *PING* lässt mich aus dem Bett springen. Meine Augen huschen wild durch den Raum, während mein Herz wie eine Trommel in meinen Ohren pocht.

Was war das?

Dann sehe ich das sanfte, leuchtende Blau des Kommunikationszaubers. Blau! Was zum Henker bedeutet blau? Schwindelerregende Panik durchströmt meine Sinne und hindert mich daran, klar zu denken. Ich hätte es mir aufschreiben sollen. *Warum habe ich es nicht aufgeschrieben?* Ich bin nicht die Beste darin, mir Dinge zu merken.

»Okay, Pepper, beruhige dich! Was hat Tru gesagt ...?« *Oh-oh.* Inzwischen habe ich geschlafen. Ich reibe mir den Nacken, zupfe an meinen losen Haaren und atme tief ein. *Komm schon, komm schon!* Ich schließe die Augen und erinnere mich, wie ich im Café gegenüber von Tru saß. »Klar bedeutet, dass ich zu den Elfen gehen soll. Rot bedeutet, dass Tru zu mir kommt. Blau bedeutet, ich soll bleiben, wo ich bin, und dass Tilly in Sicherheit ist.«

Mein Blick fällt zurück auf den Zauber. *Blau.* »Tilly ist in Sicherheit.« Ich stütze meinen Kopf in die Hände und drücke meine Handflächen gegen die Augen, um nicht zu weinen. Falls doch ein paar Tränen fließen, werden es diesmal wenigstens glückliche, erleichterte sein – Tilly ist in *Sicherheit.* Ich schniefe. »Sie haben es geschafft. Sie haben es verdammt noch mal geschafft.«

Das Licht, das durch die Glasbausteine an der Decke fällt, zeigt, dass es draußen stockdunkel ist – immer noch mitten in der Nacht.

Ich hoffe, dass alle heil rausgekommen sind und sie die Elfen eingesperrt haben. Ich erschaudere. Die Wahrscheinlichkeit ist größer, dass die Elfen tot sind. Aber ich habe keine Kontrolle über ihre Entscheidungen; was auch immer mit ihnen passiert, ist ihre Sache.

Ich werde diese verdammten Elfen nie wiedersehen müssen.

Natürlich ist die Lage immer noch nicht sicher. Ich habe ein Problem mit einem Krieger-Elfen, dem Lord of Winter. Ich stöhne und lege mich wieder ins Bett, den Blick auf das Licht gerichtet, das durch die Glasbausteine fällt, während ich darauf warte, dass der Tag beginnt.

Nicht zum ersten Mal wünsche ich mir, ich hätte mir ein neues Handy zugelegt, aber mein Bauchgefühl verwirft diese Idee sofort. Technik – das Erste, wonach sie suchen würden, ist leicht zu verfolgen. Aber es wäre schön, mit Corbin sprechen zu können, um zu sehen, ob es ihm gut geht.

Aaah, hast du dich gerade selbst gehört? Der Mann ist ein Hellhound. Er kann magisches Feuer aus seinen Poren schießen. Ihm wird es gut gehen. Es wird ihnen allen gut gehen.

Ich schließe meine Augen und drifte in den Schlaf. Die Erschöpfung macht sich wieder in mir breit. Ein weiteres Ping ertönt und ich öffne ein Auge. Die Kommunikationskugel wechselt von blau zu rot.

Tru kommt zu mir.

Ich setze mich auf, die Bettdecke knittert um meine Taille und ich werfe meine Magie in die Tunnel, um mich mit der Steinmagie zu verbinden. Der Beton auf der Promenade und in der Unterführung brummt fröhlich. Die Promenade ist nass und sauber von der Gischt, der Asphalt ist glatt und kalt und der Verkehr ist bis auf ein paar Taxis auf ein Minimum gesunken.

Ich schalte die Magie auf höchste Alarmstufe, damit sie mich warnt, wenn Tru oder Corbin ankommen, sodass ich sie hereinlassen kann. Ich stehe auf und mache meine Morgenroutine. Ich ziehe mir dunkelgraue Leggings und einen passenden Pullover an. Dann kehre ich in mein Zimmer zurück, trinke etwas Wasser und überprüfe den Schutzwall des Tunnels, indem ich die Augen schließe und mein zweites Gesicht einsetze.

Ich sehe, dass der blaue Schutzwall heil und stabil ist.

Während ich warte, schnappe ich mir das Buch der Runen und überprüfe es noch einmal systematisch. Ich muss feststellen, dass ich keine übersehen habe, also warte ich weiter. Meine Stiefel trommeln ungeduldig einen Rhythmus auf den Boden.

Dann sagt mir der Stein, dass es Bewegung gibt. Nicht draußen. Ich spüre sie ganz nah, fast eine Meile entfernt und in den Tunneln. Wer auch immer sie sind, sie kommen schnell näher.

Irgendetwas sagt mir, dass es nicht Tru oder Corbin sein können. Sie sind beide zu höflich, um durch die Tunnel zu kommen, und warum sollten sie auch? Die einzige Person, die sich hier unten zurechtfinden kann, bin ich, ein Profi mit einer detaillierten Vermessungskarte oder, was noch wahrscheinlicher ist, jemand, der einen Zauber benutzt, um mich aufzuspüren. Es muss ein sehr starker Zauber sein, ein Blutzauber.

Die einzigen Kreaturen mit meinem Blut sind die *Elfen*.

Scheiße!

Wir haben keine Farbe auf der Kommunikationskugel für »Die Elfen kommen; renn wie der Teufel!«. Ich stöhne auf, als meine Erinnerung zu den Warnungen, die ich in der E-Mail erhalten habe, und der handgeschriebenen Nachricht im Café zurückkehrt. Ich frage mich, ob mir jemand gefolgt ist, als ich den Zettel abgeholt habe und beobachtet hat, wie ich mit Tru und Story gesprochen habe.

Es wäre ein Kinderspiel für sie, und ich bin einfach hineingeschlendert, habe mir die Nachricht geschnappt und mich mit einer bekannten Hybridin getroffen, die für den Rat arbeitet. Und das alles vor einem riesigen Fenster. Ich stöhne. *Gut gemacht, Pepper, total clever.* Sie müssen gesehen haben, wie ich die Nachricht überreicht habe.

Ich versuche, mich daran zu erinnern, ob jemand zugeschaut hat, als ich Corbin schöne Augen gemacht habe, als wir zusammen in den Hexenladen gegangen sind und er mich nach Hause begleitet hat.

Waren wir alle zu übermütig?

Ich bin erschöpft. Ich bin mir sicher, dass Corbin wusste, welche Kreaturen in der Nähe waren; er ist ein Hellhound und müsste darauf trainiert sein, einen Verfolger aufzuspüren. Die Elfen sind heimtückisch. Vielleicht sind ein paar von ihnen ihrem Angriff entkommen und auf dem Weg hierher durch die Tunnel, um sich zu rächen.

Der Schutzwall wird sie aufhalten, aber wohin werden sie stattdessen gehen? Hinter *wem* werden sie her sein, wenn sie nicht zu mir kommen können?

Ich nehme das Schirm-Amulett und verstärke den Schutzwall in diesem Tunnel. Wenn Eurus nach Hause blinkt, will ich nicht, dass er in Gefahr gerät und mitten in einem Kampf landet. Bevor ich in die Unterführung renne, fülle ich noch seinen Wassernapf auf. Wenn die mutmaßlich bösen Elfen in meine Richtung kommen, werden sie direkt zu mir stürmen, und die Unterführung ist perfekt. Der Raum ist größer und dunkler, und es gibt mehr Versteckmöglichkeiten.

Nach einem kurzen Blick auf Jodies Notizen sage ich die Beschwörungsformel für das Karotten-Amulett auf, damit ich im Dunkeln sehen kann. Als der Zauber anfängt zu wirken, fühlt sich das Brennen in meinen Augäpfeln so an, als würde ich mit meinen Fingernägeln die Linsen von meinen Augen kratzen und zum Spaß noch ein paar zermahlene Glassplitter dazu mischen.

Jupp, das Amulett zu benutzen, ist so richtig angenehm. Ich frage mich, ob das bei jedem so ist oder ich einfach etwas Besonderes bin. Ha, ich wette, die verdammten Runen versuchen, alle Magie zu blockieren. Das ist der Grund für die extrastarken Schmerzen, die ich bekomme. Schnell blinzelnd benetze ich meine Augen mit Tränen, woraufhin der kratzende Schmerz nachlässt.

Ich lösche die Fae-Laternen, um zu sehen, ob das Amulett funktioniert. Zum ersten Mal kann ich die Unterführung deutlich sehen und rümpfe die Nase über den schrecklichen Anblick. Die Bude ist das reinste Chaos. Die Fae-Laternen lockern die Umgebung auf. Vielleicht werde ich in einen Reinigungstrank und einen neuen Anstrich für die Wände investieren – ein paar Veränderungen vornehmen. Es hat keinen Sinn, so zu tun, als würde ich nicht hier unten wohnen. Nicht mehr.

Die Eindringlinge kommen immer näher; ich folge ihnen mit meiner Magie, als sie in den letzten Tunnel einbiegen, der sie direkt zu mir führen wird – wenn ich ein Loch für sie mache und dem Schutzwall erlaube, sie hereinzulassen.

Jetzt kommt das Jonglieren mit der Magie.

Ich lasse das Karotten-Amulett wirken und versuche gleichzeitig, den Regenschirm zu benutzen. Ich atme erleichtert aus, als beide Amulette gut funktionieren und keine zusätzlichen Schmerzen verursachen – nur die üblichen Kopfschmerzen, die man bekommt, wenn man sich einen Eispickel ins Hirn steckt. Der Schutzwall ist wieder ein leuchtend blauer Raum der Macht in meinem Kopf, und mit einem mentalen Stoß schäle ich ihn weg, um sie hereinzulassen, während meine Steinmagie ein vorsichtiges Loch zwischen den Tunneln schafft. Ich will nicht, dass die Elfen ihre eigenen schaffen.

Dann warte ich.

Kapitel Sechsundzwanzig

Ich sitze in der hinteren Ecke, wo sich der Tiger verkrochen hatte, als ich ihn hier eingesperrt habe. War das erst gestern? Wow! Es fühlt sich an, als wäre es eine Ewigkeit her. Von der Ecke aus hat man den besten Blick auf den Raum, und der Winkel der Wand sorgt für einen natürlichen Schatten. Mein graues Outfit fügt sich gut ein, fast so, als ob ich es geplant hätte. Ich habe mal gelesen, dass sich graue und braune Kleidung am besten zum Schleichen und Verstecken im Dunkeln eignet und man mit schwarzer Kleidung eher auffällt.

Hoffen wir, dass sie menschliche Fackeln und keine Lichtzauber benutzen.

Ich konzentriere mich auf die Stelle an der Wand, wo sie herauskommen werden, und erinnere mich daran, dass ich jederzeit durch die Wand in den anderen Tunnel schlüpfen kann.

Ich kann mich aber nicht wie üblich unsichtbar machen, also habe ich immer noch dieses Gefühl, als würde mir ein Arm fehlen, aber ich habe die Steinmagie, die durch meine Adern fließt.

Ich bin immer noch sauer, dass der Tiger mir in seiner Weisheit, mich vor dem Lord of Winter zu schützen, die Runen aufgedrückt hat. Er hätte mir vertrauen sollen, dass ich mich benehme.

So, wie du dich jetzt gerade benimmst?

Meh, ich habe mein Versprechen nicht gebrochen. Ich bin nirgendwohin gegangen. Ich verteidige mich und mein Zuhause und lasse nicht zu, dass sie noch jemandem wehtun. Tru und Corbin haben mich aufgefordert, dortzubleiben, wo ich bin, und dass sie zu mir kommen werden. Genau das tue ich jetzt.

Ich gebe zu, dass ich keine Kämpfernatur bin, und eine Hälfte von mir schreit obszöne Dinge und dass ich gehen oder mich unter dem Bett verstecken soll. Aber die andere Hälfte von mir will Gerechtigkeit für Tilly, Gerechtigkeit für mich. Nicht, dass ich etwas tun könnte. Ich habe keine Waffen. Aber ich werde mir etwas einfallen lassen, um sie zu beschäftigen, während ich auf das Eintreffen der Kavallerie warte.

Ich kann ihre Schritte spüren.

Ich werfe einen Blick auf das Amulett. Vielleicht … Während ich die Karotte kanalisiere, damit ich sie sehen kann, nehme ich die Feder zwischen meine Finger und hole den Zettel aus der Tasche, die ich um meine Hüfte trage. Diesmal spreche ich den Zauberspruch in meinem Kopf.

Mein ganzer Körper kribbelt und die Kraft der Magie lässt mich mit dem Rücken gegen die blauen Fliesen knallen. Blut rinnt aus meiner Nase und ich drücke mich fest in die Ecke, um mich zu stabilisieren, während meine Füße den Boden verlassen.

Oh, verdammt. Trolle sind nicht zum Fliegen gemacht. Meine Stiefel wackeln, und ich verliere fast die Verbindung zum Amulett. Aber ich bin nicht nur ein Troll. Ich bin auch ein halb verwandelter Reaper.

Ich steige auf wie ein Pepper-Ballon, und als mein Kopf auf die bröckelige Farbe der Decke trifft, zucke ich zusammen, weil sich kleine Farbsplitter in meinen Haaren festsetzen und über meinen Nacken in meinen Pullover rieseln. Ich drehe mich und zwinge meinen Oberkörper, flach zu liegen, während meine Beine baumeln, damit ich, wenn ich die Kontrolle über den Zauber verliere, nicht auf den Boden stürze und aufs Gesicht klatsche. Stattdessen sollte ich auf meinen Füßen oder meinem Hintern landen.

Ein Trollklumpen an der Decke. *Das ist die schlechteste Idee, die ich je hatte,* geht mir durch den Kopf. Das ist etwas, was man vorher oft übt. So etwas macht man nicht aus heiterem Himmel. *Ach, was soll's?!* Mit dem Ärmel des Pullovers stille ich die Blutung meiner Nase. Ich beobachte den fernen Boden – oder zumindest versuche ich es. Während ich geschlafen habe, haben sich die Seelen von einem feinen Nebel in einen dichten Schleier verwandelt. Von hier aus sieht der Boden gar nicht so schlecht aus.

Ein Alarm ertönt aus dem Beton, als sechs Elfen aus dem Labyrinth der Tunneldurchgänge auftauchen. Mein Puls beschleunigt sich und ich wage es nicht, mich zu bewegen. *Sechs.* Oh, verflixt und zugenäht. Ich verdrehe die Augen, als ich sehe, dass jeder Elf einen Lichtzauber hat.

Die Zauber reichen nur bis zu einem bestimmten Punkt, und in der obersten Ecke liegend, bin ich immer noch im Schatten, heilige Mutter Natur sei Dank. Ich hoffe, dass die Schatten weiterhin meine Verbündeten bleiben und dass die Elfen meine Anwesenheit nicht bemerken.

Jetzt komme ich mir dumm vor, weil ich nicht weggelaufen bin, als ich die Chance dazu hatte. *Dumme Pepper.* Ich drücke mich gegen das kalte, bröckelige Pflaster und wage kaum, zu atmen, während ich sie beobachte. Ich kann hören, wie sie sich etwas auf Elbisch zuflüstern, eine melodische Symphonie aus fremden Worten. Ihre Stimmen sind leise, aber die Spannung in der Luft ist spürbar. Sie scheinen entschlossen und von einem Ziel angetrieben, das mir Schauer über den Rücken jagt.

Sie wollen mich.

»Was für ein Drecksloch«, sagt eine rothaarige Elfe mit einer lauten, nervtötenden Stimme. Obwohl ich mit der Sprache vertraut bin, wärmt mich das Amulett, das ihre Worte in eine Sprache, die ich spreche, übersetzt.

Oje. Ich hoffe, mein Gehirn tropft mir nicht aus der Nase. Das sind drei Amulette, die ich jetzt auf einmal benutze. Kann ich mich hier oben halten und gleichzeitig diese ganze Magie anwenden? Tja, ich werde es auf jeden Fall versuchen. Ich habe ja keine große Wahl.

»Willst du das Mädchen wirklich, Vivanti?« Der Elf, der als Nächstes spricht, hat ungewöhnlich kurze, weiße Haare, die ihm bis an den Schädel rasiert sind. Sein Gesicht ist dünn und total kantig. Er bewegt sich wie ein professioneller Killer. Tote Augen. Und er spricht den Elfenanführer mit seinem Vornamen an, als ob sie Freunde sein könnten. »Ist sie das alles wert? Das waren ein Hellhound und die Scharfrichterin vorhin. Der Rest unseres Teams ist tot, und wofür? Für ein einziges Troll-mädchen. Das ist Wahnsinn, und aus finanzieller Sicht ergibt es keinen Sinn.«

»Willst du mich herausfordern?«

»Nein, niemals.«

Der Elfenanführer, Vivanti, stößt einen gereizten Laut aus. »Es geht nicht um das Mädchen. Es geht ums Prinzip. Wenn eine Sklavin entkommt, dann werden sie es alle versuchen. Sie reden bereits darüber.« Er lässt die Schultern hängen und wackelt mit den Fingern. »Sie tuscheln über das grüne Mädchen, das geflohen ist. Eine Meuterei.«

Meine innere Stimme kann sich nicht verkneifen, ein

Ooh-aaarrr-Piratengeräusch zu rufen, als Vivanti sich aufrichtet.

»Jetzt glauben sie, dass sie eine Chance auf Freiheit haben. Und das wollen wir nicht. Was ich will, ist, ein Exempel an ihr zu statuieren. Ich will sie komplett brechen, auf grausame Weise, damit niemand mehr daran denkt, vor mir wegzulaufen. Dass es schlimmer als der Tod ist, wegzulaufen und zurückgebracht zu werden. Das soll eine Lektion fürs Leben sein, Gentleman. Ich will, dass diese grüne Schlampe so kaputt ist, dass niemand mehr denkt, ich sei irgendetwas anderes als ein Monster.«

Er schaut sich kurz um. »Der Ortungszauber sagt, dass sie hier ist. Ich will sie auf den Knien haben.« Er greift sich zwischen die Beine und stößt mit den Hüften zu. »Hey, kleine grüne Maus, ich weiß, dass du mich hören kannst! Wir sind hinter dir her. Du hättest nicht weglaufen sollen. Du hättest deine Prügel einstecken und zum Lord of Spring gehen sollen. Dann hättest du wenigstens noch humpeln können, nachdem er mit dir fertig war.« Er lächelt amüsiert. »Jetzt wirst du dich wie eine Schnecke durch die Gegend schleppen müssen. Ich werde dir mit meiner Faust die Eingeweide rausreißen.« Sein Lachen hallt wider, und die vier anderen Elfen schließen sich ihm an.

Der kurzhaarige Elf gibt keinen Laut von sich. Er starrt in die dunklen Bereiche der Unterführung.

»Teilen wir sie uns also? Ich hatte noch nie einen Troll. Das wird ein Spaß«, sagt der Rotschopf.

Ich schlucke die Galle hinunter und erlaube mir einen Moment, die Augen zu schließen. Das ist ein Albtraum.

»Ist sie nicht mächtig?«, sagt ein anderer.

»Der Wolf hat gesagt, sie hat überall auf ihrem Arm Runen, die ihre Magie blockieren, dank des Lord of Winter. Sie hat zehn Minuten gebraucht, um in ihre Höhle hinein und wieder herauszukommen. Er hat auch gesagt, dass er uns reinlassen würde, und genau das hat er auch getan, und jetzt stehen wir hier. Also tut das, wofür ihr bezahlt werdet – schwärmt aus und findet die Schlampe!«, knurrt Vivanti mit einer wedelnden Handbewegung.

Eurus hat sie reingelassen. Meine Seele schrumpft.

Nein, ich habe sie reingelassen. Ich habe den Schutzwall versetzt, aber der Beithíoch hat ihnen von den Runen erzählt, dass ich keine Magie habe und wo ich wohne. Er muss mich nach Hause geblinkt haben, um mich von Corbin wegzubringen. Deshalb hat er mich getäuscht, dass er die Runen entfernen kann.

Wie könnte er sie auch nicht entfernen können, nachdem er mir erklärt hat, wie man einen Schutzwall mit einem Amulett errichtet, von dem selbst Jodie meinte, dass es schwer zu benutzen sei? Das Entfernen der Runen ist im Vergleich dazu ein Kinderspiel. Wie konnte ich nur so blind sein? Wahrscheinlich war er in der Kiste, um die Amulette zu bewachen, oder er war ein Sklave, ein Gefangener, und er hat mich verkauft, um seine Freiheit zu bekommen.

Ich werde es wahrscheinlich nie erfahren.

Mein Herz leidet, aber darüber hinaus stirbt ein kleines Stück der wachsenden Hoffnung und des Glücks in mir. Kreaturen wie ich haben keine Freunde, und das passiert, wenn man nicht mit der Welt interagiert. Man wird ein leichtes Ziel für Männer wie sie.

»Bist du dir sicher, dass der Wolf das gesagt hat? Ich habe kein einziges Wort aus dem Mund dieser seltsamen Kreatur verstanden«, jammert der Rotschopf.

»Schwärmt aus und findet sie!«, schreit Vivanti.

Ich bleibe in meiner Ecke und bereite mich vor.

Kapitel Siebenundzwanzig

Ich beobachte, wie sich die sechs Elfen verteilen, und gebe mein Bestes, nicht mehr an Eurus' Verrat zu denken, nicht mehr an die abscheulichen Worte darüber, was die Elfen tun werden, wenn sie mich erwischen. Ich brauche dieses kranke Zeug nicht in meinem Kopf. *Ich darf nicht ausflippen,* auch wenn jede Faser meines Wesens schreit, dass ich weglaufen soll.

Wenn ich jetzt die Nerven verliere, könnte ich mich ihnen genauso gut ausliefern und Feierabend machen. Das wird nicht passieren. Ich werde nicht zulassen, dass dieser kranke Elf mir so etwas antut, wie er angedeutet hat. Er ist ein Monster, und wenn ich mit ihm fertig bin, wird er nicht mehr in der Lage sein, mir oder jemand anderem wehzutun. Die Elfen werden sich an Vivanti als den Idioten erinnern, der sich in einen Mutprobenkampf mit einem Troll begeben hat.

Nein, schlimmer. Er hat versucht, den vom Tod auserwählten Reaper zu versklaven.

Reaper. Ich pruste leise. Kein Wunder, dass ich nur halb verwandelt bin. Ich treffe schlechte Entscheidungen. Ich höre zu und lasse mir von den Profis den Kopf tätscheln und mich von ihnen nach Hause ins Bett schicken. Die ganze Zeit über sagen sie mir, dass sie sich um die Bösen kümmern werden, und jetzt sieh sich mal einer an, wie das ausgegangen ist. Die Elfen sind hier unten und jagen mich, ohne dass sie auch nur einen einzigen Kratzer abbekommen haben.

Ich bin so wütend.

Ich bin bereit, dieses unheimliche, seltsame Schicksal als Reaper anzunehmen, wenn ich nur einen Weg finde, die Runen zu beseitigen, die meine Reaper-Magie gefangen halten. Ich werde alles hinnehmen, was das Schicksal mir auferlegt, und glücklich darüber sein, nur um diesen schrecklichen Mann und seine fiesen Elfen-Gefolgsleute aufzuhalten.

Und als ob der Tod meine Gedanken hört oder ich einfach die ganze Zeit die Macht in mir hatte und einen zusätzlichen Schub brauchte, *brennen* die Runen auf meinem Arm.

Ich hänge wie eine Fliege an der Decke, und die abplatzende Farbe kratzt an meinem Gesicht, als ich langsam und schweigend meinen Kopf drehe und auf meinen bedeckten Arm starre.

Der Schmerz wird schlimmer, und ich muss die Zähne zusammenbeißen und die Augen fest zudrücken, um keinen Laut von mir zu geben, während sich etwas, das sich wie Säure anfühlt, in meine Haut frisst. Die ganze Zeit über versuche ich verzweifelt, die Magie der Federn im Kopf zu behalten. Es würde nicht unbedingt sehr hilfreich sein, vor den Elfen auf meinen Arsch zu fallen.

Der Schmerz verschwindet so schnell, wie er gekommen ist. Zurück bleiben eine kribbelnde Haut und eine stärkere Verbindung zu meiner Reaper-Magie, als ich sie in Erinnerung hatte.

Und die Seelen ... Verflixt und zugenäht, sie stürzen sich lautlos auf mich.

Wie eine nicht enden wollende Welle, Hunderte, vielleicht Tausende ... ein Strom ungeduldiger ätherischer Lichter prasselt auf mich ein. Mein Oberkörper zuckt beim Aufprall von so vielen; der dichte Nebel von ihnen drückt mich heftig gegen die Decke. Meine Gelenke knacken, meine Knochen schmerzen und mein Körper zuckt vor unerträglichen Schmerzen, als die Macht der Toten mich überflutet.

Als der Schmerz endlich aufhört und alle Seelen verschwunden sind, verleiht mir das magische Summen, das sie hinterlassen haben, neuen Aufschwung.

Fast wie in einem Traum – einem tranceartigen Zustand – übernimmt etwas anderes die Kontrolle. Das Bedürfnis nach Vergeltung pulsiert in mir. Das stetige Auf und Ab meiner kombinierten Magie erfüllt mich und sorgt dafür, dass ich mich unsichtbar fühle wie Granit. Durch meine Zustimmung, das Schicksal anzunehmen, habe ich ein Feuer entfacht, und ich fühle mich mächtig, stark und *rasend wütend*.

Ich sammle den Reaper-Umhang, um mich mit seiner Unsichtbarkeit zu verhüllen, und lasse allmählich das Amulett der Feder los, um sanft die Wand hinunterzugleiten und auf den Fußballen zu landen.

»Pepper!«

In diesem Moment rufen sie meinen Namen.

»Pepperleinchen, komm raus, komm raus, wo immer du bist! Wir wollen mit dir spielen.«

Oh, ich denke, das werde ich. Du sagst also, es ist Zeit zum Spielen? Mit einer Sache hat Eurus recht: Sie sind in meine Höhle gekommen. Mein Zuhause. Meine Welt. Ich bin ein Teil des Betons unter ihren Füßen. Sie atmen nach meiner Laune, und all den Schmutz und die Steine, die sie umgeben, kontrolliere ich. Ich bin nicht vollkommen naiv, weil ich sie hereingelassen habe.

Ich lächle, als sie sich aufteilen.

Ein Elf hält inne und legt den Kopf leicht schief, als ob er eine Fährte aufgenommen hätte. Er geht auf die Ecke zu und kommt mir für meinen Geschmack etwas zu nahe. Ich muss wohl ein Geräusch gemacht haben, während ich mit der Rückkehr meiner Magie gekämpft habe, oder er riecht das Blut von meinem kürzlichen Nasenbluten.

Lass mich mit dir anfangen. Niemand sonst beobachtet ihn. *Na, das ist doch schon eher was.* Ich rolle meine

Schultern. Ich bin wieder ich selbst, mehr als je zuvor, und ich fühle mich selbstbewusst, als ich aus der Ecke auf ihn zustürme.

Ich habe meine Kräfte noch nie zum Jagen benutzt. Immer habe ich mich versteckt oder beobachtet, nie eine andere Kreatur angegriffen, und ich muss sagen, es ist ein seltsames Gefühl der Starke, sich nicht wie die Beute zu fühlen.

Es ist, als ob es genau so sein sollte.

Ich kippe den Boden, als er seinen nächsten Schritt macht, und mit einem fast lautlosen Ächzen stolpert Elf Nummer eins. Er prallt mit der linken Seite gegen die Wand der Unterführung, die ihn umschlingt und verschluckt.

Sie verschlingt ihn.

Oh, und es gibt keine Chance, dass er auf der anderen Seite wieder herauskommt und ... *keine Chance, dass er atmen kann!* Meine Augen weiten sich vor lauter Panik und ich schiebe eine Blase voller Luft um ihn herum. Puh, das sollte ihn für ein paar Stunden am Leben halten, sonst finde ich morgen wahrscheinlich Teile von ihm in meiner Mülltüte. Ich rümpfe die Nase. Igitt, ich hoffe nicht. Ich will niemanden umbringen.

Niemand bemerkt den ersten fehlenden Elf, denn sie alle sind zu sehr mit der Jagd nach mir beschäftigt. Ich gehe um den Elfenanführer herum und ignoriere ihn vorerst. Wenn möglich, würde ich mir Vivanti gern bis zum Schluss aufheben.

Stattdessen stürze ich mich auf den rothaarigen

Elfen, der gerade meinen orangefarbenen Kegel herumgeschleudert hat, als ob er den olympischen Hammerwurf ausführen würde. Der Kegel prallt mit einer Gipsstaubwolke gegen die gegenüberliegende Wand und plumpst zerbrochen auf die Seite.

Mein Auge zuckt.

Ich folge ihm, als er mein Badezimmer betritt. Er stürmt ohne jeglichen Respekt in den Raum und wagt es tatsächlich, die Personenwaage umzuschmeißen. Ich sehe entsetzt zu, wie sie auseinanderfällt und auf die Fliesen kracht. Ich steige über das Chaos.

Er führt seine Suche nach mir mit den Füßen an und mit einem Brummen dreht er sich und tritt gegen die nächstbeste empfindliche Kabinentür. Er reißt sie aus den Angeln. Splitter von morschem Holz regnen auf den Boden und schlagen gegen das Porzellan. Eine Tür nach der anderen. Als er Tür Nummer vier erreicht, habe ich genug. Als Nächstes wird er die Spiegel zertrümmern.

Als beide Füße auf dem Boden landen, ermutige ich die rosa Bodenfliesen, sich zu teilen und den Rotschopf in den Boden zu saugen. Mit einem Schwung meiner Magie stecke ich ihm ein dünnes, bröckeliges Stück Beton in den Mund und härte es so, dass kein Ton mehr herauskommt. Er kann immer noch atmen.

Ich bin so wütend, aber ich versuche mein Bestes, ihn nicht zu verletzen. Irgendwann wird meine Wut vergehen, und dann werde ich mit allem, was ich jetzt tue, leben müssen.

Ich lasse den Umhang meiner Unsichtbarkeitskraft

fallen, gehe vor ihm in die Hocke, grinse und bewege meine Finger zu einem Winken.

»Jedes Mal, wenn du ein Geräusch machst, lasse ich dich weitere dreißig Zentimeter tiefer in den Boden sinken. Da du Sauerstoff zum Atmen brauchst, ist es vielleicht am besten, wenn du leise bist. Vivanti ist es nicht wert, dass du für ihn stirbst. Jetzt bleib schön brav hier sitzen.« Ich tätschle seinen Kopf und lösche seinen Lichtzauber aus, sodass er in der Dunkelheit gefangen wird.

Ich schlüpfe wieder in meinen unsichtbaren Kapuzenumhang und verlasse die Damentoilette, immer darauf achtend, wo ich meine Füße hinstelle. Meine Aufmerksamkeit richtet sich auf Elf Nummer drei. Der kurzhaarige, gefährliche Elf. Er befindet sich in der Herrentoilette nebenan. Wenigstens tritt dieser Typ nicht einfach alles kaputt. Er ist professioneller als der Rest der Elfen; er schleicht über die pissgelben Fliesen. Sein Lichtzauber ist heller als die anderen und das Eisenmesser in seiner Faust schreit förmlich, dass er weiß, wie man es benutzt.

Er ist ein schweigsamer Typ. Er hat nicht gelacht oder mit den anderen Elfen gejohlt. Dieser Job ist nichts Persönliches für ihn, und wenn die anderen mich in die Finger bekämen, würde er mir zwar nicht helfen, aber er würde auch nicht mitmachen. Er würde weggehen, einen Kaffee trinken und wiederkommen, wenn ich ruhig oder tot bin. Ein bezahlter Profi. Es wäre ein Fehler, ihn wach zu lassen, so wie ich es mit den Elfen Nummer eins und zwei gemacht habe.

Methodisch kontrolliert er alle Kabinen, und während er arbeitet, lockere ich den Beton in der Decke. Ich lasse die Platte auf ihn fallen, als er sich der hinteren Wand nähert. Sie trifft ihn an der Schulter, und der Elf knickt unter ihrem Gewicht zusammen wie nasse Pappe. Er lässt sein Messer fallen, und es schleudert aus seiner Hand. *Das werde ich dann mal an mich nehmen, danke.* Es gibt keinen Grund, es herumliegen zu lassen. Der Boden verschluckt es.

Ich enttarne mich nicht einmal.

Bevor er auch nur stöhnen kann, nehme ich das Kissen-Amulett in die Hand und flüstere den Zauberspruch. Durch die Bitte um einen längeren, tieferen Schlaf muss ich ihn nicht mit noch mehr Beton ausknocken. Gehirne sind matschige, empfindliche Dinger, und ich habe keinerlei Erfahrung damit. Ich will keinen Fehler machen, den ich nicht korrigieren kann. Was ich von dem Amulett verlange, übersteigt ein wenig die Magie des Kissens. Es will nicht als Waffe benutzt werden, aber es tut, worum ich es bitte, und er sinkt zu Boden und schläft fest ein. Gerade noch rechtzeitig, denn der gewaltige Aufprall des Betons bringt die Elfen vier und fünf in Bewegung.

Kapitel Achtundzwanzig

Das ist grossartig. Jetzt muss ich sie nicht mehr jagen. Sie kommen zu mir. Der Schock lässt sie auf den Fliesen erstarren, während die Elfen vier und fünf mit wildem Blick auf die zerknautschte, schlafende Nummer drei und dann auf das Loch in der Decke starren.

»Die Decke ist eingestürzt.«

Oh, was für ein schrecklicher Unfall.

»Das ganze Haus ist eine Todesfalle.«

Da hat er recht. Bewundernswert schnell arbeiten die beiden zusammen, um die Deckenplatte zu bewegen und ihren bewusstlosen Kollegen zur Badezimmertür zu ziehen.

Das kann ich nicht zulassen.

Der Fuß von Elf Nummer fünf sinkt in den Boden ein. Als vier versucht, ihm zu helfen, sinkt er auf die Knie. Da es beim letzten Mal so gut geklappt hat, schießen dünne Betonstreifen aus den Trümmern und verschließen ihre Münder und lassen beide auf die Brust fallen, wobei drei der vier Arme eingeklemmt werden. Nicht schlecht.

Ich bin immer noch getarnt und überprüfe aus einer Laune heraus die Taschen des schlafenden Elfen. Bei den anderen konnte ich das nicht tun, weil sie in Beton eingeschlossen waren. Der Elf hat eine Menge Ausrüstung bei sich versteckt. Ich finde seine Brieftasche – sie enthält Bargeld, aber keinen Ausweis. Ich weiß nicht, was ich erwartet habe. Es ist ja nicht so, dass er bei einer Entführung seinen Reisepass oder Führerschein dabei hätte.

Ich lasse ihn vorsichtig neben seinen Kumpels in den Boden gleiten und verlasse die drei versunkenen Elfen, ohne zu sprechen oder mich zu zeigen.

Die beiden nicht schlafenden Elfen stehen unter Schock, atmen schnell durch die Nasen und sind kurz vor einer Panikattacke. Sie starren immer wieder auf ihren bewusstlosen Kollegen. Vielleicht denken sie, dass es keine Hoffnung mehr für sie gibt, wenn *er* erwischt und in den Boden gesaugt wurde. Ich weiß ganz genau, dass sie schön ruhig bleiben werden. Ich lösche die Lichter und verlasse die Männertoilette.

Der Anführer der Elfen wartet in der Mitte der Unterführung auf seine Männer. Er rückt seine Ärmel

zurecht, tippt mit dem Fuß und sieht gewaltig ungeduldig aus.

Ich tauche kurz in die Dunkelheit ein, atme tief
durch und lasse dann meinen Umhang fallen. Es ist an
der Zeit, dass wir uns ein wenig unterhalten.

»Na, was haben wir denn hier?«, flüstere ich auf
Elbisch. »Einen Haufen ungebetener Ratten.« Ich bin
vielleicht ein Mü angepisst, dass der Elfenanführer mich
eine Maus genannt hat. »Ihr seid von sechs Ratten auf
eine geschrumpft. Für mich sieht es so aus, als wäre der
Rattenkönig ganz allein. Jetzt gibt es nur noch dich und
mich, Rattenjunge.«

Die Fae-Laternen leuchten weiß auf – die Macht des
Reapers hat mich ein wenig dramatisch werden lassen –
und ich stolziere ins Licht. »Was hast du denn gedacht,
was passiert, wenn du in mein Haus kommst und alles
durcheinanderbringst? Hast du gesehen, was eines deiner
Nagetiere in meinem Bad angerichtet hat?« Wütend
zeige ich auf die Damentoiletten.

Vivanti lächelt mich an. Es ist ein gruseliges, breites
Lächeln mit vielen Zähnen. »Da bist du ja, Maus. Wo
warst du so lange?« Er mustert mich von oben bis unten.
»Warum bist du so selbstbewusst? Als ich dich das letzte
Mal gesehen habe, warst du ein blutendes, rotziges Häuf-
chen Elend und hast mich angefleht, dir nicht wehzutun.
Was für einen Unterschied ein paar Tage doch machen
können. Haben dir deine neuen Freunde ein Rückgrat
eingepflanzt? Ich werde es genießen, dir das wieder raus-

zureißen.« Er schaut sich verächtlich in der Unterführung um, als ob der Tiger auftauchen würde. »Sie sind aber nicht hier, um dich zu retten, oder? Sie haben dich mir überlassen.«

Als wir uns das letzte Mal begegnet sind, hat mich dieser Elf verletzt, was mich aus dem Gleichgewicht gebracht hat. Ein winziger Hauch von Zweifeln beschleicht mich und ebnet den Weg für die Angst, die mich überkommt. Eurus hat mich verraten; wer weiß, ob die anderen nicht dasselbe getan haben? Ich kenne sie nicht. Sie sorgen sich um Tilly. Ich bin die Kreatur, die sie eintauschen würden, um sie zurückzubekommen. Mein ganzes *Ich bin ein Reaper, hört mich brüllen*-Getue verschwindet, und ich fühle mich eingeschüchtert und verängstigt.

Was zum Teufel mache ich hier eigentlich?

Der Elf streckt seine Hand mit der Handfläche nach oben aus und lässt sein gruseliges Lächeln nicht fallen. »Komm mit mir! Sofort!«

»Hast du nicht gemerkt, dass dir etwas fehlt? Etwa fünf Gefolgsleute?« Meine Augenbrauen heben sich und ich versuche, meine neu entstandene übermütige Seite hervorzuholen. *Ich kann es schaffen, die Sache zu beenden.* Ich habe die Runen entfernt. Ich bin stark genug, um mit einem fiesen Elfen fertigzuwerden.

»Die sind unwichtig.«

Irgendetwas stimmt nicht mit seinem Kopf. Er hört nicht zu.

»Wo ist Tilly?« Diesmal zittert meine Stimme. *Nein, wag es bloß nicht!* Ich hebe mein Kinn und blicke ihn an. Alles ist gut. Ich bin in Sicherheit und habe meine Magie zur Hand. Sie liegt direkt an meinen Fingerspitzen, bereit, ihn in den Boden zu saugen. Ich bin entschlossen, die Sache jeden Moment zu beenden.

»Oh, der geht es gut. Sie wurde gerettet. Wir haben die Dryade nicht angefasst; sie stinkt nach ihrem Wolf. Wir haben sie nur in ein Zimmer gesperrt und ihr nicht eine Blüte auf dem Kopf gekrümmt. Im Gegensatz zu dir.« Er setzt wieder dieses unheimliche Lächeln auf. »Sie war nur ein Mittel, um an dich heranzukommen.«

Ich zwinge mich, meinen Stand zu halten und nicht zurückzuweichen.

»Es hat mich überrascht, dass mich drei große Tiere und ihr Gefährte aufgespürt haben. Und das auch noch mit einem Ortungszauber. Ich frage mich, wie sie an eine Probe gekommen sind, um mich so genau aufzuspüren. Vielleicht ein bisschen Blut unter deinen Nägeln, ein Haar?« Er nickt, als er die Antwort in meinem Gesicht sieht. »Du warst ein sehr ungezogenes Mädchen. Aber das macht nichts. Wo du hingehst, werden sie dich nicht finden. Und seien wir mal ehrlich – es interessiert sie nicht genug, um zu suchen. Also komm jetzt!«

»Nein«, quieke ich.

Inzwischen stehe ich näher an Vivanti. Ich erinnere mich daran, wie groß er im Vergleich zu mir ist. Er ist über einen Meter fünfundachtzig groß und hat eine kräftige, athletische Statur. Er ist es gewohnt, Kreaturen zu verletzen, und ich bin untrainiert. Ich muss aufhören, zu plaudern, und das hier zu Ende bringen. Mir ist klar, dass ich von diesem Mann keinen zufriedenstellenden Abschluss bekommen werde, und ich werde auch niemals ein Fünkchen Angst in seinen Augen sehen.

»Du hattest Glück, dass du entkommen bist, und du hast es gewagt, meine Tasche zu klauen, als du geflohen bist. Du hast den Beithíoch – eine kürzlich getätigte und teure Anschaffung – befreit. Du hast mich vor meinen Angestellten wie einen Trottel dastehen lassen, und die ganze Zeit über hast du irgendwie das negative Interesse des Lord of Winter auf dich gezogen. Steinmagie und Unsichtbarkeit sind eine interessante Kraftkombination. Schade, dass du deine Kräfte nicht nutzen kannst.« Er lacht. »Maus, du bist eine absolute Niete. Wie kann eine Kreatur so viele Fehler in so kurzer Zeit machen? Ich tue dir einen Gefallen, wenn ich dich von diesem schrecklichen Leben wegbringe.«

Der Elf bewegt sich auf mich zu, und ich erkenne meinen Fehler. Ich hätte ihn fesseln sollen, bevor ich mich gezeigt habe. Ich habe keine Ahnung, was ich hier tue. Er zuckt mit dem Handgelenk und ich bemerke eine hässlich aussehende orangefarbene Zauberkugel in seiner Hand.

Scheiße, Pepper duck dich! Ich springe aus dem Weg, schlage mit einem *Uff* auf dem Boden auf und mein Kinn kratzt am schmutzigen Untergrund. Vor lauter Panik vergesse ich, dass ich Magie habe, als der orangefarbene Zauber mit einem lauten *Knall* aufblitzt und die

Stelle, an der ich stand, in eine Lache aus dunkelorangem Glibber verwandelt, der den Boden auffrisst. Ich strample weg und komme auf die Beine, aber eine Hand packt mich am Arm, und ein Nullband klatscht auf mein Handgelenk.

»Ein Nullband.« *O nein!*

Kapitel Neunundzwanzig

Mir bleiben nur Mikrosekunden, bevor die Magie des Bandes meine Kraft blockiert und mich außer Gefecht setzt. Ich ziehe verzweifelt das Amulett des Regenschirms heran, um meinen Geist zu schützen. Auch wenn das Nullband mir meine Magie nehmen kann, hoffe ich, dass ich mit dem Schutzwall wenigstens verhindern kann, dass ich ohnmächtig werde.

Wenn ich jetzt ohnmächtig werde, bin ich so gut wie tot.

Ich konzentriere mich voll und ganz auf das Amulett, während ich die Magie des Nullbands bekämpfe. Es wäre praktisch, wenn der Bösewicht mich zuerst damit fertigwerden lassen könnte, aber das tut er nicht. Ich drehe mich nach links und weiche seiner Faust aus, aber der nächsten – stimmt, er hat zwei Hände – kann ich nicht ausweichen und auch der darauffolgenden nicht. Seine eleganten Hände verwandeln sich in Waffen, während er mein Gesicht wie einen Sandsack bearbeitet.

Mein linker Wangenknochen pocht, und das Auge darüber schwillt schnell an, während er mich umkreist. Irgendwann reiße ich schließlich die Hände hoch und schütze meinen Kopf. Ich stöhne auf, als der nächste heftige Schlag meinen Ellbogen trifft. Die ganze Zeit über kämpfe ich im Geiste mit der Macht des Bandes, die mir die Magie aus dem Blut und die Lebenskraft aus dem Körper saugt.

»Stopp! Hör auf!«

Er hört nicht auf, sondern sein Fuß schießt hervor. Sein Schienbein tritt mich und erwischt meine Rippen. Der Tritt reißt mir die ganze Luft aus der Lunge, und mein Zwerchfell fühlt sich eingeklemmt an.

Ich kann nicht atmen.

Ich kann nicht denken.

»Das hast du verdient. Ich werde das hier richtig genießen«, sagt Vivanti, als ein weiterer Schlag meinen Arm streift und mein Ohr erwischt.

Ich rolle mich zu einem Ball zusammen.

Oh, wie bin ich auf den Boden gekommen?

Da ist Blut in meinem Mund.

Da meine Arme mein Gesicht bedecken, ist das schreckliche Band auf Augenhöhe. Als ich beim nächsten Tritt zusammenzucke, knirscht ein Knochen in mir. Ich höre auf, meinen Verstand zu schützen, und spucke stattdessen das Blut in meinem Mund auf das Nullband – Blut ist mächtig – und werfe mental alles, was ich habe, darauf: meine kombinierten Kräfte, die seltsame und wunderbare Mischung der singenden Amulette, zusammen mit meinem ganzen Willen und dem absoluten Glauben daran, dass ich dieses verflixte Ding von meinem Handgelenk bekommen werde.

Ich wimmere, als ein weiterer Tritt eine wunde Stelle erwischt.

Ich sehe, wie etwas mit dem Band passiert ... Hunderte von winzigen, niedergeschriebenen Runen, alle in kleinen, sauberen Reihen, blitzen auf. Die zweite Reihe bricht, dann die dritte, und schließlich tauchen seltsame, verfärbte Flecken auf der Oberfläche auf. Das Nullband wird schwarz, zerbröckelt und fällt als Staub zu Boden.

Was zur ...? Wie ist das passiert?

Ich habe es geschafft. Ich habe das Unmögliche geschafft!

Ich habe zu große Schmerzen, um Angst zu haben, und bin wütend genug, um zu kämpfen, also greife ich den Stiefel des Elfen und verdrehe ihn. Er stolpert über mein Bein, und als er zu Boden sinkt, rolle ich auf ihn drauf. Meine Seiten und schwachen Bauchmuskeln brennen, als ich meine Hände nach unten schleudere und ihm wie ein Kind auf dem Spielplatz mit Ohrfeigen die Scheiße aus dem Leib klatsche. Ich greife mir eine Handvoll seiner seidigen blonden Haare, die durch die verschlungenen Zöpfe leichter zu ziehen sind, und stoße mit den Beinen zu, während ich einen gottlosen Schrei ausstoße.

Jetzt lächelt er nicht mehr.

Er dreht mich um, und seine schwere Masse presst mich auf den Boden, während seine Knie meine Beine auseinander zwingen. Der Arm des Elfen holt zu einem weiteren Schlag aus.

Ich zucke zusammen.

Dann segelt ein massiver Stiefel über meine Schulter, und der Elf bekommt einen Tritt ins Gesicht. Obwohl mir alles wehtut, kann ich mir ein Lachen nicht verkneifen. Jetzt ist Vivanti an der Reihe, durch die Luft geschleudert zu werden. Wie in einem Film saust er gut drei Meter weit, bis er mit dem Kopf gegen die Wand knallt und nach unten zum Auszählen rutscht.

Ich drehe mich auf die Seite, huste etwas blutigen Schleim aus und lächle Tru und Corbin aus trüben Augen an. »Hey«, krächze ich.

»Was war das für ein Geschrei und ...?« Tru macht eine Ohrfeigenbewegung in der Luft und mimt das Ziehen an den Haaren nach. »Erinnere mich daran, nicht mit dir zu kämpfen, du verrücktes, unberechenbares Mädchen. Du bist ja völlig durchgeknallt.« Sie zeigt mit dem Finger auf mein Gesicht und ihre Augen funkeln amüsiert.

»Ich weiß nicht, wie man kämpft.«

»Ja, das weiß ich. Das sieht man.« Sie grinst und klatscht erneut ins Leere, während sie mit den Augen rollt. »Himmel, Arsch und Zwirn. Pepper, das war saukomisch.«

»Freut mich, dass ich dich amüsiert habe.«

Corbin hockt sich vor mich und runzelt die Stirn in echter Sorge. Er streichelt meinen Hinterkopf und lässt seine Augen über mein Gesicht gleiten.

»Wir müssen dir ein Selbstverteidigungstraining organisieren. Wirklich, Pepper, das war schrecklich«, fährt Tru fort.

»Danke.« Der Gedanke, kämpfen zu lernen, lässt meinen ganzen Körper erschaudern. Das klingt nach viel zu viel Arbeit. Aber sie hat nicht ganz unrecht. Ich bin es gewohnt, mich mit Magie zu verteidigen, indem ich instinktiv weglaufe und mich verstecke. Ich kann nicht erwarten, dass ich plötzlich vom Flüchtigen zum vollmagischen Rambo werde.

Du hast keins von beidem gemacht, also bist du gleichermaßen scheiße.

Das stimmt. Ich schnaube über meine innere Stimme. *Au, meine Rippen.* Ich hätte in dem anderen Tunnel verschwinden können. Als ich das Band abgenommen habe, hätte ich mich unsichtbar machen können. Ich hätte eine ganze Reihe von Dingen tun können, anstatt nur dazustehen und mich von ihm ins Gesicht schlagen zu lassen.

Jetzt ist mir klar, dass ich keine zwei Dinge gleichzeitig tun kann. Dafür bin ich nicht gemacht. Aber mit etwas Übung bekomme ich das schon hin. Denke ich.

»Tilly?«, frage ich.

»Sie ist sicher zu Hause«, antwortet Corbin.

Meine Schultern sinken vor Erleichterung. »Danke für den Tritt«, flüstere ich. Ich versuche zu lächeln, auch wenn mein Gesicht pocht. »Und danke, dass ihr beide gekommen seid.«

»Gern geschehen. Hier.« Er hält mir einen silbernen Heil-mich-Trank hin. »Ist das in Ordnung?«

Wow, und das grenzt doch wohl schon an ein Wunder: Der Tiger bittet mich um Erlaubnis.

»Ja, bitte.« Er schüttet mir den Trank in den Nacken und ich fühle mich sofort besser, als er anfängt zu wirken und mich zu heilen. »Danke. Das fühlt sich gut an. Sie sind zu sechst.«

Tru stößt einen beeindruckten Pfiff aus.

»Einer von ihnen ist in der Wand gefangen.« Ich wedle mit der Hand in die ungefähre Richtung. »Vier sind im Boden der Toiletten versunken – einer in der Damentoilette, und die anderen drei in der Herren-toilette.«

»Uuuh, ich muss unbedingt sehen, was du mit denen gemacht hast«, freut sich Tru, während sie mit schwungvollem Schritt zur Herrentoilette marschiert. Über ihre Schulter ruft sie zurück: »Sechs Elfen. Ich nehme alles zurück, Pepper. Das hast du echt gut gemacht.« Sie schenkt mir ein verschmitztes Lächeln. »Du hast vielleicht ein paar Coolness-Punkte verloren, aber du warst wirklich klasse, Kleines. Wenn du willst, helfe ich dir persön-lich bei deinem Kampftraining.« Sie verschwindet in der Toilette. Ein neuer Lichtzauber blitzt auf, und ich höre ihr Lachen.

»Sag ihr nicht, dass die Steinmagie die ganze Arbeit gemacht hat; ich will mich noch ein paar Minuten in der Rolle des coolen Mädchens sonnen«, murmle ich aus dem Mundwinkel.

»Ich will nicht, dass du …«

Ich drehe mich wieder zu ihm und Corbin schluckt. Er streckt seine Hand aus und streicht mir die dreckigen Reste der Deckenfarbe aus den Haaren.

Seine Augen sind gequält und traurig. »Mir gefällt der Gedanke nicht, dass du lernen musst, wie man kämpft, aber ich will dich nie wieder mit einem zerschrammten Gesicht und einer aufgeplatzten Lippe auf dem Boden liegen sehen.« Er streichelt mit seinem Daumen über meine verheilte Unterlippe, aber der süße Moment wird zerstört, als seine Augen vor Wut aufblitzen. »Wenn du hier wartest und eventuell wegschaust, werde ich diesen verdammten Elfen umbringen.«

Vivanti hört die Drohung, und im nächsten Atemzug richtet er sich auf und stolpert auf seine Füße. Schwankend zückt er eine weitere dieser Zauberkugeln. Sie leuchtet in einem tödlichen Rot.

Oh, oh. »Corbin, er hat einen fiesen roten Zaubertrank!« Dieser Zauber wird uns alle in die Luft jagen. In der Nähe der Toiletten höre ich Tru ächzen.

»Elf!«, brüllt Corbin.

»Ich werde euch alle töten!« Vivanti holt aus und bereitet sich darauf vor, den Zaubertrank zu werfen.

Der Boden hinter ihm verschiebt sich und ich sehe ein lila Haarbüschel auf einem Kopf und ein riesiges, breites Maul. Gezackte Zähne bedecken den Rachen der Kreatur und den ... *Wurm*. Ich blinzle. Ich würde dieses lila Haarbüschel überall wiedererkennen. Das ist der kleine Wurm, den ich erst vor ein paar Tagen verloren habe.

Er ist gewachsen!

Der Wurm erhebt sich wie eine Schlange, taucht nach unten und verschlingt den Elfen komplett. Seine Schreie werden unterbrochen, dann ertönt ein Knirschen und ein paar Sekunden später ein Knall des Zaubers. Dann ... nichts mehr. Der Wurm rülpst und gibt einen Laut von sich, den ich nur als glückliches Schnurren bezeichnen kann, bevor er im Boden verschwindet und der Beton wieder an seinen Platz zurückrutscht, als ob er nie angerührt worden wäre.

Corbin reißt mich vom Boden hoch und hält mich im Prinzessinnenstil im Arm. Ich weiß nicht, was es bringen wird, mich hochzuheben. Aber ich genieße es, in seinen Armen zu liegen.

»Was um alles in der Welt war das?«, flüstert Tru.

»Ein. Wächter. Wurm«, antworte ich mit einem Hauch von Panik in meiner Stimme. Das klingt irgendwie richtig.

»Gerade eben war da so ein ... ähm ...« Tru schluckt und sieht ein bisschen blass aus. »... Knirschen.« Sie rümpft die Nase und zeigt ins Bad. »Bevor der Wurm den blonden Elfen gefressen hat, hat er, glaube ich, deine anderen Gefangenen gefressen.«

»Oh«, flüstere ich.

»Wird dein Wächterwurm das jetzt die ganze Zeit machen? Leute fressen? Glaubst du, er kommt zum Nachtisch zurück?« Corbin drückt mich schützend an seine Brust und starrt auf den Beton. Ich bin mir sicher, dass er bereit ist, jeden Moment mit mir wegzuspringen. Das ist irgendwie süß. Es sei denn ... es sei denn, er will doch nicht wegspringen, sondern mich als Köder benutzen und dem Wurm zum Fraß vorwerfen, während er wegläuft. Das wäre weniger süß.

Das Schnecken-Amulett zur Kommunikation erwärmt sich an meinem Handgelenk und eine sanfte weibliche Stimme flüstert in meinem Kopf: *Hallöchen. Es tut mir leid, dass ich nicht schnell genug bei dir war. Geht es dir gut?*

Ob es mir gut geht? Meine Augen weiten sich, als ich merke, dass der Wurm mit mir spricht.

Ja, es geht mir gut, flüstere ich im Geiste zurück. *Ich weiß deine Hilfe zu schätzen.* Das ist doch okay, oder? Ich kann ihm doch danken, dass er den Elfen gefressen und uns das Leben gerettet hat, oder? Er war furchtbar, und der Zauber hätte die gesamte Unterführung und somit auch uns vernichtet.

Gern geschehen, und du hast mich zuerst gerettet. Du hast mir ein Zuhause gegeben, weit weg von diesem Idioten. Es war mir ein Vergnügen, ihn zu fressen. Sag dem Einhorn und dem Tiger, dass ich ein Todeswurm bin. Ich muss nur ein paar Mal im Jahr fressen. Aber wenn sie Leichen zu entsorgen haben, würde ich nicht nein sagen. Ich werde mit Freuden alle Beweise vernichten. Die fünf anderen Elfen habe ich schon vertilgt; der in der Wand hat Spaß gemacht. Ich wollte dich nur wissen lassen, dass du als Reaper und meine Freundin nichts vor mir zu befürchten hast.

Okay, dann danke ich dir.

Die Worte des Wurmes verschwinden aus meinem Kopf und das Amulett wird kalt. Ich denke, wir können ein anderes Mal darüber reden, dass er meine Freunde nicht fressen soll.

Ich erzähle Tru von dem Gespräch und sie murmelt: »Eventuell kenne ich ein paar Leute, die sich hervorragend als Wurmfutter eignen würden.«

»Kannst du mich bitte runterlassen?«

Corbin lässt mich sanft herunter, wobei ich seinen aufmerksamen Blick spüre. »Du hast einen beeindruckenden neuen Schutzwall, der die Tunnel umgibt. Wie sind die Elfen hier reingekommen?« Corbin flüstert mir die letzten Worte in meine Haare. Ich versteife mich, kippe mein Kinn und blinzle zu ihm hoch.

Ich mag diesen Mann wirklich, aber ich vertraue nicht darauf, dass er mir Rückendeckung gibt, und ich traue ihm auch nicht mit meinen Geheimnissen. »Oh, na ja, also ...« Ich presse meine Lippen zusammen.

Oh, verdammt. Bitte sieh nicht, dass ich lüge. Mir fehlen ein wenig die Worte. Was soll ich sagen? Ich kann ihm ja schlecht sagen, dass ich sie reingelassen habe.

Kapitel Dreissig

Als ich nichts sage, fährt Corbin fort: »Deine Steinmagie hat die Elfen in eine Falle gelockt und uns ohne deine Beteiligung reingelassen, als wir uns genähert haben. Es sieht so aus, als ob es mit der Kommunikation besser läuft.« Er sagt das alles mit einem leisen Knurren.

Er versucht, mich zu ködern.

Als er mich das letzte Mal gesehen hat, hatte ich Mühe, überhaupt in die Unterführung zu kommen, und dann, Stunden später, sperre ich mehrere Elfen im Boden ein. Er darf nicht wissen, dass ich die Runen nicht mehr habe. Ich muss lügen wie nie zuvor, und ich muss aufhören, an meinem Ärmel zu zupfen und dadurch mein Spiel zu verraten.

Komm schon, Pepper, du schaffst das.

Ich weiß, dass es nicht ideal ist, von einem Elfen verprügelt zu werden, aber im Nachhinein betrachtet – wenn ich den Schmerz in meinen immer noch heilenden Knochen ignoriere – ist es das Beste, was passieren konnte, vor allem, da Corbin genau zum richtigen Zeitpunkt aufgetaucht ist.

Ich sehe aus wie ein Opfer.

Ein Opfer ohne magische Kräfte – niemand mit magischen Kräften wäre so verprügelt worden – und über das Nullband will ich gar nicht erst nachdenken. Ich habe das Unmögliche getan und es zerstört. Wer kann das schon von sich behaupten? Diese Art von Macht führt dazu, dass ich im Nu ausgelöscht werde. Jetzt bin ich froh, dass ich nicht mit Magie um mich geworfen habe oder unsichtbar war. Das wäre ein Albtraum gewesen, aus dem ich mich hätte herausreden müssen. Corbin muss denken, dass ich immer noch mit Runen bedeckt bin und meine Magie unter Verschluss ist, so wie es sein Boss will.

Ich bin eine schlechte Lügnerin und werde es nicht schaffen, so zu tun, als hätte ich keinen Zugriff auf meine Magie. Ich bin nicht gerissen genug und werde einen Fehler machen. Sie müssen gehen. Ich huste und räuspere mich. Es ist an der Zeit, die Schuldgefühle schön dick aufzutragen.

»Mit den Runen habe ich keinen Zugang zu irgendeiner Magie, und ich glaube, sie sind so stark, dass sie mich sogar daran hindern, die Amulette zu benutzen. Wenn ich das doch tue, schmerzt es so sehr, dass ich höllische Kopfschmerzen bekomme. Der Schutzwall schwankt ständig, und es fühlt sich an, als würde mir Glas in die Augen stechen, wenn ich versuche, ihn zu reparieren. Als die Elfen kamen, hatte ich furchtbares Nasenbluten. Die verbleibende Steinmagie macht ständig irgendwelche komischen Sachen.« Frustriert werfe ich die Hände in die Luft. Das klingt alles sehr plausibel, Wahrheit gemischt mit Lügen. »Ich konnte nicht, du weißt schon ...« Ich zucke mit den Schultern und lege meine Arme in die Seiten.

Ich sehe den Anflug von Scham in seinen dunkelblauen Augen. *Das ist es. Ja, genau das ist es.*

»Du musst daran arbeiten, die Runen von ihr wegzukriegen, Corbin«, sagt Tru. »Wenn du es nicht tust, werde ich es tun – oder ich rufe Forrest an, und das will wohl niemand. Ich bin mir sicher, dass sie die Runen im Handumdrehen loswird, aber nicht bevor sie ein Viertel von Faerie niedergebrannt hat.«

Der Tiger verzieht das Gesicht. »Ich bringe das in Ordnung.«

Okay, jetzt habe ich ein schlechtes Gewissen. Ich schenke Tru ein dankbares Lächeln und bemühe mich, das Thema zu wechseln. »Ich bin froh, dass ihr es geschafft habt, reinzukommen und mich zu retten. Ohne euch hätte ich nicht viel länger durchgehalten. Hoffen wir, dass ich euch beide trotz meiner schlechten Verbindung zur Steinmagie rausholen kann und sie euch nicht auffrisst.« Ich grinse verlegen.

Es ist nicht ganz das, was ich wollte, aber plötzlich sehen beide aus, als wollen sie gehen. Na, so was.

»Macht euch keine Sorgen, Leute. Auch ohne meine Magie gehören diese Tunnel immer noch mir, es ist mein Reich, mein Zuhause. Dort oben«, ich zeige auf die Decke und die Straße darüber, »habe ich keine Kontrolle und bin leichte Beute. Ich bin die ganze Zeit zu Tode verängstigt. Aber hier habe ich zehn Jahre damit verbracht, meine Magie in den Stein zu pflanzen. Alles, was auch nur einen Hauch von Steinstaub hat, gehört mir. Na ja, zumindest war es das mal so.«

Ich erlaube mir ein selbstironisches Lachen; es ist nicht schwer, sich daran zu erinnern, wie schrecklich es ist, machtlos zu sein.

Ich schaue den Tiger traurig an. »Es war nur meine mangelnde Erfahrung und die fehlende Kontrolle über die Magie, die mir dieses Mal zum Verhängnis geworden ist. Das nächste Mal werde ich es besser machen.«

»Hoffen wir, dass es kein nächstes Mal geben wird.« Der Tiger beugt sich herunter und küsst mich auf die Nasenspitze. »Es tut mir leid, Pepper. Ich werde das in Ordnung bringen. Ich habe mich geirrt. Ohne deine Magie warst du verwundbar, und ich hätte für deinen Tod verantwortlich sein können.«

»Das will dein Boss doch, oder?« Ich vermeide es, ihn anzuschauen. »Ist schon gut. Du kannst gehen. Ich komme schon klar. Ich habe noch einiges zu putzen.«

»Brauchst du Hilfe? Oh, hier.« Tru zückt einen Trank und drückt ihn mir in die Hand. »Das ist ein extra starker *Mach-mich-sauber*-Zauber. So einen benutzen wir an Tatorten.«

»Bist du sicher, dass ich den haben kann? Das ist wirklich nett.«

»Kein Problem. Hey, brauchst du einen Schutzwall?« Sie kramt wieder in ihrer Tasche. »Du hast gesagt, das, was du hast, funktioniert nicht mehr?«

Ich kann nicht mit gutem Gewissen einen Schutzwall annehmen, wenn der, den ich habe, perfekt funktioniert. Ich hätte eigentlich nicht mal den Reinigungszauber nehmen sollen.

»Ist schon in Ordnung. Es ist sehr schwierig, hier runterzukommen. Die Elfen sind durch die Tunnel gekommen, und sie sind nur mit einem Ortungszauber hier gelandet. Solange es keine anderen Elfen gibt, die Zugang zu meinem Blut oder meinen Haaren haben, komme ich schon zurecht.«

Ich begleite sie zu meinem Ausgang – da kein Elfenführer mehr hinter mir her ist, sollte es kein Problem sein, wenn sie auf diesem Weg gehen. Ich werde immer noch willkürliche Wege als Eingang und Ausgang benutzen. Der Sklavenhändler-Elf mag zwar tot sein, aber ich habe immer noch ein Problem mit dem Tiger und dem anderen Elfen und ein Dilemma mit dem Tod.

»Du kannst nicht mit diesem Wurm hierbleiben«, sagt Corbin hinter mir. »Komm mit mir! Bitte gib mir eine Chance, dich in Sicherheit zu bringen.«

In Sicherheit?

Ich schlucke und weiche seinem Blick aus. »Ach,

wieso sollte ich denn nicht hierbleiben? Sie ist mein Wurm, ein Wächterwurm. Ich werde vollkommen sicher sein.«

»Wächterwurm«, schnaubt Tru und starrt an die Wand, um uns etwas Privatsphäre zu geben.

Corbin ergreift meine Hand. »Kann ich wenigstens dein Telefon ersetzen? Wenn du nicht mitkommst, brauchst du eine Möglichkeit zur Kommunikation, und ich kann nicht ständig hierherkommen.« Sein hübsches Gesicht glänzt angewidert, während er die Unterführung mustert.

Ich schüttle den Kopf. Wenn er mir ein Telefon gibt, kann nichts, was ich tue oder sage, geheim bleiben. Er wird jede Nachricht und jeden Anruf mitbekommen. »Ich werde mir diese Woche ein Telefon besorgen.«

Er verengt seine Augen.

»Morgen. Ich werde mir morgen ein Telefon besorgen.« Ich schaue stirnrunzelnd auf den Boden und schramme mit meinem Stiefel über den Beton. Diese ganze Lügerei macht mich fertig. Mein Magen krampft. »Ich danke euch beiden für eure Hilfe; es muss eine lange Nacht gewesen sein. Es war schön, dich kennenzulernen, Tru. Tschüss.« Ich ziehe meine Hand aus seiner und winke.

Der Tiger beugt sich vor und gibt mir einen Kuss auf die Wange.

Ich schließe meine Augen, als ich seine Lippen spüre. Ich bitte die Magie nicht darum, irgendetwas zu tun und vorsichtig zu sein; ich schließe sie fest in mein Inneres ein, damit sie mein letztes Stück Schauspiel nicht beeinflussen kann. Stattdessen starre ich weiter auf den Boden, schlurfe unbeholfen hin und her und mache ein Gesicht, als müsste ich dringend auf die Toilette.

Corbin und Tru tauschen einen Blick aus.

»Es dauert nur eine Sekunde ...« Ich halte einen Finger hoch. »Könntest du ... ähm, sie rauslassen?«, flehe ich den Beton in einem seltsam klingenden Flüsterton an. Hmm. Meine schauspielerischen Fähigkeiten sind mangelhaft und ich fühle mich wie eine Idiotin.

Die Magie zu meinen Füßen rührt sich verwirrt, doch sie bewegt sich nur langsam, und ich beobachte, wie der Stein vorsichtig sein Ding macht und sie auf die Promenade schiebt.

Ich stehe einen Moment lang da und lasse zu, dass sich meine Kraft entfaltet, meine Atemzüge klingen laut in meinen Ohren. In meinem Hals sitzt ein dicker Kloß. Mein Körper fühlt sich immer noch an, als wäre er als Sandsack benutzt worden – er ist zwar geheilt, aber die Erinnerung an das Trauma haftet immer noch an mir.

Ich bewege mich, und meine Stiefel hallen in der Unterführung wider. Ich bleibe in der Mitte stehen und lenke die Magie des Steins, um die kaputten Türen und den traurigen, zerbrochenen Kegel zu entfernen. Das Fläschchen mit dem Zaubertrank, das Tru mir gegeben hat, liegt warm in meiner Hand. Es macht keinen Sinn, es zu benutzen, denn ich weiß, dass ich nicht bleiben kann. Hier unten kommt sowieso niemand hin, der einen sauberen Boden zu schätzen weiß. Ich stecke den Zaubertrank in meine Tasche und humple in Richtung des roten Ziegeltunnels und meines Zimmers.

Vielleicht habe ich diese ganze Steinsache übertrieben, und wenn er Zeit hat, über seine Schuldgefühle hinwegzukommen, wird er merken, dass das alles keinen Sinn ergibt. Dann wird er zurückkommen und knurren. Aber selbst wenn der Tiger misstrauisch ist, wird er nicht erwarten, dass ich in so kurzer Zeit alle Runen entfernt habe.

Er wird zurückkommen, aber ich werde nicht hier sein.

Ich muss weg. Ich kann einen anderen Tunnel finden. Er wird vielleicht nicht so schön sein wie der aus rotem Backstein, aber ich werde ein neues Zuhause und vielleicht auch ein paar Freunde finden.

Ich bin am Boden zerstört. Ich mag ihn, ich mag ihn wirklich. Wir hätten ein Paar sein können. Mein erstes Ding. Ein leiser, enttäuschter Seufzer entweicht mir. Zeit zu packen. In ein paar Stunden könnte ich im Zug sitzen. Dieser Bahnhof hier ist der letzte auf der Strecke. Es ist also egal, welchen ich nehme, ich muss mir nicht einmal ein Ziel aussuchen. Ich werde es dem Zufall überlassen. Ich werde einfach auf den nächstbesten Zug springen, der den Bahnsteig verlässt, und der wird mich weit weg von hier bringen.

Während ich mich durch die Wand bewege, lege ich meine Hand gegen den Tunnel. Der rote Ziegelstein ist rau und so vertraut unter meiner Handfläche. Aus tiefstem Herzen drückt meine Magie meine nächsten

Worte an die umliegenden Tunnel, den Beton, den Stein auf der Promenade und den Asphalt auf der Straße draußen aus.

»Ich liebe dich. Danke, dass du mich beherbergt und beschützt hast.« Ich wische mir eine verirrte Träne weg. »Danke, dass du immer für mich da warst. Es ist kein Lebewohl für alle Zeiten. Es ist nur ein Abschied für jetzt.«

Wenn jemand meine Worte hört, würde er mich für verrückt halten. Doch ich bin froh, dass ich diese Steinmagie habe. Sie ist anders, seltsam und schrullig, genau wie ich.

Ich bedaure, dass ich fortgehen muss.

Es fühlt sich an, als würde ich vor mir selbst weglaufen.

Die Lage hat sich geändert. Ich kann nicht gegen Madán und Corbin kämpfen, nur um meine Magie und mein Selbstwertgefühl zu behalten, und ich sollte mich nicht vor mächtigen Wesen für meine Existenz rechtfertigen müssen.

Ich lege meine Stirn an die Ziegelsteine. »Verzeih Corbin! Das habe ich auch. Er hat eine schwierige Aufgabe zu erfüllen. Wenn er mich sucht oder Hilfe braucht, hilf ihm bitte, wenn du kannst.« Zum letzten Mal stecke ich so viel Kraft, wie ich entbehren kann, in den Stein und hoffe, dass er die Magie, die ich hier geschaffen habe, aufrechterhält.

Bis zu dem Tag, an dem ich nach Hause zurückkehren kann.

Kapitel Einunddreißig

Ich schlurfe in Richtung meines Zimmers. Vielleicht gehe ich sogar nach London. Die Stadt ist riesig, mit so vielen magischen Signaturen, dass mich niemand aufspüren wird. Nicht einmal der Hellhound. Ich biege um die Ecke und sehe einen Wolf, der auf dem Boden ausgestreckt liegt.

Ich erstarre.

»Was zum Teufel, Eurus! Was machst du denn hier? Du übergibst mich den Elfen und besitzt dann die Dreistigkeit, hierher zurückzukommen und zu schlafen?« Glaubt er, dass Vivanti mich weggekarrt hat und es jetzt in Ordnung ist, hier aufzutauchen und mein Zuhause zu übernehmen?

Dieser verflixte unhöfliche Wolf! Meine Nasenflügel

blähen sich auf, und dann ist meine ganze rechtschaffene Wut verflogen. Er kann alles haben. Es ist nicht länger meins.

Meine Unterlippe zittert. Ich bewege mich um das große pelzige Tier herum zu meinen Regalen und hole die gefaltete Fae-Tasche heraus. Jetzt kann ich sie ebenso gut auch benutzen. Ich stelle mich seitlich hin, um ein Auge auf den Beithíoch zu haben, und werfe meinen Ananasdosen einen traurigen Blick zu. Die schweren Dosen können auf keinen Fall mit mir kommen.

Es scheint, als hätte ich die Nuancen eines solchen Austauschs, welches das Angebot von Informationen an Elfen beinhaltet, missverstanden. Immerhin hat der Wandler mit seinem Krieger-Elfen-Begleiter solche diplomatischen Gespräche geführt, und allen wurde Vergebung gewährt, sagt Eurus.

Ich gebe ein *Tz* von mir.

Ich habe nur bestätigt, wo du dich befindest; sie hatten einen Ortungszauber. Die Entscheidung, die Tür zu öffnen, Kind, hast du mit viel Enthusiasmus gefällt. Die Schutzwälle, die einst undurchdringlich waren, sind durch deine eigenen Handlungen zusammengebrochen, und du hast einen praktischen Durchbruch durch deinen geliebten Tunnel geschaffen. Die Verantwortung für die Begrüßung der widerwärtigen Gestalten ruht allein auf deinen Schultern. Du hast sie reingelassen.

Ich runzle die Stirn und stopfe meine Klamotten rein.

»Ich weiß«, grummle ich. Als ich mit dem Packen

meiner Kleidung fertig bin, mache ich mich an die Elfendecke. Ich versuche, sie aufzurollen, gebe aber schon nach ein paar Sekunden auf. Sie bekommt die gleiche Behandlung wie meine Klamotten.

»Ich bin froh, dass es dir gut geht.« Die Worte kommen nur widerwillig aus mir heraus. Ich *bin* froh, und wenn es das letzte Mal ist, dass ich mit ihm spreche, kann ich genauso gut auch freundlich sein. Was spielt das schon für eine Rolle? Ich kann es ihm nicht verübeln, dass er seine eigene Haut gerettet hat.

Moment mal, irgendetwas passt da nicht zusammen. »Wie hast du mit den Elfen gesprochen?« Mit den Händen in der Hüfte gestemmt starre ich ihn an.

Ich bin ein Beithíoch. Eurus bläht seine pelzige Brust auf.

»Das erklärt es nicht.« Ich verenge meine Augen und wippe mit dem Fuß.

Als hätte er Mitleid mit mir, erklärt er mir: *Ich bin telepathisch. Diesen prächtigen Wortschatz habe ich nicht nur durch das Plaudern mit mir selbst entwickelt. Ich habe die Kunst der Telepathie vor tausend Jahren erlernt.*

»Wenn du telepathisch bist und mit jedem sprechen kannst, was bewirkt dann das Amulett?«

Ich bin telepathisch, du leider nicht. Das Amulett soll die Kommunikation erleichtern, indem es deine Gedanken direkt in meinen Geist überträgt. Da du aber darauf bestehst, deine Worte laut auszusprechen, ist sein Zweck hinfällig.

Ah, wie beim Sprechen mit dem Wurm. Ich habe

direkt in seinen Kopf gesprochen, und das ergibt Sinn. Aber was ist mit dem Hotel ... »Wenn das so ist, warum hast du dann nicht mit mir im Hotel gesprochen? Warum mussten wir erst das Amulett besorgen, bevor du mit mir reden konntest?«

Ich hatte nicht das Bedürfnis, mit dir zu kommunizieren; mein einziges Ziel war es, dich dem Einfluss des Tigers und der Kriegerelfen zu entziehen. Deine Amulette waren ein entscheidender Faktor, um dein Überleben zu sichern.

»Oh.«

Er hat also erst mit mir gesprochen, nachdem wir das Armband zurückgeholt haben. Gut zu wissen. Meine Zunge stößt an einen scharfen Stoßzahn. Die ganze Zeit über wirkte Eurus so aufrichtig, während er mich manipuliert hat. Oh, da fällt mir was auf. Ich hasse alle. Ich drehe mich um und packe zu Ende.

Wohin gehst du?

»Ich gehe. Der Lord of Winter ist ein Problem, und sein Hellhound wird mir noch mehr zu schaffen machen, also verschwinde ich.«

Du gehst weg? Auch wenn dem so ist, der Tod wird dich zweifellos finden.

»Oh, ich weiß.« Ich weiß, dass er mich finden wird. Ich schaue auf meinen Arm, und außer dem Zeichen des Todes ist keine Spur von den Runen zu sehen. »Die Todesrune wird immer dunkler«, sage ich zu ihm, während ich meinen Ärmel herunterrolle.

Ja, der Tod kann dich jetzt, da du den Status eines

vollwertigen Reapers erreicht hast, leichter aufspüren. *Glückwunsch, Kind.*

Meine Hand erstarrt auf dem Medizinkasten mit dem Buch der Runen und ich drehe meinen Kopf, um ihn direkt anzuschauen. »Ich bin ein vollwertiger was? Ich dachte, ich wäre ein halb verwandelter Reaper. Was hat sich geändert?« *O nein! Was habe ich denn jetzt schon wieder angestellt?* Ich werde nicht schreiend vor Entsetzen herumrennen. Das werde ich nicht. Ich lege den Kasten in die Tasche.

Der Beithíoch schnuppert. *Endlich hast du dir die Tiefen deiner Kräfte zunutze gemacht. Kein einfaches Unterfangen – es geht darum, die Magie, die in deinem Wesen verwoben ist, zu akzeptieren. Eine Aufgabe, die den Helden der alten Märchen, in denen das Unmögliche möglich gemacht wird, nicht unähnlich ist. Deine Begegnung mit den elfischen Feinden, den Sklavenhändlern, war der Katalysator, der dich aus deinem selbst auferlegten Kokon herausgeholt hat. Ich habe geahnt, dass du nur einen Schubs in die richtige Richtung brauchst.*

Eurus' Wolfsgesicht sieht selbstgefällig aus, wenn man von seinem breiten Grinsen ausgeht, als ob ich seinen hinterlistigen Plan buchstabengetreu ausgeführt hätte.

Ich habe dem Tod gesagt, dass du nur ein bisschen Ermutigung brauchst und sein Eingreifen unnötig sei. Er wollte eingreifen, um dir zu helfen und dir ein paar Dinge zu erklären, aber ich sagte, er solle den Dingen ihren Lauf lassen, und siehe da, die Ereignisse entwi-

ckelten sich genau wie erwartet. Ich bin gekommen, um über dich zu wachen, um ein achtsames Auge auf deine Reise zu werfen. Meine Aufgabe war es, dafür zu sorgen, dass die Ereignisse nicht aus dem Ruder laufen. Du, mein Kind, hast nicht nur alle Prüfungen überstanden, die das Schicksal dir auferlegt hat, sondern bist dabei auch noch aufgeblüht. Du bist zu einem Beweis für deine Widerstandsfähigkeit geworden, der den verehrten Titel Reaper wirklich verdient.

Es stimmt mich traurig, dass dein Gefährte diesen Triumph nicht mit dir erleben konnte. Bedauerlicherweise ließ er zu, dass fehlgeleitete Pflicht den Weg überschattete, von dem er wusste, dass er richtig war. Eine höchst bedauernswerte Entscheidung.

Ich weiß nicht, wie ich all das, was er gerade gesagt hat, zusammenfassen soll. Ich glaube, mein Gehirn ist geschmolzen. Er arbeitet mit dem Tod zusammen, und das alles war ein ausgeklügelter Test, den ich bestanden habe.

Von der Sache mit dem Gefährten will ich gar nicht erst anfangen. Ich kann keinen Gefährten haben. Wenn ich einen Gefährten hätte, wäre er ein Troll, kein Tiger-Wandler, und Wandler haben keine Schicksalsgefährten, und selbst wenn sie so jemanden hätten, und das ist ein großes Geheimnis, sind ihre Gefährten sicher nicht von einer anderen Spezies.

Nö, ich bin fertig. Ich packe meinen Kulturbeutel. »Was will der Tod?«

Natürlich will er dich kennenlernen. Komm, mein

Kind, packe deine Sachen. Es ist Zeit, dass wir diesen schrecklichen Ort verlassen.

Ich lache. Er will, dass ich mit ihm gehe, und ich erwäge seinen Vorschlag. Habe ich meinen gesunden Menschenverstand auf dem Boden der Unterführung gelassen, als der Elfenführer versucht hat, mir den Kopf einzuschlagen?

Ich fülle den Rest der Tasche mit den Dingen, die ich brauche und von denen ich mich nicht trennen kann. Nicht, dass ich viel hätte. Ich habe mich noch nie um Gegenstände geschert.

»Was ist mit dem Wurm?«

Der Wurm? Ah, Dora.

Dora, der Wurm. Ich reibe mir das Gesicht. »Ja, wird es ihr gut gehen?«

Sei versichert, dass es ihr gut gehen wird. Jetzt lass uns fortfahren.

Ich schnappe mir die Reisetasche und meinen neuen Mantel und stecke ein paar Dosen Ananas in die Taschen. Ich habe nicht die Kraft, sie alle zurückzulassen.

Bist du vorbereitet?

Ich nicke.

Eurus legt seine Pfote auf mein Bein, und wir verschwinden.

Kapitel Zweiunddreißig

Eurus' Kraft erlischt, und die Welt setzt sich Stück für Stück wieder zusammen, bis wir in einem länglichen Raum stehen. Die Magie in mir pulsiert und sammelt alle Informationen, die sie bekommen kann. Dieses Gebäude besteht aus Granit und Portland-Stein. Die Wände singen von einer wichtigen Aufgabe, von Wasser, Leuten, Fahrzeugen und Schiffen. Ich höre genauer hin; das ist schwierig, denn das ist nicht mein Stein.

Schnell sperre ich den Gedanken weg, denn er führt nur zu Traurigkeit. Ich habe schon einmal neu angefangen und werde es wieder tun, ohne zu jammern, warum ich es getan habe.

Wir sind in London, sagt Eurus zu mir. Sein pelziges

Fell streift mein Bein und stupst mich nach links. *Der Tod wartet auf dich.*

Ich schlucke. Ohne zu fragen, lasse ich die schwere Tasche, die meine Schulter und meinen Rücken schmerzen lässt, fallen. Ich lege meinen Mantel darauf, um meine Hände freizubekommen. Ich wringe sie. Plötzlich habe ich Angst, aber jetzt bin ich hier. Es ist besser für mich, zu ihm zu kommen, als dass der Tod mich jagt.

Ich zwinge meine Füße, dorthin zu gehen, wo der Beithíoch mich hinführt – es gibt keinen Grund, die Sache noch länger hinauszuzögern, als ich es ohnehin schon getan habe. Wir gehen durch eine Tür, eine geschwungene Treppe hinauf, in einen schmalen Flur und in eine schöne Bibliothek.

Der Geruch von abgegriffenen Büchern und poliertem Holz empfängt mich. Reihen von freistehenden Mahagoni-Bücherregalen werden durch hohe, gewölbte Fenster auf allen Seiten des Raumes in natürliches Licht getaucht.

Der Wolf ist verschwunden, und ich bin ganz allein.

Ich ignoriere die schönen Bücher. Meine Sicht ist verschwommen; vor lauter Panik wird mir heiß und ich bin atemlos. Es juckt. Ich bin viel zu nervös, um die Worte auf den Buchrücken zu lesen. Ich schlendere durch den Raum zu einem hohen Bogenfenster und lehne mich mit verschwitzten Händen auf der dunkelgrauen Fensterbank vor, um den atemberaubenden Panoramablick auf London zu genießen.

Vor mir breitet sich die Themse aus, deren braunes Wasser die wechselnden Farbtöne des Himmels widerspiegelt. Dieses Gebäude steht *im* Fluss. Ich kann den Tower of London, die St. Paul's Cathedral und The Shard im Westen sehen, und ich glaube, das ist Canary Wharf im Osten. Jetzt weiß ich, was der Stein mir sagen wollte; es ergibt alles einen Sinn.

Wir sind auf einer Brücke.

Und die Brücke singt.

Ich bekomme eine Gänsehaut, als ich an die Tonnen von Stahl denke, die mich auf beiden Seiten umgeben. Der Stein ist nur eine Verkleidung, und der Stahl ist das Gerüst des Gebäudes. Dieser Ort ist nicht gut für meine Verfassung. Während ich aus dem Fenster schaue, kratze ich mich im Nacken.

»Hier, Pepper, das habe ich für dich machen lassen. Es wird dir mit dem Metall helfen.« Ein Amulett fällt herunter, und ich strecke meine Hand aus, um es aufzufangen. Kaum lässt sich der Hammer auf meiner Handfläche nieder, fühle ich mich sofort besser: Ich muss keinen Spruch aufsagen, der schreckliche Juckreiz ist weg und ich kann wieder richtig durchatmen.

»Danke«, sage ich und spüre, dass meine Worte wie ein warmer Atemzug vom Glas zurückkommen. Es fällt mir schwer, meinen Kopf zu drehen, um ihn zu begrüßen – diesen Mann, den Tod.

Ich senke den Blick und biete das Amulett meinem Armband an, woraufhin der kleine Hammer in die Lücke springt, die das Katzen-Amulett hinterlassen hat.

Dann nehme ich meinen Mut zusammen, hebe meine Augen und sehe einen alten Mann.

Es ist selten, dass man jemandem begegnet, der so alt aussieht; Menschen werden alt, aber nicht so. Dieser Mann, dieses Wesen, sieht aus, als würde er bei einer steifen Brise in zwei Teile zerbrechen.

Der Tod.

Er ist eine uralt aussehende Kreatur. Er hat eine Glatze, und die verbliebenen Haare auf seinem Kopf sind flauschig weiß. Die Strähnen schweben förmlich. Ich werfe einen Blick auf seine Hände. Keine Spur von einer Sense. Ich habe ein wallendes Gewand erwartet, keine weich aussehende braune Hose und einen hellgrünen Pullover mit Argylemuster.

»Es ist mir eine Freude, dich kennenzulernen, Pepper.«

Ich hatte erwartet, dass er wie Eurus klingt, vornehm und schwer zu verstehen, aber das tut er nicht. Er klingt eher modern, was sein antikes Aussehen merkwürdig erscheinen lässt. Die Augen des Todes sind jedoch alterslose, weise Becken, die aus seinem wettergegerbten Gesicht blicken. Er sieht aus wie ein Professor im Ruhestand, ein Mensch. Und das ist das Unheimlichste an der ganzen Sache.

»Es ist auch schön, dich kennenzulernen«, krächze ich über die Lüge hinweg.

Der Tod lächelt mich an, seine Augen sind freundlich und er hält mir die Hand zum Schütteln hin. Seine

Knöchel sind geschwollen und seine Haut fühlt sich rau und hauchdünn in meiner Hand an.

»Ich glaube, ich habe dir einiges zu erklären.« Wie aus dem Nichts tauchen zwei bequeme Lesesessel auf, und ich bremse mich, nicht aufzuspringen, indem ich meine Knie zusammenziehe. »Bitte, setz dich doch!«

»Danke.« Ich setze mich.

»Wir sind in meiner Residenz im Nordturm der Tower Bridge.«

Ich weiß wenig über London und die Brücken der Stadt, aber wenn ich mich richtig erinnere, ist es sowohl eine Klappbrücke – sie teilt und öffnet sich in der Mitte wie eine Zugbrücke, wobei sich jedes Brückenteil anhebt, um die Durchfahrt von großen Schiffen auf der Themse zu ermöglichen – als auch eine Hängebrücke.

»Das ist eine wunderschöne Brücke.«

»Das ist sie, danke. Sie wurde als Ergänzung zum Tower of London entworfen.« Er setzt sich auf den anderen Stuhl und lässt sich wie ein Teenager fallen. Hm. Ich glaube, sein Aussehen wie ein alter Zauberer ist eine Verkleidung. »Ich bin der Tod. Weißt du, was du bist?«

»Man hat mir erklärt, dass ich der Reaper bin.«

Der Tod nickt. »In der Tat, das bist du.«

Ich muss es wissen – und es mag unhöflich sein, das geplante Gespräch mit dem Tod voranzutreiben, aber wenn ich es nicht tue, werde ich aus meiner Haut fahren. Ich muss wissen, was er will. »Was möchtest du, dass ich tue?«

Bitte, bitte sag nicht, dass du Leute tötest.

»Tun?« Eine tiefere Falte bildet sich zwischen den buschigen weißen Brauen des Todes.

»Ja. Was ist meine Aufgabe als Reaper?« Mein Herz klopft so schnell, dass ich das Gefühl habe, es würde mir aus der Brust fliegen und blutverschmiert auf dem Boden landen. »Warum hast du mich hergebeten?«

»Du hast die Seelen – die Lichtkugeln – bemerkt? Ja?«

»Ja.«

»Großartig.« Er schenkt mir ein warmes, faltiges Lächeln. »Und du hast bemerkt, dass sie in deiner Haut zu versinken scheinen, oder dass sie verschwinden, sobald sie dich berühren.«

»Ja.«

»Nun, Pepper«, er deutet mit einem krummen Finger auf mich, »das ist jetzt deine Aufgabe. Du bist eines von zwei Portalen. Ein Portal für alle Seelen des Reiches, damit sie in ihr nächstes Leben weiterziehen können.« Er lässt sich in seinen Sessel zurückfallen. »Recycling ist kein neuartiges Konzept. Ich war von Anfang an ein Befürworter, seit es die Reiche gibt. Du tust deine Arbeit, indem du einfach nur existierst. Ich weiß, dass es nicht sehr glamourös, abenteuerlich oder aufregend ist, aber es ist eine wichtige Arbeit, die du leistest.«

»Das ist alles, was ich tun kann? Einfach nur rumhängen und darauf warten, dass die Seelen ...«, ich gebe ein *Pff* -Geräusch von mir und tippe mit den Fingern auf meine Brust.

Er zuckt mit den Schultern. »So ziemlich. Bis du eines natürlichen Todes stirbst, und dann kann ich mich zur Ruhe setzen.« Der Tod legt seine Beine auf den Couchtisch. »Dann wirst du meine Rolle als Tod übernehmen und in ein paar hunderttausend Jahren oder so eine eigene Reaper-Seele finden, die dann deinen Platz einnimmt.«

»Was zum Teufel meinst du damit, dass ich noch ein paar hunderttausend Jahre oder so leben werde?«

Der Tod zuckt mit den Schultern. »Vielmehr noch, du bist wahrhaftig unsterblich.«

Oh. Ich werde das später auspacken, wenn ich alleine bin. Ich kann vor dem Tod nicht ausflippen, nicht wenn ich mich bisher so gut geschlagen habe. Die Enge in meiner Kehle brennt. »Was ist mit dem anderen Reaper passiert, der vor mir da war?«

»Nun, der letzte Reaper war ich. Es gab immer nur zwei geborene Portale, und das sind wir. Seien wir ehrlich: Wenn der Tod zur Tür hereinkommt, flippen alle aus.« Er wedelt mit den Händen. »Der Reaper ist weniger eine Herzattacken verursachende Kreatur, sondern eher der Handlanger des Todes. Ich habe mir die ganze Reaper-Sache ausgedacht, um die Kriegerelfen unter meiner Kontrolle zu halten, aber du weißt ja, Magie und Schicksal haben einen fantastischen Sinn für Humor und eine lächerliche Art, ausgedachte Dinge wahr werden zu lassen. Und nun bist du hier.«

Okay. Wir sind beide Seelenrecycling-Portale, aber das ist doch nicht alles, was er tut, oder? Da muss noch mehr dahinterstecken. »Wenn ich fragen darf, was machst *du* eigentlich?«

»Ah, nun, das ist alles sehr faszinierend. Ich kümmere mich um böse Seelen und bringe sie an den Ort, an den sie gehören. Du denkst vielleicht, wir vernichten das Böse, aber Gut und Böse müssen im Gleichgewicht sein.« Er hält seine Hand hoch und kippt sie wie eine Waage. »Du kannst das eine nicht ohne das andere haben. Wenn du an der Reihe bist, wirst du die Angelegenheiten auf deine Weise erledigen. Deine Magie wird sich mit dem manifestieren, was du brauchst und was die Reiche brauchen. Einige Dinge, die ich vor Jahrtausenden hätte tun können, sind in der Zeit verloren gegangen. Kriege, das große Böse, unglaubliche Überlebenskünste – du wirst erleben, wie die Reiche fallen und wieder auferstehen.«

Er hält kurz inne, bevor er weiterspricht. »Was du mit deinem Clan durchgemacht hast ... Es tut mir leid, Pepper. Die Magie, die Kreaturen unsere Existenz vergessen lässt, hat bei deinen Blutsverwandten über die Stränge geschlagen. Das Schicksal hat die Parameter des Zaubers nicht angepasst, um deine Jugend zu berücksichtigen.« Er verzieht das Gesicht und kratzt sich die struppigen Haare am Hinterkopf. »Die Wege des Schicksals und seine Beharrlichkeit, dass Geschöpfe Lektionen fürs Leben lernen, können hart für eine Seele sein. Vielleicht glaubst du eines Tages, dass es notwendig gewesen ist, vielleicht aber auch nicht. Es ist für jede Kreatur zermürbend, so viel Veränderung zu sehen. Vielleicht hat das

Schicksal dir deshalb die ersten Jahre so schwer gemacht. Du solltest in der Lage sein, zu überleben, und niemand, nicht einmal ich, durfte sich einmischen. Nicht, dass ich es gewusst hätte.« Er runzelt die Stirn, woraufhin seine buschigen Augenbrauen tanzen.

»Was ist mit der Liebe? Familie, Freunde.«

Der Tod winkt mit der Hand. »Du darfst Liebe haben; wenn du einen Gefährten wählst, wird er für immer an deiner Seite sein, wenn es das ist, was ihr beide wollt. Aber selbst bei den treuesten Freunden wirst du nach ein paar Wochen oder Monaten, in denen du sie nicht gesehen hast, aus ihrem Gedächtnis verschwinden.«

Wie Jessica von der Wäscherei und viele meiner anderen Bekannten. Wenn ich jemanden nicht regelmäßig sehe, vergisst er mich. Endlich ergibt alles einen Sinn.

Himmel, das ist ja furchtbar.

»Und Pepper, du wirst aus dem Gedächtnis aller verschwinden; man wird sich vielleicht an deine Taten erinnern, aber nicht an dich, es sei denn, du gibst ihnen die Macht, durch den Umhang zu sehen.«

»Eine Macht, die Madán und seine Aes-Sídhe-Kriegerinnen und -Krieger haben.«

»Ja. Ich habe ihnen diese Macht gegeben. Was wir sind, ist ein unglaubliches Geschenk und eine schreckliche Last, und es kann die Leute, die wir lieben, in große Gefahr bringen. Wie du dein Leben lebst, liegt an dir. Du kannst weiterhin die Botin sein, du kannst jedes Portal in jedes Reich öffnen. Du kannst in einem Laden arbeiten, durch die Welten reisen oder zu Hause sitzen und tolle Bücher lesen. Das Schicksal wird dich auf deinem Weg auf die Probe stellen. Das ist leider eine unausweichliche Tatsache. Das hier ist nur der Anfang deiner Reise.«

Ich sauge alle seine Worte auf. Das ist eine Menge, die ich verarbeiten muss. Ich habe so viele Antworten und noch so viel mehr Fragen. Ich verstehe sein Aussehen nicht, und da er hier ist, um meine Fragen zu beantworten, kann ich ebenso gut auch einfach fragen. »Du siehst doch nicht so aus, oder? Du bist doch kein alter Mann.«

»Natürlich nicht. Wir leben in einer Welt, in der Alter übersehen wird, Erfahrung und Falten verpönt sind, deshalb sind viele Lebewesen unsterblich und behalten ihr gutes Aussehen. Sie bleiben lebendig, und mit der Lebendigkeit ihrer Jugend sind die Mächtigen gefährlich und werden schnell beseitigt. Was vor dir erscheint, ist eine Verkleidung, um ihren kümmerlichen Verstand zu beschwichtigen. Wenn die Leute mich ansehen und einen alten Mann sehen, können die meisten nicht anders, als das mit einem tattrigen Narren zu verwechseln. Als Alter und Weisheit noch wichtig waren, nahm ich die Gestalt eines Kindes an. Dass ich von der Arroganz der Menschen übersehen werde, ist etwas, das ich immer ausnutzen werde.«

»Du versuchst also, mich auszutricksen?«

»Nein, Pepper, ich versuche nicht, dich auszutricksen. Das Schicksal lenkt die Veränderungen, und es ist so lange her, dass ich mein Aussehen verändert habe, dass ich vergessen habe, wie ich früher einmal aussah, und ich bin faul. Es ist einfacher, so zu bleiben, wie ich bin, und es stört mich nicht, denn ich bin keine eitle Person. Ich starre nicht voller Entsetzen in den Spiegel. Meine Gesundheit und meine Kraft sind die gleichen wie in meiner Jugend. Ich sehe vielleicht nicht so aus, aber ich bin in meinen besten Jahren. Komm mit. Ich zeige dir dein Zimmer, und dann können wir vielleicht etwas frühstücken.«

»Muss ich hierbleiben?«

»Was? Nein. Du bist keine Gefangene, Pepper, und du bist auch kein Kind. Du kannst bleiben, wo du willst. Deine Rolle als Reaper ist instinktiv und du hast bereits alles, was du brauchen wirst.« Er berührt seine Brust. »In dir.«

Kapitel Dreiunddreissig

Es sind jetzt ein paar Tage vergangen und alles fühlt sich etwas seltsam an; wer hätte gedacht, dass der Tod so nett ist? Ich ganz sicher nicht. Ich bin vorsichtig in seiner Nähe, aber er hat noch nichts getan, was mich hat ausflippen lassen.

Die Schuldgefühle, Tilly nicht besucht zu haben, fressen mich auf. Ich habe eine Entschuldigungsmail geschickt und dann alle meine Accounts deaktiviert. Bald wird es egal sein. Ich bin durch London gelaufen, den Mund offen wie eine richtige Touristin. Es ist so seltsam, Orte in natura zu sehen, wenn man sie bisher nur im Fernsehen gesehen hat, und die Geschichte der Gebäude und die Schönheit der Stadt beeindrucken mich.

Ich vermisse meine Tunnel, und ich vermisse *ihn*.

Ich bin mir nicht sicher, ob ich zu hart oder zu kalt war, weil ich einfach so gegangen bin, und dann hat Eurus auch noch ganz beiläufig erwähnt, dass wir Gefährten sein könnten. Die flapsigen Worte des Beithíochs begleiten mich ständig, genauso wie die des Todes. *Du wirst aus dem Gedächtnis aller verschwinden.*

Bald wird der Tiger mich vergessen, wenn er es nicht schon getan hat. Verdammt, das ist echt beschissen. Das ist verdammt traumatisierend.

Corbin wird derjenige sein, den ich nie vergessen werde, und er wird es nicht einmal erfahren.

Dann werde ich wütend auf mich selbst. Was spielt das schon für eine Rolle? Der Tiger steht für Pflicht und Ehre. Er würde für seinen Rat und den Lord of Winter kämpfen, aber nicht für mich. Wer will schon mit jemandem zusammen sein, der nicht für einen kämpft, der nicht in seiner Ecke steht und der nicht sein größter Unterstützer ist?

So wie ich es bei ihm bin?

Jupp, und ich bin eine Heuchlerin. Ich bin genauso schlimm – schlimmer sogar. Ich habe ihm nie eine Chance gegeben, etwas zu ändern. Ich bin weggelaufen und habe nichts erklärt. Ich habe ihm nicht genug vertraut – aus gutem Grund, aber ich kann mich nicht darüber beschweren, dass er sich nicht mit dem mächtigen Winterhof anlegt, während er meinen Namen schreit. Corbin ist mächtig, aber er ist nicht dumm.

Was für ein Durcheinander, und ich mache mich lächerlich, denn wir haben uns noch nicht einmal geküsst. Ein Kuss auf die Stirn, die Nase und die Wange, wow. Ich bin voll krass.

Ich weiche einer Gruppe von Büroangestellten aus und schiebe die Gedanken an Corbin beiseite. Ich will nicht in London leben. Hier ist zu viel los, und ich muss nicht unsichtbar sein, um nicht gesehen zu werden. Diese schöne Stadt ist nichts für mich. Ich muss weiterziehen. Der Tod besitzt so viele Immobilien; er hat mir die Nutzung verschiedener Wohnsitze angeboten und Zugang zu Geldmitteln, die mich um den Verstand bringen. Ich kann überall hinziehen, sogar in Gegenden, von denen ich noch nie gehört habe.

Und doch gibt es eine große Sache, die ich tun muss. Ich weiß, dass es ein Risiko ist, das mich verletzen kann, aber es bereitet mir Albträume. Ich muss wissen, ob Vivantis Sklaven freigelassen wurden oder ob sie von ihm zu einem anderen Besitzer übergegangen sind. Ich kann das nicht einfach so stehen lassen. Jetzt, da ich etwas Zeit zum Nachdenken und ein bisschen Schlaf hatte, bin ich bereit. Ich werde nach Faerie gehen, um sie aufzuspüren, und wenn ich sie rausholen muss, werde ich es tun.

Ich habe eine Verantwortung. Ich war sie, wenn auch nur für ein paar schmerzhafte Stunden.

Bisher habe ich noch nicht entschieden, was ich mit den Bösewichten, die ich finde, oder ihren Opfern mache. Aber ich weiß, dass ich die Dinge so handhaben muss, wie ich es mit den ersten paar Elfen getan habe. Ich runzle die Stirn – das heißt, bevor sie von Dora, dem Wurm, gefressen wurden. Ich muss die Vorteile meiner magischen Kräfte nutzen, anstatt mich in eine weitere Prügelsack-Situation zu begeben, weil ich das bizarre und gefährliche Bedürfnis habe, eine Heldenansprache vor dem Bösewicht zu halten.

Wer macht denn so was? *Ich. Ich habe das getan.*

Ich wurde getreten und ins Gesicht geschlagen und dann beinahe zum zweiten Mal von dem Sklavenhalter-Elfen weggekarrt. Ich schüttle den Kopf. Die Lektion des Überraschungsangriffs – wenn ich auf die Jagd gehe – wurde mir jetzt in mein Gehirn gehämmert, zusammen mit einer schmerzhaften Erinnerung daran, was man nicht tun sollte.

Ich muss noch so viel lernen, aber das kann ich nicht, wenn ich mich hinter den Gewändern des Todes verstecke. Es ist mir egal, ob die Kreaturen nicht wissen, dass ich es bin oder ob überhaupt irgendjemand weiß, was ich tue. Es ist besser, wenn sie es nicht wissen.

Ich war lange Zeit die Botin und hatte nie das Bedürfnis, damit zu prahlen oder es den Reichen mitzuteilen. Es gelten dieselben Regeln: Kopf unten halten, unsichtbar bleiben, meine Magie einsetzen, ein paar Kreaturen retten und dabei mehr über mich lernen. Lebe! Lebe mein Leben! Und das ist der beste Weg, um mich zu beschäftigen und vor dem Lord of Winter zu schützen.

Madán. Ich rümpfe die Nase. Ausgerechnet er wird sich an mich erinnern. Großartig. Wie ungerecht ist das denn bitte?

Der Tod ist sich sicher, dass Madán mich in Ruhe

lassen wird, jetzt, wo ich ein echter Reaper bin. Aber *ich* bin mir da nicht so sicher. Ich habe seine Augen gesehen. Seine Angst beherrscht ihn, und was Corbin gesagt hat, stimmt. Ich habe es mit meinen eigenen Augen gesehen. Verängstigte, mächtige Kreaturen mit riesigen Egos sind gefährlich für deine Gesundheit. Ich glaube nicht, dass er aufhören wird.

Die Themse schwappt unter mir, als ich nach links abbiege und mich auf die Fußgängerseite des Brückendecks begebe, das zum Nordturm führt. Ich sehe ein paar bunte Kajaks, die das ruhige Wasser an diesem kalten, aber sonnigen Tag nutzen. Es plätschert und eine grüne Flosse verschwindet unter dem braunen Wasser, der Schwanz einer Meerjungfrau. Ich grinse. Das Wasser ist brackig – eine Mischung aus Süß- und Salzwasser, die die Meerjungfrauen zu mögen scheinen.

Ein stechender Schmerz schießt durch meine Hand und ich schaue auf die quälende Einkaufstasche hinunter. Sie ist so schwer, dass sich die Haut an meinen Fingern dunkelgrün verfärbt. Ich nehme die Tüte in die andere Hand und reibe meine wunden Finger an meinem Bein. Vielleicht habe ich zu viele Dosen in die Tüte gepackt. Ich habe die Ananas gefunden, die schöne Sorte mit dem schwarzen Etikett, die Corbin mir gekauft hat. Natürlich vermisse ich ihn umso mehr, wenn ich sie kaufe.

Was bin ich doch für eine Närrin? Wenigstens bin ich mir meiner eigenen Schwächen bewusst.

Ich richte meinen Fokus wieder auf den Weg und

erblicke Madán mit einem selbstgefälligen, schiefen Grinsen. Seine großen, blassblauen Augen funkeln und seine dunklen Haare sind zu einem engen, verschlungenen Zopf zurückgebunden, der dicht an seinem Schädel anliegt. Seine schwarzen Kriegerrunen ziehen sich über seinen Hals und verschwinden unter dem Kragen seines Shirts. Er ist für den Kampf gekleidet, hat ein paar Eisenmesser an seine Beine geschnallt und ein Schwert auf dem Rücken.

Ich stöhne und schüttle den Kopf. *Verdammt seist du, Schicksal!* Ich muss wirklich aufpassen, was ich denke, denn immer wieder sprießen Kreaturen aus dem Gemäuer.

Mein Herz macht einen Sprung und Schmetterlinge hüpfen und tanzen in meinem Bauch, als ich Corbin hinter ihm bemerke. Der Tiger lehnt an dem kunstvollen blau-weißen Geländer, mit dem Rücken zum Fluss. Seine Pose ist irreführend entspannt; seine Fäuste sind an den Seiten geballt.

Er sieht aus, als hätte er in den letzten Tagen keinen Schlaf bekommen. Der Tiger schaut durch mich hindurch, denn er kann mich nicht sehen, solange ich getarnt bin, aber durch seine Beobachtung von Madán und seinem angespannten Gesichtsausdruck weiß er, dass ich hier bin.

Ein unsichtbarer Feind.

Wird er sich an mich erinnern? Werden seine schönen dunkelblauen Augen hart oder, schlimmer noch, glasig sein wie die meiner Mutter? *Oh, Mann, das tut weh.* Ich habe nicht die Kraft, das noch einmal durchzumachen.

Komm schon, Pepper! Du kannst dich später damit auseinandersetzen, wenn du allein bist und es nicht mit einem Elfenkrieger zu tun hast. Später kannst du zusammenbrechen.

Ein Kriegerelf, der ein Eisenschwert hat.

Sind sie gekommen, um mich zu töten?

Fantastisch! Sie haben sich einen guten Ort ausgesucht, um mich zu konfrontieren. Ich kann meine Steinmagie hier nicht einsetzen, da ich keine magische Feinfühligkeit für diesen Ort habe, und über dem Wasser auf einer Stahlbrücke ... tja, da stehen meine Chancen nicht gut. Es sei denn, ich will die Betonstützpfeiler aufbrechen, Hunderte von Menschen töten und eine Brücke aus dem neunzehnten Jahrhundert zerstören.

Ich könnte Madán mit einem kräftigen Schwung meiner ananaslastigen Tasche umhauen.

Aaah. Ich streiche mir mit einer Hand über das Gesicht. Ich habe so viel zu tun und zu planen, dass ich keine Zeit für diese Konfrontation habe.

»Da bist du ja, Pepper. Du hast meine Runen entfernt, wie ich sehe.« Seine Stimme ist schmierig.

Ich neige meinen Kopf zur Seite und überlege, ob ich lügen und ihm sagen soll, dass der Tod sie entfernt hat. Aber ich habe sie entfernt, und er muss mich als eigenständiges Wesen sehen und nicht als das verängstigte kleine Mädchen, das ich noch vor wenigen Tagen war. Ich kann mich mit der mächtigen Magie, die mir zur

Verfügung steht, selbst retten. Sogar auf einer Brücke bin ich nicht schutzlos. Ich bin ein Reaper und ein Troll.

Ich bin auch nicht sein Feind, zu dem kann ich werden, wenn er mich dazu zwingt. Ich habe es satt, auf Zehenspitzen um dumme Kreaturen herumzuschleichen. *Es wäre aber vielleicht besser, keine Heldenreden zu halten.*

»Ja, ich habe sie entfernt. Ich habe sie noch am selben Tag entfernt, an dem dein Haustier von einem Hellhound sie mir auf die Haut geschmiert hat.« Schuldgefühle nagen an mir, kaum dass die Worte aus meinem Mund sind. Es ist falsch, Corbin ein Haustier zu nennen. Außerdem ist es eine Lüge; es war nicht wirklich derselbe Tag. Aber nah genug dran.

Ein Muskel im Kiefer des Elfen zuckt.

»Madán, was willst du?« In meiner Stimme schwingt keine Bosheit mit. Ich bin das alles einfach nur so leid.

Seine Brust bläht sich auf und seine Augen blitzen vor Wut. »Ich bin der Lord of Winter. Du wirst mich als solchen anreden.«

Meine Lippen zucken, und ich neige meinen Kopf mit amüsiertem Respekt. »Dann darfst du mich Reaper nennen. Wenn wir schon mit Titeln um uns werfen.«

Corbin verkrampft sich, als ich mitten in meiner kleinen Rede meinen Umhang fallen lasse und aus dem Nichts auftauche; selbst wenn der Hellhound genau wusste, dass ich hier bin, muss das ein ziemlicher Schock sein.

Madán runzelt die Stirn. »Ich bin ein Fae-Lord. Ich

habe Leute, Tausende von Kreaturen unter meinem Kommando und bin an meinem Hof sehr geschätzt. Ich habe meinen Titel verdient.«

Will er damit sagen, dass ich das nicht habe? Ich zucke mit den Schultern, und die Plastiktüte mit der Ananas in meiner Hand raschelt. Wenn er meint, Okay, dann lass uns dieses Spiel spielen. »Ich bringe die Seelen des Reiches in ihr Jenseits. Ich bin unvergänglich und eines von zwei Portalen zu einer anderen Existenzebene, die du nie begreifen wirst. Zehntausende von Seelen werden ihre letzte Reise mit mir antreten. Auch du, Lord of Winter.«

»Ist das eine Drohung?«, knurrt Madán.

Ich rolle mit den Augen. »Nein. Das ist eine Tatsache: Jeder stirbt.« Okay, es scheint, als müsste ich zur Sache kommen. »Ich habe die Erlaubnis erhalten.« Ich spreche die folgenden Worte in einem leisen, einstudierten Ton. »Wir haben dir eine wertvolle Gabe verliehen, die du missbraucht hast, indem du die Macht des Sehens gegen eine Kreatur eingesetzt hast, bei der du geschworen hast, sie zu beschützen, indem du ihre Magie für deine selbstsüchtigen Zwecke gewaltsam blockiert hast. Madán, Lord des Winterhofs, du hast einen Schwur gebrochen, und ich habe die Erlaubnis erhalten, diese Gabe zurückzuholen.«

So, jetzt habe ich die Worte gesagt. Nun kommt der unheimliche Teil. Ich muss ihn irgendwie berühren. Das wird bestimmt lustig.

»Was faselst du da? Ich habe kein Geschenk von dir bekommen.«

Ich zucke mit den Schultern. Es ist, als würde ich mit einem Stahlträger reden.

»Töte sie!«, befiehlt er Corbin.

»Wirklich, du willst das nicht selbst tun? Und dabei hast du doch so ein schönes, spitzes Schwert.« Ich wage es, auf das Schwert zu zeigen.

Sowohl der Hellhound als auch ich starren den Elfen an.

Der Tiger verschränkt die Arme vor der Brust und hebt eine Augenbraue. Ein unmögliches, tiefes, warnendes Knurren ertönt aus seiner Brust, und als er meinen Blick erwidert, glühen seine Augen vor Feuer.

Oh, das ist gar nicht gut.

Ich setze meine Magie ein, um mich vorzubereiten. Aber die Hoffnung lässt mich zögern. Ich habe gerade darüber gejammert, dass ich Corbin nie eine Chance gegeben habe. Entgegen meinem gesunden Menschenverstand hülle ich mich nicht wieder in meinen Umhang und renne schreiend davon – was angesichts eines Tiger-Wandlers, der sich selbst in Brand setzen kann, wohl das Vernünftigste wäre.

Ich warte.

Kapitel Vierunddreißig

GLÜCKWUNSCH, Pepper, der Typ, den du so sehr willst, wird dich umbringen. Mein Kinn zittert. *Bitte, lass mich nicht falsch liegen. Bitte. Bitte. Bitte.*

Corbin bewegt sich.

Der Tiger springt in meine Richtung, und seine Hand schnappt nach Madáns Kragen und reißt daran. Der Überraschungsangriff lässt mich zusammenzucken und wirft den Elfen aus dem Gleichgewicht. Madán röchelt, als der Tiger ihn zehn Meter weit aus der Sichtweite des Hauptweges auf den geschwungenen Betonaussichtsbereich schleppt, der in die Themse ragt und den Sockel des Turms bildet.

Ich folge ihm schnell. Die wenigen Menschen, die sich hier aufhalten, zerstreuen sich. Kreaturen und

Menschen wissen, dass es besser ist, nicht in der Nähe eines Kampfes zu bleiben. Dass der Tiger energisch »Aus dem Weg!« brüllt, motiviert sie zusätzlich.

Corbin reißt sich mit einer Hand den Mantel vom Leib und wirft ihn zur Seite. Als die letzten Menschen aus dem Weg sind, setzt der Tiger einen temporären Schutzwall ein, um die Umgebung besser kontrollieren zu können. Der Zauber erwacht zum Leben und deckt den gesamten Bereich ab, sodass niemand etwas hören oder eingreifen kann.

Dann lässt er Madán los.

Ich drücke mich an die steinerne Fassade des Nordturms, stelle meine Tüte mit Ananas ab und beobachte mit der Hand vor dem Mund, wie der Lord of Winter Amok läuft.

Die Luft knistert vor Spannung, als der Elf nach vorn stürmt und sein Schwert gekonnt nach dem Hals meines Tigers schwingt. Corbin weicht mit Leichtigkeit aus, und zwei glänzende lange Messer – etwa so lang wie mein Unterarm – tauchen in seinen Händen auf.

Beim Gegenschlag des Schwertes klirren die Klingen, als Corbin die Elfenwaffe mit tödlicher Anmut trifft.

»Du wagst es, mich anzugreifen. Ich bin dein Lord!«

»Du bist nicht mein Lord.« Um seinem Standpunkt Nachdruck zu verleihen, krümmt Corbin seinen Arm und Madán bekommt einen Schlag mit dem Ellbogen des Tigers ins Gesicht. »Ich habe dir doch gesagt, dass ich nicht für dich arbeite, Kumpel.« Seine Messer verschwimmen, als er den nächsten Schlag des Schwertes abwehrt.

Corbin ist schnell.

Und ohne dass sein Mantel seine Silhouette verschleiert, kann ich die selbstbewusste Art, wie er sich bewegt, genau studieren. Breite Schultern und eine schmale Taille geben ihm diese dreieckige Form, und muskulöse Beine tragen einen Mann, der nicht weiß, wie man zögert – keine vergeudeten Schwünge. Seine Bewegungen sind räuberisch und aggressiv gegenüber dem flinken, aber kleineren Elfen. Jedes Mal, wenn Madán zuschlägt, zucke ich zusammen, denn seine Waffe hat eine größere Reichweite als Corbins Klingen.

»Ich arbeite für den General und die Jägergilde. Er hat mir befohlen, dich am Leben zu lassen, weil er dir etwas schuldet. Dieser Gefallen wird das hier nicht decken.« Corbin keucht, als Madán ihm in den Magen tritt. »Der General wird empört sein, wenn ich ihm sage, dass du mir befohlen hast, ein wehrloses, unschuldiges Mädchen zu töten. Diesmal bist du zu weit gegangen. Pepper hat dir nichts getan, und ich werde nicht zulassen, dass du ihr etwas antust.«

»Du hast einen Fehler gemacht, Hellhound. Und der Tod hat auch einen Fehler gemacht, als er eine niedere Fae, einen Troll, als Reaper ausgewählt hat.« Madán stößt ein gequältes Lachen aus, als die Klingen erneut aufeinanderprallen. »Mir wäre es lieber, der Reaper wäre ein Mensch oder ein Halbblut als ein schwacher, garstiger Troll. Weißt du, wie peinlich das ist?«

Wow. Was für ein Arschloch.

»Du kannst ihre Angst riechen, nicht wahr? Genauso wie ich sie in ihren Augen sehen kann. Trolle können keine echte Magie ausüben. In der Schlacht werden sie nur als Kanonenfutter benutzt. Deine kostbare Pepper ist sogar noch schwächer als ihre nutzlosen Artgenossen. Sie ist erbärmlich. In ihrem Namen gegen mich vorzugehen, ist ein großer Fehler.«

Das Schwert und die Messer treffen aufeinander und mit einem schnellen, kalkulierten Manöver macht Corbin etwas Ausgefallenes mit seinen Klingen. Einen Moment lang sind sie gekreuzt, dann dreht er seine Hände. Die Bewegung ist so schnell, dass ich sie nicht verfolgen kann. Der Tiger entwaffnet den Elfen gekonnt, und das Eisenschwert klappert auf den Boden.

Madán gluckst, als er sich trotzig gegen Corbin stellt, seltsam gelassen über den Verlust seines Schwertes. Seine Hand schwebt über seinem Messer, seine Augen verengen sich und ein merkwürdiger Ausdruck geht über sein Gesicht – die schwarzen Runen auf Madáns Hals pulsieren.

Oh, verdammt! Ich habe seine Magie vergessen!

Die Luft zittert unter der wachsenden Fae-Kraft und dem Duft von grünem Gras und Blumen. Ich weiß, dass er in Gedanken eine Beschwörungsformel rezitiert. Ich kann spüren, wie die Macht in ihm brodelt, ein Vorbote eines bevorstehenden tödlichen Zaubers.

Mit einer sicheren Bewegung hebt Madán seine

Hand, der Zeigefinger ist bereit, eine Rune in die unsichtbare Leinwand der Luft zu ritzen.

Oh-oh.

Er lächelt, als sich ein wirbelnder Ball aus Magie an der fertigen Rune entzündet und auf mich zurast.

Corbin bewegt sich und blockiert den herannahenden Zauber mit seinem Körper.

Meine Angst verwandelt sich in kochende Wut. *Wie kann er es wagen?!* Madán wird meinen Tiger nicht verletzen. Eine seltsame neue Kälte brennt in meiner Brust und bahnt sich ihren Weg durch meine Arme und in meine Hände. Meine Augen flackern, und statt grün ist die Magie, die sich in meinen Handflächen sammelt, schwarz.

Ich gehe zur Seite, strecke meine Hände aus und rufe die Kräfte einer anderen Existenzebene. Mit einem lauten *Rums* schießt die Magie aus mir heraus und ein Strom schwarzer Macht schwappt in einer gefühlt nicht enden wollenden Welle aus mir heraus.

Der Elfenkrieger erstarrt.

Corbin erstarrt.

Und die ganze Welt steht still.

Sie hält inne.

Einen Moment lang sind meine schnellen Atemzüge das einzige Geräusch. *Komm schon, Pepper, du kannst später ausflippen.* Meine Stiefel poltern, als ich um den Tiger herumschlendere. Die tödliche Magie der Rune ist nur wenige Zentimeter von Corbins Brust entfernt, und das hübsche Gesicht meines Tigers ist in einem wütenden Zähnefletschen der Entschlossenheit, mich zu beschützen, erstarrt.

Ich strecke die Hand aus und ziehe den Zauber vorsichtig aus der Luft und von ihm weg. Während ich mich vom Schicksal leiten lasse, zerpflücke ich die Elemente des Zaubers, bis sie sich harmlos auflösen.

Ich richte meine Aufmerksamkeit auf Madán. Seine Seele flackert in meiner Reichweite, und wenn ich will, kann ich sie genauso zerpflücken, wie ich es mit dem Zauber getan habe. Ihn töten. Sein Schicksal tanzt in meiner kleinen grünen Handfläche.

Alles läuft auf das Schicksal hinaus.

Madán hatte recht, als er meinte, der Tod könne die Fäden des Schicksals, des Lebens, sehen. Der Tod kann sie sehen, und ich kann es auch.

Ich sehe, wie sie ihn mit anderen und den Reichen verbinden. Ich bin überrascht, dass er ein guter Mann war, der in den letzten Jahren vom Weg abgekommen ist. Der Lord of Winter zu sein, lastet wie eine schwere Bürde auf seinen Schultern.

Ich führe den Hass auf mich auf die Zeit zurück, als er noch jung war; Trolle haben ihn verletzt, und die Erinnerung daran schmerzt ihn immer noch. Es ist eine schreckliche, verdorbene Sache, an die er sich geklammert hat, und sie prägt seine Seele.

Ich entferne die Erinnerungen nicht, sondern lasse mich vom Schicksal leiten, heile die emotionalen Narben und beobachte dann, was die Veränderungen mit den

Fäden machen. Eine weitere Korrektur, und dann ist er besser, als ich ihn vorgefunden habe.

Jetzt muss ich den anderen Fehler beheben.

Die Stimme, die aus meinem Mund kommt, ist nicht meine. Jedes Wort, das ich spreche, hallt in Tausenden von Stimmen wider. *Gruselig.* »Du bist ein Schwurbrecher, Madán aus den Winterlanden. Das Geschenk des Todes, das dir gegeben wurde, ist nun widerrufen.«

Mit meinem Daumen stupse ich ihm auf die Nasenspitze. »Boop«, flüstere ich unheilvoll.

Meine bloße Berührung lässt die schwarzen Flecken an seinem Hals beben. Die Aes-Sídhe-Runen blitzen auf, und ich spüre, wie die Magie des Todes herauskriecht und in mich hineinschlüpft. Die Aes-Sídhe-Kriegerzeichen sind immer noch mächtig, aber Madán und seine Krieger werden uns nicht mehr sehen, solange wir getarnt sind, und wie alle anderen werden sie vergessen, dass wir je existiert haben. Das Schicksal und ihr eigener Verstand werden alle Lücken füllen.

Der Tod und der Reaper werden mehr Märchen als Wirklichkeit sein.

Das Schicksal drängt mich, noch einmal alles zu überprüfen, und die Fäden des Schicksals sehen alle gut aus. Na ja, alle bis auf einen. Instinktiv verwandle ich die Magie des Todes in einen schönen goldenen Faden zurück und erlaube Forrest, das Geschenk zu behalten.

Ich lächle. Perfekt.

Ich wende meine Aufmerksamkeit wieder Madán zu. »Wie hast du mich gefunden?«, murmle ich. Die

Antwort ist prompt da, und ich finde die grün leuchtende Magie-Kugel in Madáns linker Manteltasche. Der Zauber summt, er kitzelt in meinen Fingerspitzen und das Gefühl geht fast über mein Handgelenk hinaus. Es ist starke Magie und reagiert auf mich. Ein Ortungszauber, der meine Essenz festhält. Ohne lange nachzudenken, löse ich ihn auf.

Mit finsterer Miene reibe ich meine juckende Handfläche und mein Handgelenk an meinem Oberschenkel. Blut wäre schwer zu beschaffen, aber Haare ... Ich habe keine persönlichen Spuren hinterlassen, es sei denn ... Ich war in Corbins Gegenwart bewusstlos, und es würde nur einen Moment dauern, eine Haarprobe abzunehmen.

Könnte er so hinterhältig sein? Nein. Das glaube ich nicht.

Ich grabe ein wenig in Madáns Vergangenheit und finde erneut die Antwort, die ich suche. Er hat das aus dem Hotel in Irland. Corbin hat das Hotel schnell verlassen und ist mir hinterhergelaufen, und die Haare wurden später ohne sein Wissen gefunden.

Als er mir die Jacke ausgezogen hat, habe ich einige Strähnen verloren und sie nicht richtig entsorgt. Mein Fehler. Außerdem sind meine Haare lang und fallen aus wie bei einer Fenodyree – der haarigsten aller Feen.

Zu meiner Linken bewegt sich etwas, der Tod schwebt auf mich zu. Er trägt einen dicken schwarzen Kapuzenumhang mit einem bestickten Saum, der beim Gehen den Boden aufwirbelt. Der Umhang ist so dunkel, dass seine Schwärze versucht, das Licht der Umgebung zu rauben.

Der gleiche Stoff umgibt auch mich. Mein Umhang ist eine Dichotomie aus schwer und leicht.

Der Tod neigt seinen Kopf, um die Fäden von Madáns Schicksal zu betrachten, die in meiner Hand wie Wolle verwoben sind. »Du lasst das Schicksal durch dich wirken. Ich habe dir gesagt, dass du das Zeug dazu hast. Du leistest wunderbare Arbeit. Gut gemacht, Reaper. Madán wird ein glücklicherer Mann sein, wenn er nichts von unserer Existenz weiß.«

Ich lasse die Fäden los.

Das Amulett an meinem Handgelenk erwärmt sich und schützt mich, während ich das schicke Eisenschwert vom Lord of Winter aufhebe und es unbeholfen in seine Scheide zurück schiebe. So, jetzt habe ich nichts vergessen. *Hoffe ich.*

»Warum Forrest?«

»Es fühlt sich richtig an.«

Er legt mir eine Hand auf die Schulter und drückt sie väterlich, bevor sein Blick über den erstarrten Corbin streift. »Er ist eine gute Wahl für dich. Wenn du möchtest, kannst du ihn zum Essen einladen.« Er lächelt. Dann ändert sich sein Tonfall und die nächsten Worte werden zu einem Befehl, der mich bis in die Knochen erschüttert: »Nun, Reaper, lass dieses Reich gehen.«

Kapitel Fünfunddreißig

Ich nicke, schließe die Augen und ziehe mit der verbliebenen Magie der Aes Sídhe die wirbelnde schwarze Macht in mich zurück. Sie ist so kalt, dass sie brennt. Es ist so, wie ich mir vorstelle, dass man ein Hochseefischernetz mit den Händen einzieht – eine fast unmögliche Aufgabe. Ich lasse die gesamte Magie dorthin zurückfließen, wo sie hergekommen ist, aber ich behalte eine leichte Kontrolle über Madán und halte ihn fest, bis ich Corbin erklären kann, was passiert ist.

Der Tod und mein Umhang verschwinden, während die Zeit weiterläuft.

Um dem nun nicht mehr vorhandenen Zauber entgegenzuwirken, der auf seine Brust geschleudert wurde, entzündet sich der gesamte Körper des Tigers.

Das Feuer färbt sich von orange zu blau und wird immer heißer. Ich gehe aus dem Weg und stelle mich vor ihn, damit er nicht meine ganze Arbeit zunichtemacht, indem er den Elfen tötet.

Ich halte meine Hände hoch und flüstere weiter: »Es ist okay.«

Es ist okay! Ja, richtig. Meine Nase und meine Lippen kribbeln immer noch von der Magie, die ich benutzt habe. Was zum Teufel war das gerade? Wie kann ich nur so viel Macht haben?

Wir sehen uns in die Augen, und nachdem er die Situation bewertet hat, erlöschen die beeindruckenden Flammen. Er atmet flach ein. Ich greife sein Handgelenk und schiebe seine Hand so, dass er eine der Klingen, die er noch im Griff hat, senkt. Die Feuermagie des Tigers hat kein einziges Haar, keine Waffe und kein Stück Kleidung verbrannt.

»Es ist alles okay«, sage ich noch einmal zu ihm.

Corbin senkt sein Kinn und sieht mich an.

Ich winke, und er runzelt die Stirn. »Es ist okay.« Ich lächle nervös und kratze mich am Hinterkopf. »Der Zauber, den Madán beschworen hat, ist weg. Ich habe ihn eingefroren.« Ich habe die ganze Welt eingefroren und an den Fäden des Schicksals gezerrt, aber wer würde mir das schon glauben? Das ist schier unglaublich. »Und ich habe die Gabe des Schicksals entfernt, sodass die Aes Sídhe den Tod und mich nicht mehr sehen können, während wir getarnt sind, und Madán und seine Krieger werden sich nicht mehr an uns erinnern.

Niemand wird sich erinnern.« Meine Unterlippe wackelt.

Niemand.

Ich stampfe über den Beton und hebe seine Jacke vom Boden auf; ich schüttle sie kräftig, falte sie über meinen Arm und umarme mich selbst.

»Ist es okay, wenn ich ihn wieder auftaue?« Ich halte ihm den Rücken zugewandt.

Corbin brummt.

Na toll, da sind wir wieder beim Brummen. »Ich ziehe mein Ding durch, verhülle mich wieder und dann könnt ihr euch beide auf den Weg machen.«

Meine Stimme bricht bei den letzten Worten. Ich taue den Elfen auf, verhülle mich und stelle mich neben den Tiger. Ich halte seine Jacke zittrig fest. Ich stehe unter Schock. Ich fühle mich wackelig und kalt, aber Corbin ist in Sicherheit, und er hat sich zwischen mich und einen bösen Zauber gestellt.

Er hat für mich gekämpft. Und jetzt wird er gehen.

Madán braucht ein paar Sekunden, um komplett aufzutauen. Er taumelt und reibt sich mit einem einzigen langen Blinzeln das Gesicht, während er seine Umgebung in Augenschein nimmt. »Entschuldige bitte, Corbin. Was hast du gerade gesagt?« Er zittert und starrt auf den Boden. »Seltsam, es war, als wäre jemand über mein Grab gelaufen.«

Mit einer Handbewegung des Tigers verschwinden seine Messer. Die Bewegung bleibt von dem immer noch desorientierten Elfen unbemerkt, daher riskiere ich es, ihm seine Jacke zu reichen, die er sich dann wieder anzieht.

»Wir haben über meine Beurlaubung gesprochen. Ich habe es mit dem General abgesprochen und wollte es jetzt mit dir besprechen. Ich habe etwas Wichtiges zu erledigen.« Er kann mich nicht sehen, aber er ergreift meine Hand.

Oh. Mein Herz macht einen seltsamen kleinen Salto.

»Die Sache ist dringend.«

»Kein Problem, das geht schon in Ordnung. Wenn du noch vor mir mit dem General sprichst, sag ihm bitte, dass ich ihm sehr dankbar für seine Hilfe bin, aber ich brauche keinen Ersatz, und du musst nicht in meinen Dienst zurückkehren, wenn du wieder zur Arbeit kommst. Ich hoffe, das bringt dich nicht in eine Zwickmühle, Corbin. Ich weiß deine Hilfe zu schätzen, aber ich brauche keine zusätzliche Wache mehr. Der Winterhof kann sich jetzt um alles kümmern.« Sein ganzes Auftreten ist entspannt und freundlich, was ihn völlig verändert. Seine scharfen, kantigen Gesichtszüge zeugen normalerweise von der Grausamkeit, zu der er fähig ist, aber nicht jetzt. Jetzt ist er nett.

Ohne seinen Blick von dem Elfen abzuwenden, neigt Corbin den Kopf. »Natürlich.«

»Ich hoffe, es ist alles in Ordnung. Du siehst aus wie ein Mann, der das Gewicht der Reiche auf seinen Schultern trägt.« Madán schenkt ihm ein mitfühlendes Lächeln.

Corbin verkrampft sich. »Es geht um mein

Mädchen, Pepper.« Er sagt meinen Namen, als ob er einen nicht explodierten Zaubertrank testen würde. Er beobachtet Madán auf jede Andeutung einer unerwünschten Reaktion. Sein Körper ist angespannt, bereit, in Aktion zu treten.

Das Lächeln des Elfen ändert sich nicht. Es gibt nicht einmal ein Flackern des Erkennens. »Ich hoffe, du bekommst alles in den Griff.«

»Das hoffe ich auch.«

»Ich muss *Pepper* von meinen Absichten überzeugen. Sie denkt, ich würde sie vergessen, aber ich war ihr vom ersten Moment an verfallen.«

Na ja, das stimmt. Immerhin ist er direkt mit mir in die Unterführung gefallen.

»Sie wird mein *Tod* sein«, fährt Corbin fort und drückt meine Hand. Ich weiß, dass ich seine Worte nicht so einfach für bare Münze nehmen darf. Sein übermäßiger Small Talk mit dem Elfen ist nur ein Test, um zu sehen, ob er sich an irgendetwas erinnert.

»Ich bin mir sicher, du wirst sie überzeugen können. Ich sag dir was, mein Treffen wurde anscheinend abgesagt. Ich werde Mac Bescheid geben, dass er das Auto vorbeibringen soll. Warum machst du nicht gleich Feierabend und verschaffst dir einen Vorsprung?«

»Danke, Madán. Das wäre sehr hilfreich.«

Der Elf holt sein Handy heraus, und nach einem freundlichen Klaps auf die Schulter des Tigers lässt Corbin den Schutzwall fallen und Madán geht. »Mac,

Planänderung, bring das Auto her. Ich bin für heute fertig ...« Seine Stimme verklingt, als er weggeht.

Ich lasse meinen Umhang fallen und Corbin knurrt leise aus seiner Kehle. Er lässt meine gefangene Hand nicht los und drückt mich mit seiner Masse gegen die Wand und aus dem Blickfeld der anderen. »Erzähl mir noch einmal, wie du den tobenden Elten wieder in ein entspanntes und angenehmes Wesen verwandelt hast«, murmelt er in mein Ohr.

Ich weiß nicht, wie ich erklären soll, was passiert ist, also erwidere ich nur: »Was hast du dir dabei gedacht, dich vor diesen Zauber zu werfen?«

»Ich habe reagiert. Meine Feuermagie kann die meisten Zaubersprüche verbrennen, und es liegt in meiner Natur, zu beschützen, und nichts ist mir wichtiger, als dich zu beschützen.«

»Oh.«

»Ich kenne dich noch nicht lange – kaum mehr als eine Woche –, aber ich kann mir vorstellen, was du denkst. Du erwartest von mir, dass ich gehe und dich vergesse, dass die Magie mich vergessen lässt. Wenn du das kannst«, er zeigt auf die Stelle, an der Madán verschwunden ist, »mit deiner Magie einen Zauber stoppen, die Kreaturen um dich herum einfrieren, in seinem Geist herumwühlen, um seine Lebenseinstellung komplett zu verändern und alle Spuren deiner Existenz zu beseitigen ...« Er zieht die Augenbrauen hoch. »Dann hoffe ich, dass du deine Magie einsetzen wirst, damit ich dich nicht vergesse.«

Er lehnt sich nah an mich heran und seine Nase streift meine. »Gib mir eine Chance, zu beweisen, dass ich ein guter Mann bin. Ein guter Gefährte. Ich kann dich nicht vergessen, Pepper. Das werde ich nicht. Ich werde Himmel und Hölle in Bewegung setzen, um dich besser kennenzulernen. Wir können in deinen Tunneln wohnen, und ich werde dir einen neuen Kegel kaufen.«

Ich lache über seinen aufrichtigen Gesichtsausdruck, während meine Hand sein Gesicht umschließt.

»Gib uns einfach eine Chance! Gib mir eine Chance! Ich kann dich nicht vergessen, Pepper. Da ist eine nörgelnde Stimme in mir, die mich nicht mehr loslässt, und wenn ich mich mit Handschellen an dich ketten muss, damit ich nichts von dir vergesse, dann werde ich das tun. Ich habe Fehler gemacht, ich habe dich verletzt, aber ich bin bereit, mir deine Vergebung zu verdienen. Bitte sag mir, ob es eine Chance gibt.«

»Okay. Ich habe die Fäden des Schicksals gesehen; ich kann dafür sorgen, dass du mich nicht vergisst – es sei denn, du willst es. Wir können versuchen zu sehen, wohin das führt.«

»Na ja, du magst mein Gesicht, also wäre es schade, wenn du es nicht mehr sehen würdest, und wie du im Café gesagt hast, werden deine Gefühle wahrscheinlich verschwinden, da sie gegen deinen gesunden Menschenverstand verstoßen.« Er grinst und seine Augen leuchten auf, dann schwebt sein lächelnder Mund über meinem, langsam, als ob er mir die Gelegenheit gäbe, mich zu entfernen. »Du weißt schon, wegen dem Nullband, der Entführung, den Runen und dem Stalking.«

Meine Lippen streifen seine, während ich wie eine Bekloppte lächle, wobei meine Finger über die rauen, borstigen Bartstoppeln in seinem hübschen Gesicht streichen. »Ich gehe nach Faerie, um nach dem Wohl der Sklaven des toten Elfen zu sehen. Hast du Lust, mitzukommen?«

»Klar. Dann haben wir also ein Date. Ich würde sehr gern mitkommen. Okay, kleine Diebin, ich werde dich jetzt küssen.«

Liebe Leserin, lieber Leser,

zunächst einmal *vielen Dank*, dass du meinem Buch eine Chance gegeben hast.

Wow, ich habe es noch mal geschafft. Ich hoffe, es hat dir gefallen. Wenn das der Fall ist und du Zeit hast, wäre ich dir sehr dankbar, wenn du eine Rezension schreiben könntest.

Jede Rezension macht einen *riesigen* Unterschied für einen Autor – vor allem für mich als brandneue, glänzende Autorin – und deine Rezension könnte anderen Lesern helfen, mein Buch zu entdecken. Ich würde das sehr zu schätzen wissen, und es wird mir helfen, weiter zu schreiben.

Tausend Dank!

Oh, und es besteht sogar die Möglichkeit, dass ich deine Rezension für meine Marketingkampagne auswähle. Kannst du dir das vorstellen? Das ist so aufregend!

Alles Liebe,
Brogan x

Über den Autor

Brogan lebt mit ihrem Mann und ihren elf pelzigen Kindern in Irland: fünf pelzige Minions der Dunkelheit (auch bekannt als Katzen), vier Hellhounds (also Hunde) und zwei traditionelle Einhörner (fette, haarige Irish Tinker).

Im Jahr 2019 beschloss sie, ihre Verrücktheit auszuleben und über die imaginären Kreaturen, die in ihrem Kopf leben, zu schreiben. Ihre größte Liebe gehört ihrem pelzigen Lieblingskind Bob, dem Irish Tinker, und dann dem Lesen. Wenn sie nicht gerade liest oder schreibt, steckt sie knietief in Pferdeäpfeln und Fell und ignoriert dabei glückselig alle Erwachsenenpflichten.

amazon.com/author/broganthomas

facebook.com/BroganThomasBooks

instagram.com/broganthomasbooks

goodreads.com/Brogan_Thomas

bookbub.com/authors/brogan-thomas

Bücher von Brogan Thomas

Verfluchter Wolf

Kreaturen der Anderswelt

Verfluchter Dämon

Kreaturen der Anderswelt

Verfluchter Vampir

Kreaturen der Anderswelt

Verfluchte Hexe

Kreaturen der Anderswelt

Verfluchte Fae

Kreaturen der Anderswelt